테토
여신: 루리엘

쿠로
유이시아
샤엘
치세

"쉿, 이에요.
마녀님이 지쳐 잠들었거든요."

마력 치트인 마녀가 되었습니다
a Witch with Magical Cheat
창조 마법으로 자유로운 이세계 생활
5

목차

contents

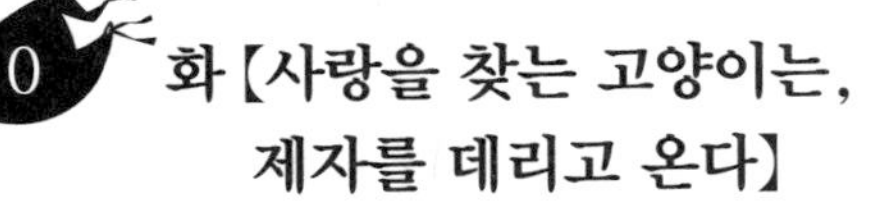

0화【사랑을 찾는 고양이는, 제자를 데리고 온다】

그날,【창조의 마녀의 숲】에 사는 환수(幻獸)들의 몸 상태를 확인하던 나와 테토는, 강한 마력이 이 땅으로 유입하려는 것을 감지하고 마력이 느껴지는 방향을 올려다보았다.

"……【전이 마법】이네."

【창조의 마녀의 숲】이라 불리는 이 땅에,【전이 마법】을 사용한 방문을 허락받은 이는 그리 많지 않다.

"마녀님, 누가 오는 거예요?"

"이 마력은……. 그 아이야."

테토의 물음에 그렇게 중얼거린 직후,【전이 마법】이 완성되고 강력한 마력의 주인이 저택에 온 것을 느낀다.

"테토, 먼저 저택으로 가 있을래? 나도 환수들 진찰을 마치면 돌아갈 테니."

"알겠어요!"

테토를 먼저 저택으로 돌려보낸 나는, 환수들을 마저 진찰한다.

환수들은 올해도 건강하기가 그지없으나, 일부 환수는 번식의 계절이 시작되려 하고 있다.

"환수는 개체 수를 알아서 조절하지만, 교미를 하면 새끼들이 한꺼번에 태어난단 말이지……."

그렇게 중얼거리면서 저택으로 돌아오니, 주변에서 '야옹, 야옹' 고양이 울음소리가 들린다.

"아, 마녀님. 어서 와요!"

"스승님, 오랜만에 뵈어요."

테토와 함께 수많은 환수 캐트시들에게 둘러싸여 있는 사람은 내 제자인 유이시아였다.

"캐트시를 데려왔다는 건, 얘들 맞선 때문이야? 마침 이 땅의 환수들도 번식기에 들어간 참이야."

"네. 마침 어린 친구들이 일제히 짝을 원하기 시작해서 짝이 없는 아이들을 데리고 왔어요."

그렇게 말한 유이시아는 어깨로 올라온 검은 고양이 캐트시를 다정하게 쓰다듬는다.

이 【창조의 마녀의 숲】은 희귀 환수가 야생에 가까운 상태로 수십 종이나 서식하는 땅이다.

그래서 사랑의 계절이 되면 세계 각지에서 짝을 찾는 환수들이 모여 맞선이 시작된다.

마력을 먹고 지능이 높아진 환수들은 자신이 호감이라고 생각하는 언동과 마력의 질로 상대를 고른다.

마음에 드는 마력을 지닌 이종족을 발견하면, 친구로 지내려 한다.

한편, 동종 이성이고 서로의 마력이 마음에 들 때는 환수들은 한 쌍이 되어 짝짓기하는 경우가 많다.

그렇게 짝을 이룬 환수들은 짝과 함께 【창조의 마녀의 숲】에 머무르거나 짝을 데리고 다른 보호지로 돌아가, 새롭게 혈맥을 확장한다.

제자 유이시아는 이 땅을 떠나면서 데려간 캐트시의 자손들의 짝을 찾아 주기 위해서 오늘 이렇게 【창조의 마녀의 숲】을 방문한 것이다.

짝을 구해 주기 위해서라지만 소형 환수인 캐트시가 예전보다 개체 수가 늘었다.

다행히 캐트시가 본능으로 개체 수를 조절하기에 개체 수가 급증할 일은 없다. 그래서 현재는 번식 목적보다는 순수하게 짝을 찾으러 오고 있다.

사랑을 찾으러 온 캐트시들은 유이시아에게서 떨어져 【창조의 마녀의 숲】 방향으로 달려 나가 요정의 날개로 도약하면서 운명의 상대를 찾으러 갔다.

"제 짝을 찾을 때까지 짧게는 며칠, 길게는 수십 일도 걸리니까 여기 머무르지 않고 갔다가 다시 올 거지? 그러니 가기 전에 차라도 한 잔 마시고 가."

"아껴 둔 과자도 줄게요!"

"스승님, 테토 씨, 고맙습니다."

나와 테토는 유이시아를 저택 뒤편 정원에 있는 정자로 안내해, 거기서 차를 마시기로 했다.

"캐트시의 맞선 때문에 오긴 했지만, 좀 더 자주 와도 괜찮아. 애써 【전이 마법】도 익혔으니 말이야."

"그래요! 더 자주 놀러 와도 돼요!"

제자 유이시아는 오랜 세월에 걸쳐 마력을 단련하여, 【전이 마법】을 습득한 마녀다.

마음만 먹으면 이 【창조의 마녀의 숲】에 언제든 올 수 있을 텐데 안 만나러 올 때는 수십 년을 찾아오지 않는다.

예전에도 이번처럼 캐트시의 맞선을 이유로 캐트시를 배웅하느라 한 번, 데려가느라 한 번 온 게 다이다.

"아하하하하……. 자주 오면 스승님께 어리광을 부릴 것 같아서요……."

곤란한 듯 웃는 제자 유이시아를, 나는 못 말리는 아이를 보듯이 보고 한숨을 쉰다.

"뭐, 너도 책임이 따르는 자리에 앉아 있으니, 남에게 의지하기가 어려운 건 이해해."

나를 떠난 뒤로 우여곡절이 있었던 모양이지만, 유이시아는 지금 대륙에서 1, 2위를 다투는 마법 학교의 이사장을 맡고 있다.

주변인들에게 지시만 내리고 자유롭게 사는 나보다 바쁠지 모른다.

"바쁘겠지만, 내게도 조금만 더 얼굴을 비추러 와. 만약 안 오면 다음번에는 내가 보러 갈 거야."

"그것도 좋겠어요! 유이시아가 사는 곳을 구경시켜 줘요!"

유이시아에게 우리를 자주 보러 오지 않는다면 다음에는 보러 간다고 하니, 살짝 놀라면서도 기쁜 표정을 짓는다.

"그러면 스승님과 테토 씨를 환영해 드려야겠네요. 그때는 더 느긋하게 얘기를 나누어요."

차를 마시며 한숨 돌린 제자 유이시아가 자리에서 일어나 【전이 마법】으로 단짝인 검은 고양이 캐트시와 함께 돌아가는 것을 배웅했다.

"일단은 캐트시의 맞선이 끝나고 유이시아가 있는 곳으로 돌아갈 아이가 모이면, 우리가 데려다주자."

"유이시아를 보러 놀러 가는 게 벌써 기대돼요!"

그렇게 말하고 제자 마녀가 전이한 방향을 응시했다. 재회할 날을 기대하는 마음이 부풀어 오른다.

이것은 나와 테토가 만난 낙오 마법사가 위대한 마녀가 되기 위해서 여행을 떠날 때까지의 이야기이다.

혹은 오랜 세월 속에서 가끔 만나는 마녀와 마녀의 첫 번째 이야기이다.

a Witch with Magical Cheat
~ a Slowlife with Creative Magic in Another World ~ 5

1화【해산물을 찾아서】

여신 라리엘의 의뢰를 달성하고 폐갱 마을을 뒤로한 나와 테토는, 해산물을 먹으러 가기 위해서 해변 마을로 향하면서 도중에 있던 마을들의 모험가 길드에 들렀다.

"마녀님~, 이 길드에도 의뢰가 많이 남아 있어요!"

"그러면 의뢰들을 처리할 때까지 여기에 머무르자."

서둘러야 할 여행도 아니기에, 들른 마을들에 쌓여 있던 비인기 의뢰가 거의 다 정리될 즈음까지 체류한다.

비인기 의뢰는 마을 내의 잡무 의뢰와 농가에서 발생한 유해 동물 제거, 근방 약초 채취 등, 어느 모험가 길드에서도 '더럽고, 힘들고, 저렴한 보수'의 삼박자를 고루 갖춘 것들이다.

A등급 모험가인 우리가 굳이 맡지 않아도 될 의뢰이지만, 비인기 의뢰 처리는 이미 사람을 돕기 위한 필생의 업이 되었다.

그렇게 비인기 의뢰를 달성하여 받은 보수로 마을의 특산 먹거리를 테토와 맛보고 모험가 길드에 있는 자료실과 서점, 마을 식당 등에서 마을들의 역사와 문화를 배우며 생활한다.

머무르던 마을을 떠날 때는 모험가 길드의 직원들에게 감사 인사를 받으며【하늘을 나는 양탄자】를 타고 다음 마을로 이동한다. 이것을 반복하면서 조금씩 해변 가까이 다가갔다.

폐갱 마을을 떠나 이 마을, 저 마을 들르기를 반복하던 우리는 드디어 항구 도시를 눈앞에 두고 있었다.

늘 타고 다니는 【하늘을 나는 양탄자】로 항구 도시 입구 근처까지 접근하니, 위병들이 수상히 여겨 우리가 있는 곳까지 찾아왔다.

"거기, 너희들! 뭣 하는 놈들이냐!"

"우리는 이 마을에 해산물을 먹으러 온 모험가야."

"새우와 게, 생선구이 같은 맛있는 해산물을 먹으러 왔어요!"

"해, 해산물을 먹으러 왔다고? 모험가? 우, 우선…… 길드 카드를 보여라!"

항구 도시를 지키는 위병들이 의아해하며 나와 테토를 본다.

마을들을 전전하는 동안 내 나이도 마흔두 살이 되었고 모험가로서의 경력도 30년이 되었다.

하지만 겉보기에는 10대로 보이는 이인조인 우리는, 마물을 치고 베며 싸우는 모험가의 이미지와는 괴리가 있기에 위병들이 의심한다.

이런 일은 마을 입구에서 자주 벌어지기에 이제 익숙하다.

이번에도 길드 카드와 파티 이름을 알게 되면 대체로 해결될 것이다.

"이게 길드 카드야."

"A등급?! 심지어 【하늘을 나는 양탄자】라고?! 그 유명한?!"

방금까지 이동하면서 타고 온 【하늘을 나는 양탄자】와 우리를 번갈아 보다가 의심의 태도를 거두고 자세를 고친다.

"유명한 모험가님들께서 우리 마을에 와 주시다니, 감사합니다!"

"오잉? 마녀님과 테토를 알아요?"

"물론입니다! 가르드 수인국에서 유명한 【하늘을 나는 양탄자】의 이야기는 저희 나라에도 전해졌습니다. 얼마 전에도 현상금이 걸린 범죄 조직 간부를 잡아 주셨다고 들었는데, 그것도 감사합니다!"

그러면서 자세를 고쳐 경례하는 위병들 모습에 좀 멋쩍어졌다.

듣자 하니, 우리가 마을을 돌아다니면서 잡무 의뢰 등을 처리하는 동안에 우리의 정보가 이 마을로도 전달되었나 보다.

"그럼, 이쪽으로 오시죠!"

"아니, 별로 급하지 않으니까 이대로 줄 서서 천천히 기다리겠어."

"테토도 마녀님과 함께 기다릴 거예요!"

A등급 모험가는 귀족 지위에 준한 대우를 받는다.

그러나 그건 긴급한 의뢰를 맡았을 때, 귀족이 사용하는 출입구 등을 이용할 수 있게 하는 신분 보증이다.

따라서 급하지도 않은 때에는 일반 모험가 줄에 서서 기다린다.

"아, 네, 그러시겠습니까."

우리를 향한 의혹도 풀려, 딴에는 고위 모험가를 우대하려 한 친절을 거절당한 위병은 마지못해 돌아갔다.

그런 위병의 뒷모습을 쓴웃음 지으며 보내고 마을 출입구를 오가는 사람들의 얼굴을 관찰하면서 우리 차례가 오기를 기다렸다.

마을을 드나드는 사람들의 표정이 밝고 혈색도 좋다.

로바일 왕국의 내륙 쪽은 폐갱에 둥지를 튼 벌레 마물의 모체인 마더가 지맥의 마력을 흡수하고 있었기에 흉작 경향을 보였다.

그러나 해안부 근처는 육지와 거리가 떨어진 데다가 어업으로 잡히는 먹거리도 있어, 흉작의 영향이 작은 듯하다.

마침내 차례가 되어 마을로 들어간 나와 테토는, 모험가 길드로 갔다.

"어서들 오게. 【하늘을 나는 양탄자】 파티 여러분. 내가 이 길드의 길드 마스터, 도글이다."

마을 위병이 눈치 빠르게 기다리는 동안 모험가 길드로 연락을 넣어 둔 것이리라.

키가 2m를 넘는 우람한 남자가 우리를 기다리고 있었다.

팔은 회갈색 비늘에 덮여 있고 땅에 끌릴 정도로 긴 꼬리, 맨살은 햇볕에 그을려 까무잡잡하고 머리에는 두 개의 뿔이 나 있었다.

사람과 용, 양쪽의 특징을 지닌 아인종(亜人種)인 용인(竜人)이다.

"반가워. 【하늘을 나는 양탄자】의 치세야. 그리고 이쪽은 내 파트너인——."

"——검사 테토예요!"

인사하며 활기차게 손을 든 테토에게 용인 길드 마스터가 의젓하게 고개를 끄덕한다.

그리고 우리와 대화를 나누기 위해 응접실로 안내해 준다.

A등급 모험가는 여러모로 비밀 엄수 사항이 생기는 의뢰를 맡는 경우가 있어, 응접실로 안내하는 듯하다.

"자, 【하늘을 나는 양탄자】의 두 사람이, 우리 마을에는 무슨 일로 온 거지? 필요하다면 나도 협력하겠어."

그렇게 말하며 묻는 도글 씨. 그러나 나와 테토는 고개를 갸웃한다.

"위병한테 전달 못 받았어? 해산물 먹으러 왔다는 거."

"협력할 거면, 맛있는 생선을 먹을 수 있는 가게를 소개해 주면 좋겠어요!"

나와 테토가 답하자, '엥?'이라고 말하듯 멍한 표정을 짓는 도글 씨.

"아니, 잠깐만. 가르드 수인국에서 유명한 모험가가 이웃 나라까지 발걸음을 했으니, 무언가 목적이 있을 거 아니야?!"

"이걸 목적이라고 해야 하나, 지인이 부탁한 게 좀 있어서 로바일 왕국까지 왔는데 볼일이 끝났거든. 지금은 휴가를 보낼 겸 해산물을 먹으러 왔을 뿐이야."

"목적도 없이 내키는 대로 여행할 예정이에요!"

정말 여행하러 들른 거라고 전하자, 도글 씨가 깊은 한숨을 내쉬었다.

"진심이었다니. 뭐, 내륙에 자리한 가르드 수인국 입장에서는 신선한 해산물은 여행까지 올 가치가 있겠지……."

예상 밖이었던 우리의 이야기에 장신의 남성이 천장을 올려다보며 축 늘어진다.

“아무튼, 당분간은 머물 예정이니까 짬이 나면 길드에서 잘 안 나가는 비인기 의뢰를 맡아서 처리해 줄게. 잘하는 건 약초 채취야.”

“잡무 의뢰를 하면 즐거워요. 할머니들이 장 보는 거 도와주면 덤을 받을 수 있어요!”

“약초 채취를 잘하고 장보기를 돕는 잡무 의뢰를 좋아하는 A등급이라. 너희, 어떤 의미로는 대단하구나.”

용인 도글 씨의 말에 나는 쓴웃음을 지었고 테토는 자신만만하게 가슴을 젖혔다.

모험가는 등급이 오르면 오를수록 의뢰 보수가 좋아지기에, 경시당하는 약초 채취나 잡무 의뢰는 비인기 의뢰가 되어 간다.

그리고 고위 모험가가 등급이 낮은 의뢰를 맡는 것을 두고 모험가의 가치를 깎아내린다며 안 좋게 보는 눈도 있다.

그 결과, 콧대가 높아졌다는 말도 듣지만, 우리는――.

“딱히 생활이 어렵거나 돈이 궁한 것도 아니고, 애초에 우리에게 맞는 A등급 의뢰가 거의 없어.”

“그래서 마녀님과 테토는 사정이 곤란한 사람을 도우려고 남아 있는 의뢰만 골라서 하고 있어요! 사회봉사라는 거죠!”

“그렇군…….【하늘을 나는 양탄자】의 생각은 잘 알았어. 그러면 안 나갈 듯한 비인기 의뢰를 따로 빼놓을 테니, 시간이 있을 때 부탁할게.”

그 후, 우리는 도글 씨에게 안내 역할을 인계받은 길드 접수원에게 마을의 추천 숙소와 임대 주택에 관한 설명을 들었다.

숙소에 묵는 건 기간이 짧으면 괜찮지만, 오래 묵으면 숙박료가 비싸지고 【전이문】을 설치하기도 힘든 애로사항이 있다.

이번에는 해산물을 만끽하기 위해서 장기 체류할 예정이기에 임대 주택을 빌리기로 했다.

2화【항구 도시에서 보내는 평온한 휴가】

"휴가를 보내는 김에 며칠은 마을을 관광해야겠어. 의뢰는 관광이 끝나고 맡을게. 정 급한 용건이 있으면 임대 주택 쪽으로 메모라도 남겨 줘."

"마녀님! 빨리 내일이 오면 좋겠어요!"

모험가 길드의 도글 씨와 접수원에게 그렇게 전한 다음 날부터 우리는 마을로 나갔다.

우리가 머무르는 이 항구 도시에는 로바일 왕국에서도 다섯 손가락 안에 들 정도로 큰 항구가 있다.

해변은 어업을 중심으로 한 어획물 항구인 어항(漁港)과 해안의 제염 시설과 잡은 어패류 가공 시설이 있는 공업 구역, 그리고 무역항까지 세 군데로 구분되어 있다.

어업 중심인 어항에는 소형선이 줄지어 정박되어 있는데 동이 트기 전부터 어부들이 생선을 잡으러 바다로 나간다.

공업 구역에서는 항구 도시의 여자들이 바닷물을 염전으로 끌어 들여서 햇볕과 바람의 힘으로 수분을 날려 염분 농도가 진한 바닷물을 만든다.

그렇게 얻은 바닷물을 아궁이에서 졸여서 소금을 만든 다음, 이 소금을 사용하여 생선을 말리거나 소금절이 등의 가공품을 생산한다.

무역항에서는 로바일 왕국의 다른 항구와 대륙 남부, 서부에서 온 배가 정박해, 다양한 상품을 싣고 내리며 상인들이 교역 거래를 하기도 한다.

또한 항구에서 하역된 교역품은 유속이 느린 하천을 물윗배가 거슬러 올라가, 하천 상류에 있는 마을들에도 운반한다.

항구 도시에서 조금 떨어진 곳에는 귀족과 부유층 전용의 보호지가 있는데 해수욕을 할 수 있도록 해안도 정비되어 있다.

"마녀님, 활기가 넘쳐요."

"그러게. 안정이 되면 상업 구역으로도 가 보자."

아침 산책으로 해안 근처까지 온 나와 테토는 이 마을 사람들의 활기찬 모습을 바라보았다.

그리고 어부들의 배가 아침 조업을 마치고 돌아오는 것을 본 나와 테토는 배를 쫓아 아침 장으로 향했다.

어항의 아침 장에는 갓 잡은 신선한 생선이 즐비했다. 이 생선들을 포장마차에서 조리하여 해변에서 일하는 노동자들에게 대접한다.

"어서 옵쇼, 어서 옵쇼! 신선한 생선을 구운 생선 숯불구이 있습니다!"

"어패류 토마토수프 합니다! 한 사발 들이켜면 조업으로 식은 몸이 따뜻해집니다!"

"우리는 조개구이다! 대대로 내려오는 젓갈 조미료가 일품이지!"

"지금 막 튀긴 생선튀김은 어떠신가! 남방에서 만든 소스를 뿌리면 끝내준다고!"

"남방산(産) 곡물을 납작 냄비에서 조리한 해산물 파에야도 있다네!"

대대로 내려오는 젓갈 조미료란 생선장류가 아닐까.

그 밖에도 여러 채소와 과일을 숙성한 소스류에 쌀까지 있는 걸 보니, 식문화도 꽤 발달한 듯하다.

"고대 마법 문명의 붕괴를 피한 식문화가 남아 있는 걸까. 아니면 이제껏 넘어온 전생자들이 알려 줬을 가능성도……."

이 항구 도시의 포장마차에 있는 다양한 식문화에 역사와 로망, 전대의 전생자들의 존재를 상상하는데 테토가 망토 자락을 당긴다.

"마녀님~, 다 먹음직스러워요~."

"그러게. 아침을 안 먹고 바로 산책하러 나와서 배고프네. 밥 먹을까."

나와 테토도 그런 포장마차의 요리 냄새에 식욕이 자극되어 바로 맛보고 싶은 요리를 주문했다.

"마녀님은 어떤 걸 골랐어요?"

"나는, 생선구이와 해산물 파에야."

【창조 마법】으로 창조한 쌀과는 품종이 약간 다를지도 모르지만, 남이 만들어 준 쌀 요리를 먹을 수 있음에 기쁨을 느낀다.

"테토는 뭘 주문했어?"

"테토는, 토마토수프와 생선튀김, 조개구이를 먹을 거예요! 근데 마녀님이 시킨 요리도 맛있어 보여요!"

"그러면 이따가 조금 나눠 먹자."
"네, 예요!"
나와 테토는 먹어 보고 싶은 포장마차의 요리를 사서 야외 테이블 자리에 앉아 아침을 먹었다.
"음, 생선이 신선해. 게다가 오래 굽지 않아서 부드럽고 맛있어. 파에야도 토마토의 새콤한 맛과 해산물 육수의 감칠맛이 깊이 배어서 맛이 좋아."
"토마토수프도 부드러워요. 테토, 이 음식이 마음에 들어요! 그리고 이쪽에 있는 생선튀김과 조개구이는 맛있기는 하지만, 마녀님의 조미료로 만드는 게 더 맛있어요!"
"아아, 간장과 소스 말이지. 뭐, 그건 특별하니까."
일본의 식품 회사가 연구에 연구를 거듭하여 개발한 간장과 소스를【창조 마법】으로 재현한 것이다.
안심과 신뢰의【창조 마법】산 조미료는 우리 집 식탁에서도 인기가 있다.
"이따가 시장에서 식재료를 사서 간장과 소스로 만들어 먹어 보자. 그리고 오징어와 새우도 사서 해산물 카레를 끓여도 괜찮을 것 같아."
"오오! 카레 정말 좋아요! 기대돼요!"
조금 전에 약속한 대로 테토와 음식을 한 입씩 나눠 먹으며 아침 장에 선 포장마차 요리를 즐긴 뒤에는 생선을 사기 위해 장을 보러 간다.
시장에는 아침으로 먹은 어패류 외에도 주변 마을들과 무역항에서 운반해 온 식재료와 상품 등이 즐비했다.
"다 맛있어 보이네."
"마녀님, 뭘 살 거예요?"
테토는 여러 식재료를 살펴보는 나를 보고 즐거워했다.
"어서 와. 이 시기에 딴 채소는 맛있어!"
"갓 잡아 올린 이 생선도 맛으로는 뒤지지 않아."
"제철 채소구나. 맛있어 보여. 네 개씩 살 수 있을까?"
채소 가게와 생선 가게의 사장님들에게 물으며 제철 채소와 요즘 시기에 맛있는 생선 등을 구매한다.
망토 차림이라는 특이한 행색으로 장을 보러 온 소녀인 나와 장 보는 것을 지켜보는 미소녀 테토를 본 가게 사람들이 상냥하게 응대해 준다.
시장 사람과 대화할 때는 모자를 벗어 눈을 맞추며 식재료에 관해 질문해서 그런지 상인들은 마법사의 제자가 심부름을 왔다고 생각한다.
그리고 그런 우리에게 가게 사장님이 덤을 얹어 줄 때는, 이 성장하지 않는 【불로】의 몸이 된 것이 조금은 이득인 듯한 기분이 든다.
"마녀님, 마녀님. 이 생선, 맛있어 보여요."
"아, 철은 조금 이르지만, 꽁치인가 보네. 꽁치 소금구이나 꼬치구이, 양념 튀김, 간장조림 등으로 조리할 수 있겠어."
나도 흰밥과 같이 먹는 모습을 상상하니, 먹고 싶어져서 꽁치도 충동구매 하고 말았다.

그 뒤, 무역항의 상업 구역 등을 구경하다가 갑자기 마음이 내켜서 그대로 부유층이 많은 보호지에 있는 세련된 레스토랑까지 발길을 옮겼다.

이 마을은 왕도에서 거리가 있어, 휴가를 즐기는 귀족과 부유층을 위한 리조트 휴양지로서의 측면도 있기에 상당히 맛이 좋은 식사를 할 수 있다.

"우물우물……. 마녀님, 이 파스타, 맛있어요!"

"그래, 다행이야."

테토는 바지락이 들어간 파스타――봉골레 비앙코를 입안 가득하게 볼이 미어지도록 먹었다. 나는 그런 테토를 흐뭇하게 바라보면서 오븐으로 녹여서 표면이 먹음직스럽게 눌은 게 그라탱을 포크로 허물며 먹는다.

"음, 이것도 맛있어."

"마녀님이 먹는 그라탱도 맛있어 보여요."

"후후, 그러면 조금 나눠 줄게."

소식하는 내게는 양이 약간 많은 게 그라탱을 테토에게도 나눠 주면서 점심 식사를 즐긴다.

부유층을 위한 세련된 레스토랑이지만, 일반 서민도 1년에 한 번, 기념일 같은 날에 외식하러 오는 모양이라서 매너에 그다지 까다롭게 굴지 않는 가게다.

오히려 맛있다는 말을 연발하면서 함박웃음을 지으며 요리를 먹는 테토의 모습을 웨이터와 주방의 요리사가 흡족하게 보고 있다.

"잘 먹었습니다. 맛있었어."
"다음에는 다른 요리를 먹으러 오고 싶어요!"
계산을 마치고 가게를 나온 우리는 오후에도 어슬렁어슬렁 정처 없이 항구의 거리를 걸었다.
"마녀님. 이제 어디 가요?"
"글쎄. 바다까지 가 볼까?"
항구 도시의 해변 북쪽에 개펄과 어항, 무역항이 있고 약간 떨어진 남쪽에는 해수욕장도 있다고 한다.
"마녀님? 헤엄 연습을 하려고요?"
"아니. 이렇게 그냥 바다 경치를 보는 것만으로 충분해."
맥주병인 나는 아무리 노력해도 어째선지 헤엄칠 수가 없어서 이렇게 바다를 바라볼 뿐이다.
그리고 지금은 해수욕 철이 조금 지나서 사람도 별로 없다.
나와 테토는 파도 소리를 들으면서 모래사장을 거닐며 해안에 떨어진 조개껍데기를 주웠다.
"예쁘다. 베레타와 다른 봉사 인형들에게 선물하자."
"네!"
평온한 시간을 보낸 나와 테토는 저녁에 임대 주택에 설치한 【전이문】으로 【허무의 황야】로 돌아가서 베레타, 봉사 인형들과 아침 장에서 산 어패류를 조리한 해산물 요리를 맛있게 먹었다.

3화【부지런한 마녀는, 길드를 지켜본다】

항구 도시에서 며칠간 한가로이 지낸 나와 테토는 모험가 길드에 다니기 시작했다.

"치세 님, 테토 님, 어서 오세요. 길드 마스터의 지시로 비인기 의뢰를 정리해 두었습니다."

"고마워. 그럼, 뭐부터 맡아볼까나."

"마녀님, 이게 좋겠어요!"

길드 마스터 도글 씨에게 말한 대로 A등급 모험가로서 화려하게 활약하는 게 아니라, 잡다한 의뢰를 꾸준히 처리하며 항구 도시에서 느긋하게 보낸다.

그렇기에 나와 테토의 생활은 일반 모험가의 생활과는 다르다.

의뢰 쟁탈로 바쁜 아침 시간대에는 아침 장으로 향해 친해진 어부와 포장마차 사람들과 인사를 나누고 식사를 한 후, 신선한 식재료를 산다.

모험가 길드가 여유를 찾았을 무렵 길드를 방문해, 쟁탈전에 들지 못한 비인기 의뢰 중에서 의뢰를 골라 수행한다.

의뢰에는 단시간에 끝나는 의뢰부터 마을 밖으로 나가야 하는 것도 있다.

단시간에 마칠 수 있는 의뢰는 오전 중에 끝내고 오후에는 좋아하는 것을 한다.

마을 바깥으로 나가야 하거나 며칠은 걸릴 듯한 의뢰는【하늘을 나는 양탄자】를 타고 이동 거리를 단축하면 하루 안에 처리할 수 있다.

일주일에 나흘은 모험가로 살고 나머지 사흘은 휴식을 취하며 항구 도시에서 여유롭게 보내거나【전이문】을 통해【허무의 황야】로 건너가서 베레타와 다른 식구들과 지내기도 했다.

그렇게 유유한 나날을 한 달쯤 보냈다.

"저기, 치세 양……. 이 의뢰, 맡아 주지 않겠어?"

우리가 충분히 여력이 있다는 걸 아는 도글 씨는 가끔 이렇게 의뢰를 권한다.

"미안하지만, 오늘은 그만 쉴 거야."

오늘도 오전 중에 잡무 의뢰를 마친 나는 모험가 길드의 한구석에 앉아 항구 도시에서 산 책을 읽는 중이다.

여러 곳과 유통하는 터라 이제까지 본 적 없는 책도 입수할 수 있었다.

테토는 항구 도시에서도 이제는 취미가 된 길드 내 훈련소에서 모험가를 상대로 모의 전투를 펼치고 있다.

"그렇지만……. 너희, 아직 움직일 여력 있잖아. 그리고 돈 안 필요해?"

여전히 시선을 책에 떨구고 있는 내게 도글 씨가 묻지만, 나는 곁눈질로 힐끔 보기만 하고 다시 책으로 시선을 돌리고는 대답했다.

"우리가 금전적으로 그리 궁하지 않다는 걸 알면서."

의뢰를 맡아 도시 밖으로 나갈 때마다 【허무의 황야】에서 딴 약초와 그 약초로 만든 포션을 납품하고 있기에 여유롭게 생활하는 만큼 주머니 사정은 좋다.

그리고 휴일에는 마을에서 떨어진 바다로 테토와 함께 잠수하러 다닌다.

나는 【결계 마법】을 두르고 잠수하는데 바다 바닥에 가라앉은 호박(琥珀)과 진주조개에 든 진주, 희귀 향료인 용연향 등을 발견할 수 있어서 보물찾기하는 기분을 맛보고 있다.

호박과 진주, 용연향을 팔 마음은 없지만, 팔면 돈이 꽤 될 것이다.

"하아……. 이렇게까지 의욕 없는 A등급 모험가는 처음 봐."

"의욕이 없는 게 아니야. 그저 할 필요가 없을 뿐이지."

돈도, 명성도 그다지 중요하다고 생각하지 않는다.

오히려 30년이 넘는 경력을 쌓은 선배 모험가로서 후배 모험가들을 이끌어 주고 싶은 거다.

"그건 그렇고 여기 길드 모험가들, 몸 단련을 꽤 했더라."

지금은 책을 읽으며 쉬지만, 나도 몸이 둔해지지 않게 테토와 함께 훈련소에 들른 적이 있다.

그때 생각했는데 이곳 길드 모험가들은 체격이 다부졌다.

"크하하하! 당연하지! 여기 녀석들을 누가 단련해 줬는데!"

"하지만 사람 상대로 싸울 때는 기술 면에서 좀 엉성해."

"윽……."

도글 씨가 자기가 관리하는 길드에 속한 모험가들을 자신만만하게 자랑했다가 내 지적에 앓는 소리를 낸다.

항구 도시의 모험가 길드의 특성상, 교역선을 보호하거나 선상에서 마물을 토벌하는 환경이 익숙하겠지.

그래서 현역 A등급 모험가인 길드 마스터 도글 씨는 자기의 경험과 길드로 들어오는 의뢰 경향을 고려해, 모험가들의 체격 단련을 중시한 듯하다.

그러나 도글 씨 본인은 신체 능력이 뛰어난 용인족이고 그 월등한 힘으로 대검을 휘둘러 다수의 마물 토벌 의뢰를 수행한 전적이 있다.

그런 도글 씨의 경험 탓에 아무래도 인간에게 적합한 무술이나 사람을 상대로 하는 전투에 대한 지도가 부족했던 것 같다.

"뭐, 그건 테토가 모의 전투를 통해서 자연스럽게 가르쳐 줄 거야."

테토는 평소에 장검을 쓰지만, 수많은 모험가와 모의 전투를 반복해 와서 다양한 무기를 다루는 법을 학습했다.

그래서 온갖 무기의 사용법을 다른 사람에게 가르쳐 줄 수 있을 만큼의 기량을 지니고 있다.

"그게 아니에요! 이렇게 해서, 이렇게 해야 해요!"

"이렇게 해서, 이렇게!"

기실 지금도 훈련소에서는 테토가 다른 모험가들을 지도하는 목소리가 울려 퍼지고 있다.

그러나 테토는 이론 설명이 서툴러, 말로 하지 않고 본보기와 철저한 반복 훈련을 통해 직감적인 지도를 하고 있으니, 지금보다 기술 면에서 현격히 향상될 것이다.

"있잖아, 너는 모험가들을 지도하지는 않아?"

"마법에 뛰어난 소질을 가진 사람이 있다면 간단한 마법 정도는 가르쳐 줄 수 있지……."

가르드 수인국의 국민 대다수는 수인 종족이다.

수인들은 일반적으로 마력이 약하고 마법 소질이 없는 편이다.

그래도 가끔 마력이 강한 수인 아이들이 있다.

나는 그런 아이들에게 야외 활동에 필요한 생활 마법부터 시작해서 점진적으로 한 사람, 한 사람에게 적합한 공격 마법과 포션 제조법 등을 가르쳤다.

그런데 로바일 왕국에는 다양한 종족이 살지만, 신기하게도 길드를 방문하는 마법사는 이미 누군가의 가르침을 받는 사람이 많았다.

"아아, 마법 일파 녀석들이야. 이 나라에서는 방랑 마법사에게 배우기보다는 마법 일파에 제자로 들어가는 게 확실하다고 생각하거든."

"마법 일파?"

책장을 넘기던 손을 멈추고 도글 씨를 보니, 마법 일파가 뭔지 알려 준다.

"마법 일파란, 로바일 왕국의 마법사를 육성하는…… 집단이지."

현재 이 세계는 2,000년 전에 발생한 마법 문명의 폭주로 마력의 대량 소실이 있었다.

그를 계기로 저마력 환경에서 버티지 못한 사람들이 대거 죽었으며 버텨 낸 사람들도 마력량이 적어져서 마법사의 인구가 줄었다.

그래서 희귀한 마법사를 보호하고 자국의 전력으로 확보하기 위해서 각국에 마법 귀족이라는 게 탄생했다.

이 마법 귀족들은 자신들의 마법을 유지와 발전을 목표로 삼고 명맥이 끊어지지 않게 제자를 들여 계승하게 되었다.

긴 역사 속에서 재능이 있는 마력 소유자를 육성하는 비결로 희귀한 마법사의 수를 늘린 조직이 마법 일파라고 한다.

"그렇게 마법 일파로 들어가 배운 녀석은, 궁정 마술사가 되는 게 가장 성공하는 길이라고 하더군."

"흐~응. 마법 일파라니, 어떤 마법을 쓰려나."

오랫동안 마법을 계승하고 연구한 집단이다.

독자적인 마법과 새로운 마법에 관한 지식과 견문을 쌓을 수 있을지도 모른다.

"마법 일파라고 해도 파벌마다 특색이 있어. 뭐, 어느 나라든 사정이야 비슷하겠지만, 로바일 왕국에서는 유독 두드러지지."

육성한 사람 중에서 극소수의 엘리트가 궁정 마술사가 되고 그 외에는 귀족과 상인에게 고용되거나 모험가로 생활하거나 각지의 마을에서 학원을 차리기도 한단다.

"뭐, 요즘은 권위주의가 심해서 별로 도움도 안 되는 주제에 자존심만 센 놈들도 있어."

"그렇구나……."

"아아, 생각했더니 열 받아! 잠깐 테토 양의 모의 전투에 끼워 달라고 해야겠어."

나와 이야기하던 도글 씨가 벌떡 일어나 훈련소로 향했다.

길드 마스터인 도글 씨에게 그럴 여유가 있느냐며 걸고넘어질 수도 있지만, 이것도 그 나름대로 한숨을 돌리는 방법이라고 생각한다. 그렇게 테토가 도글 씨와 즐겁게 대련하는 모습을 지켜본다.

키가 2m에 근접한 도글 씨와의 대련에서 테토도 힘으로 밀리지 않고 용인인 도글 씨의 대검을 받아치고 있다.

그리고 대련 결과——,

"끄악! 내가 질 줄이야. 이래 봬도 로바일에서는 수위를 다투는 괴력의 소유자인데 말이야!"

용인 도글 씨의 몸은 단단한지 테토의 최후의 일격에 맞아도 이렇다 할 외상이 생기지 않았다. 하지만 모의 전투에서 진 것을 인정하고 무기를 내린다.

"고맙습니다! 아주 즐거웠어요!"

"그래, 또 겨루자! 이왕이면 같은 A등급인 치세 양도……."

"나는 안 해. 피곤하기만 하잖아."

기대하며 실내에 있는 나를 쳐다본 길드 마스터 도글 씨는 내게 거절당하고 어깨를 축 내뜨렸다.

"슬슬 시간이 됐네. 다들, 테토와 어울려 줘서 고마워. ——《힐》, 《클린》!"

여느 때처럼 훈련소에 있는 모험가들의 상처를 회복 마법으로 치료하고 청결 마법《클린》으로 깨끗하게 해 주었다.

우리는 의뢰를 나갔던 모험가들이 돌아와 길드의 술집 등에서 북적거리기 전에 훈련소에 있던 모험가들에게 감사 인사를 받으면서 집으로 돌아갔다.

4 화【해상 마물 토벌】

나와 테토는 비인기 의뢰를 착실하게 소화하여 약초와 포션을 납품하면서 마음 내키는 대로 생활하는 나날을 보냈다.

그런데 모험가 길드는 등급이 높은 우리가 등급에 맞는 의뢰를 맡아 주기를 원하는 듯하다.

항구 도시에서의 그런 나날이 석 달쯤 넘겼을 초여름의 어느 날, 도글 씨가 드물게 진지한 면으로 우리에게 의뢰 이야기를 꺼냈다.

“두 사람도…… 의뢰가 있으니, 협력해 주길 바라.”

“부탁이 아니라, 협력해 줬으면 하는구나. 자세하게 얘기해 줘.”

항상 적당히 흘려듣지만, 도글 씨의 표정을 보니, 심각한 의뢰인 모양이다.

“마을 연해에 크라켄이 출몰했어.”

“크라켄이라면, 거대 오징어 마물이었지.”

B+등급 마물인 크라켄은 거대한 두족류(頭足類) 마물로, 무수한 촉수를 이용해 사냥감을 강하게 졸라서 바닷속으로 끌어 들인다.

힘이 세기에 중형선 따위는 간단하게 부서지고 대형선으로도 항해가 불가능할 정도다.

"그래, 크라켄 때문에 무역항에서 배가 출항하지 못하는 데다가 어부들도 바다에 나갈 수가 없어 곤란해하고 있어."

"큰일이네요! 근데 왜 크라켄이 나타난 거죠?"

강한 마물일수록 살기 위해서 마력이 큰 곳을 좋아한다.

그래서 마력이 풍부한 토지 등을 자기 구역으로 삼고는 그 자리를 벗어나는 일이 거의 없다.

가능성을 따지자면 하급 마물이 크라켄으로 진화했거나 아니면 바닷속에 마력이 괸 곳이 생겼고, 거기서 태어났을 확률이 큰데…….

"아무래도 바닷속은 조사하기도 어려워서 이유는 잘 몰라. 하지만 이 연해에 자리 잡은 건 확실해."

"알겠어, 의뢰를 수락할게. 근데 해운(海運)에 대한 일은 모험가 길드가 아니라, 영주의 관할 아니야?"

갑작스레 든 의문을 도글 씨에게 던지자, 떨떠름한 표정을 짓는다.

"그 영주님이 낸 의뢰야. 영주는 해적이나 수생 마물에 대처하기 위한 군함을 보유하고 있지만, 고용한 마법사가 전혀 쓸모가 없……. 큼, 크라켄에 통하지 않는다고 판단했어."

"있잖아, 방금 쓸모없다고 하지 않았어?"

말하던 중간에 군기침하여 얼버무리는 도글 씨지만, 내가 뚫어지게 보자 솔직하게 얘기해 준다.

바다에서 발생하는 위협에 대비하여 군함을 마련하기는 했으나 영주가 계약한 마법 일파의 마법사들은 B+등급인 크라켄에게 통하는 마법을 쓸 수 없다고 한다.

"영주님도 이제까지 교류한 연으로 특정 마법 일파에서 마법사를 고용했지만, 질이 별로였다는군."

"경쟁하지 않으면, 질이란 조금씩 떨어지기 마련이지."

"해적이나 C등급 이하 마물은 문제없겠지만, B등급 이상 마물 상대로는 영 불안하다고 영주가 판단했어. 그래서 실력이 보장된【하늘을 나는 양탄자】에 의뢰한 거야."

만일 크라켄을 토벌하지 못하면 이웃 나라에서 궁정 마술사를 파견해 달라고 해야 한단다.

그렇게 되면 항구 도시를 다스리는 영주의 자질에 문제를 제기할 가능성도 있다는데, 그건 우리와 상관없는 얘기다.

"그래서, 의뢰는 언제 시작하는 거야?"

"시급하게 해결하고 싶으니, 이틀 뒤에 영주님의 군함으로 크라켄 출몰 해역으로 가서 거기서 싸울 거야. 일단 나도 동행할 거고."

"그건 그렇다 치고, 중요한 질문을 깜박하고 안 했어요!"

의뢰를 맡겠다고 결정한 후, 테토가 도글 씨에게 진지한 표정으로 물었다.

"저기, 크라켄이라는 마물은 맛있나요?"

"……듣기로는, 별미라더군."

질문을 받은 도글 씨는 마지못해 대답하지만, 나는 테토답다는 생각에 살짝 웃고 말았다.

그리하여 크라켄 토벌의 날을 맞이했다.

도글 씨와 함께 영주가 보유한 군함에 탄 나와 테토는, 크라켄이 출몰하는 해역으로 향했다.

"어째서, 우리가 있는데 모험가 따위에게 의뢰한 거야! 영주님은 우리의 실력을 모르셔!"

"그래, 맞아! 어디 사는 개뼈다귀인지 모를 마법사 따위에게 크라켄 토벌 같은 중대한 임무를 맡길 수 없어!"

배 갑판에서 마법사 이인조가 요란스럽게 소란을 피우고 있었다.

군함을 이끄는 선원과 병사들이 성가시다는 듯 쳐다보는 와중, 그들은 군함 지휘관인 남자에게 야단을 맞고 지르퉁한 태도로 자기들 담당 장소로 따라간다.

"있지, 저 사람들 혹시……."

"그래, 정 안 가는 마법 일파 녀석들이야."

도글 씨가 콧방귀를 뀌고는 영주가 계약한 마법사들을 반만 뜬 눈으로 노려본다.

내가 봐도 저들의 실력은 잘 쳐줘 봐야 C등급 모험가 정도다.

들은 대로 크라켄을 토벌하기에는 다소 미덥지 못하지만, 결코 무능하지는 않은 듯하다.

"와아아아아! 마녀님! 배가 빨라요!"

테토는 군함의 선미 가까이에서 바람을 맞으며 즐거워하는 중이다.

이 군함은 자연풍만 받는 것이 아니라, 영주가 고용한 마법사들이 계속해서 돛으로 바람을 불게 해 나아가는 모양이다.

"배의 고속 이동 여부는 해적을 토벌할 때라든가 중요하겠지."

영주가 고용한 마법사들의 마력 배분을 생각하면, 배를 가속하는 데 마력을 계속 사용하고 크라켄 토벌에도 마력을 사용할 경우, 돌아갈 때나 도망쳐야 할 때 배를 가속할 수 없을지도 모른다.

가속이 안 되면 최악의 상황에는 승선원 모두가 다 같이 물고기 밥이 될 것이다.

그런 불상사를 피하고자 토벌을 위한 전력으로 나와 테토, 그리고 도글 씨를 배에 태웠으리라.

그리고 얼마 뒤, 크라켄이 자리 잡았다는 해역에 도착했다.

"지금부터 크라켄 토벌을 시작한다! 전원, 밑밥을 투입해!"

배에 탄 병사들이 갑판에서 피를 빼지 않은 마물 사체를 바다로 던진다.

마물 사체를 미끼로, 피 냄새와 사체에 남은 마석의 마력으로 크라켄을 낚아서 유인하는 작전이다.

그러나 이 방법은 크라켄 말고 어중이떠중이인 다른 수생 마물도 딸려 온다.

"테토, 나는 상공에서 배를 지킬게! ──《플라이》!"

"마녀님~, 테토도 열심히 배를 지킬게요~."

내가 비행 마법을 사용해 갑판에서 하늘로 뛰어오르는 것을 보고 테토가 손을 흔들어 배웅한다.

그 모습을 보고 배에 탄 선원과 병사, 마법사들이 놀란 표정으로 올려다본다.

특히 마법 일파의 마법사들은——,

"비, 비행 마법?!"

"말도 안 돼! 우리 일파에서도 소수밖에 쓰지 못하는 고등 마법인데?!"

그러면서 놀라고 있다.

"괜찮을까요? 저 어린 소녀에게 맡겨도."

배에서 혼자 날아올라, 바닷속에서 마물이 접근하는 것을 상공에서 대기하는데, 갑판에 있는 배의 병사 중 한 사람이 걱정하듯 말한다.

"걱정하지 마요! 마녀님은, 강해요!"

"【하늘을 나는 양탄자】는 폼으로 A등급을 단 모험가가 아니야. 그리고 소녀라고 했는데 저 녀석은 아마 자네보다 연상일걸!"

테토의 대답에도 병사는 여전히 불안해 보였지만, 실력과 실적, 길드 마스터의 직위 등으로 신뢰가 깊은 도글 씨의 말에 재차 놀란다.

"흐, 흥! 겨우 비행 마법 쓸 줄 아는 정도로 유난은! 저 상태를 유지한 채로 공격 마법을 쓰는 건 어렵다고!"

떨리는 목소리로 허세를 부리는 마법사들의 말에, 병사들에게 또다시 그늘이 서린다.

"자, 병사들의 불안을 잠재워 볼까. ——《사운드 봄》, 《선더 볼트》!"

나는 해수면을 향해 두 가지 마법을 시전했다.

하나는 바람의 마법으로, 증폭한 소리를 결계로 에워싸 압축한 음향 폭탄.

그리고 또 하나는 내가 자주 써서 익숙한 벼락 마법이다.

"뭐, 뭐야?!"

음향 폭탄 마법이 바닷속에서 폭발하여 거센 물기둥을 일으켰다. 밑밥에 낚인 수생 생물들이 충격파를 맞아 기절하거나 부레가 파열됐다.

그런데도 살아남은 마물은 벼락으로 바닷속에 퍼진 고압 전류에 의해 한꺼번에 감전사하여 해수면에 둥둥 떠올랐다.

"괴, 굉장해……. 이것이 A등급 모험가 【하늘을 나는 양탄자】의 힘……."

벼락으로 인해 들끓은 바닷물에서 증기가 올라오지만, 바람의 마법으로 증기를 날려 버리고 해수면에 뜬 마물들을 내려다본다.

"대어네. 이 정도면 소재도 그리 상하지 않았겠지."

수중이라는 유리한 지형 조건 탓에 토벌 난도가 높게 설정되는 수생 생물들이지만, 오히려 수중이란 특수한 환경에서 살기에 다양한 내성에 약하다.

나는 그러한 내성의 약점을 노리면서도 소재가 고이 남는 마법을 고른 것이다.

"꽤 재치 있게 쓰러뜨린 것 같은데. ──《사이코키네시스》."

이번에는 어둠의 마법에 속하는 염동력을 사용하여 해수면에 뜬 수생 생물들을 들어 올렸다.

마물 사체를 군함에 가져다 놓으려 옮기는데 바닷속 깊은 곳에서 강력한 마력을 지닌 마물이 접근해 왔다.

"——모두! 강력한 마물이 접근하고 있어! 조심해!"

내가 바람의 마법 《위스퍼》로 승선원들에게 귓속말로 경고한 직후, 무수한 촉수가 해수면을 뚫고 나왔다.

5화【크라켄 토벌 해전】

해수면을 뚫고 나온 촉수가 《사이코키네시스》로 끌어 올리던 사체를 얽매더니 그중 일부를 바닷속으로 끌고 들어간다.

그를 시작으로 해수면이 솟아올라 크라켄의 대가리가 모습을 드러낸다.

"으어어어! 크라켄이 나타났다아아아악!"

"전원, 자기 자리를 지켜라! 병사는 석궁을 들어!"

"작살을 닥치는 대로 꽂아 줘라!"

역시, 군함을 타는 선원과 병사들이다.

크라켄의 등장을 각오했기에 낮은 둔덕 정도의 크기에도 선원들은 혼란에 빠지는 일 없이, 각자 할 수 있는 최선의 방법으로 힘을 보태려 한다.

그런 와중, 크라켄이 촉수 몇 개를 군함을 휘감으려 뻗지만――.

"하아아아아앗! 입니다!"

【신체 강화(剛化)】를 두르고 마검에 마력을 실은 테토의 참격이 촉수를 잘라 날려서 갑판으로 두툼한 촉수가 떨어진다.

"나도 질 수 없지! ――【용화(竜化)】!"

배에 타고 있던 도글 씨도 등에 진 대검을 뽑아 들고는 용인 고유의 스킬을 발동한다.

우두둑 소리가 나며 얼굴이 용 머리로 변화하고 팔을 감싼 비늘의 범위가 넓어진다.

용인 속에 흐르는 용의 피를 해방해서 신체 능력이 대폭 향상되었다. 해방한 힘으로 휘두른 대검의 일격이 크라켄의 촉수를 날려 버린다.

"역시 A등급 모험가. 길드 마스터를 맡고는 있지만, 용인은 장수 종족이라 여전히 현역인가 보네. ——으쌰."

갑판 위에서 싸우는 테토와 도글 씨에게 감탄하는데, 공중에 있는 나와 내가 염동력으로 들어 올린 마물 사체를 향해 뻗어 오는 크라켄의 촉수를 피하기 위해서 더 높이 날아오른다.

기껏 잡은 수생 마물 사체를 이 이상 가로채 가는 건 싫다.

"우리가 크라켄을 무찌르고 실력을 증명해야 한다! ——《윈드 불릿》!"

"모험가 따위에게 뒤지지 마라! ——《윈드 커터》!"

갑판에서는 영주가 고용한 마법사들도 지팡이를 들고 본인의 특기 마법을 쏘아 응전했다.

C등급 마물에게는 그들의 마법이 통했을 테지만, B등급 중에서도 B+로 상위인 크라켄의 몸에 바람 탄환의 충격은 흡수되고 바람 날 마법도 몸통 일부에 흠집만 날 뿐. 동강을 내기에는 턱없이 부족하다.

"크라켄을 절대 놓치지 마! 여기서 해치운다!"

병사들도 배 가장자리에서 석궁을 쏘고 작살을 던져 크라켄의 몸을 꿰뚫었다. 꿰뚫린 상처에서 푸른 체액이 흐르기 시작했다.

"자, 이제 끝내 볼까. ──《선더볼트》!"

높이 쳐든 지팡이를 내리 휘두른 나는, 1만 마력을 담은 벼락을 크라켄의 대가리 위로 떨어뜨렸다.

몸에 직접적으로 관통한 고압 전류가 크라켄의 목숨을 거두었다. 표면의 색이 벼락에 타서 부옇게 탁해졌다.

"살짝 덜 구워졌나?"

【마력 감지】로 크라켄의 숨통이 끊어졌는지 확인하고【사이코키네시스】로 들어 올렸던 마물 사체와 함께 갑판으로 내려온다.

"마녀님, 어서 와요~."

"테토, 다녀왔어. 먹음직스러운 식량을 확보했어."

갑판에 내린 수생 마물 사체를 병사들이 걸리적거리지 않게 옮긴 뒤 해수면에 떠오른 크라켄에게 사슬이 달린 작살을 꽂는다.

작살과 쇠사슬로 연결된 크라켄의 사체를 군함으로 그대로 끌고 마을로 돌아갔다.

"저거, 영주님 배잖아!"

"꺄아아악! 저게 뭐야?! 마물을 끌고 왔어!"

"크라켄이다! 바다에 출몰했다더니 잡은 건가!"

"이봐, 갑판에 도글 씨가 있어!"

"도글 씨가 해치워 줬나 봐!"

크라켄을 끌고 항구 도시로 돌아오니 열광하는 주민들의 목소리가 갑판까지 들렸고, 항구에서는 사람들이 분주하게 배를 들일 준비를 하고 있었다.

"마녀님? 마석과 맛있어 보이는 마물은, 먹을 수 있어요?"

"안타깝지만, 오늘 토벌한 마물은 전부 의뢰주인 영주님이 갖기로 계약했어."

도착한 항구로 운반되어 간 수생 마물과 크라켄 사체를 어부와 마을에서 대기하고 있던 모험가와 길드 직원들이 총출동하여 해체하는 것을 바라본다.

이번에 크라켄의 출현으로 일시적으로 선박 유통이 중단되자, 나와 테토, 도글 씨의 A등급 모험가에게 토벌 의뢰를 낸 것이다.

그래서 영주 측의 지출이 꽤 크겠지.

지출을 조금이라도 메꾸려고 계약 조항에는 의뢰 중에 토벌한 마물의 소유권은 영주에게 있다고 명시되어 있다.

"둘 다 고생 많았어. 의뢰는 달성했는데, 이제 어떡할래?"

도글 씨가 우리에게 고생했다는 말을 건네며 이 뒤의 일정을 묻는다.

"우선 집에 가려고. 이삼일 후에 보수를 받으러 갈 건데, 왜?"

고개를 갸우뚱하며 그렇게 답한 내게 도글 씨가 장난기 어린 미소를 띠며 알려 준다.

"수생 마물을 대량으로 토벌했잖아. 이게 부위에 따라서는 잘 상하거든. 영주님께서 직접, 썩히느니 마물을 토벌한 기념으로 잔치를 열어 주신대."

"오! 그러면 생선을 먹을 수 있는 거예요?! 마녀님, 먹으러 가요!"

테토가 눈을 반짝거리며 재촉하여 나도 고개를 끄덕했다.

"그래. 마어(魔魚)류는 맛있다고 들어서 궁금해."

"좋아, 결정됐군! 술도 준비해 주신다니까 신나게 뒤풀이나 할까."
맛있는 요리와 술을 먹고 마실 수 있다는 이야기를 듣고 기뻐하는 테토에게 나는 못 말린다는 미소를 띠며 적당히 먹으라고 했다.
마물 해체와 식용 부위의 조리가 끝날 때까지 우리는 모험가 길드에서 기다리게 되었다.
테토와 도글 씨는 바로 마시기 시작한 한편, 술을 즐기지 않는 나는 과일 주스를 마시며 지난번에 산 책을 읽었다.
"크하! 테토 양이 가져온 술, 맛이 참 좋네! 어디 술이야?"
"마녀님이 마시라고 줬어요~."
테토가 꺼낸 건 【창조 마법】산(産) 브랜디로 테토가 즐겨 마시는 술이다.
오늘은 내 얼음 마법으로 만들어 낸 얼음으로 희석하여 홀짝홀짝 마시는 중이다.
"저기, 치세 양도 한잔하지 않을래? 나이는 먹을 만큼 먹었잖아."
낯에 혈색이 도는 도글 씨가 술을 권하기에 내가 책에서 고개를 들어 답했다.
"술이 별로 세지 않아. 게다가 사고와 판단력이 둔해지고, 맛있다는 것도 못 느껴."
【불로】로 인해 정체한 열두 살의 몸에는 술이 잘 안 받는다.
못 마시는 건 아니지만, 마법으로 간 기능 강화와 알코올 분해 등을 걸어야 하기에 무리해서 마실 마음은 없다.

"흐~응."
내 대답에 도글 씨가 김샌 소리로 답을 한다.
"그러고 보니 치세 양은 책을 많이 읽던데 무슨 책을 읽는 거야?"
"흥미로워 보이는 책이라면 뭐든. 지금 보는 건【로바일 왕국의 설화집】이란 책인데【용사 도그린】이라는 이야기를 읽는 중이야."
이건 로바일 왕국 각지에 전해져 내려오는 전승과 옛날이야기 등의 설화를 엮은 책이다.
한 권에 여러 이야기가 들어 있어서 아이에게 읽어 주기에 좋다.
지금 읽는【용사 도그린】의 내용은 이렇다. 해안으로 밀려온 아름다운 용인 여성을 발견한 용인 청년이 그녀를 보살피다가 사랑에 빠졌고, 아이가 태어난다.
태어난 아이는 매우 힘이 강해서 인간에게 해를 끼치는 마물을 쓰러뜨려 용사라 불렸다는 그런 이야기다.
카구야 공주 이야기와 모모타로를 합친 듯한 이세계 버전의 설화에 친근감과 그리움을 느꼈다.
"【용사 도그린】이라……. 오랜만에 듣네. 참고로 말하자면, 그 용인 용사의 자손이 바로 나야."
도글 씨의 말에 나는, 주정뱅이의 농담을 들었을 때처럼 불신하는 눈으로 쳐다보았다.
"치세 양, 눈빛이 차가워……. 나도 거짓인지 진실인지는 모르지만, 우리 가문에서는 그렇게 전해져 내려오고 있어."
그렇게 말한 도글 씨는 자기 목에서 무언가의 비늘로 만들어진 펜던트를 꺼냈다.

조금 닳고 색도 빠지거나 벗겨졌지만, 그래도 눈을 뗄 수 없는 매력이 느껴진다.

"뭐야?"

"선조 때부터 이유도 모르고 대대로 물려받은 비늘 펜던트야. 구전으로는 도그린의 모친이 용의 비늘 펜던트를 가지고 하늘에서 내려왔다고 해."

"헤에, 그렇구나."

그의 집안 이야기인 듯한 얘기를 들으며 내가 읽는 책과 비교한다.

전승과 옛날이야기가 전해져 내려오는 과정에서 누락된 정보가 몇 가지 있겠지.

도글 씨가 하는 이야기의 일부는 그렇게 빠진 정보의 단편일지도 모른다.

"재미있는 이야기를 들려줘서 고마워."

"뭐야, 치세 양은 믿어? 나도 안 믿는데. 아버지와 어머니께서는 그저 용인 용사 도그린처럼 사람을 돕는 강한 아이로 자라라는 의미로 들려주신 거였어."

자신의 옛이야기를 하면서 술을 마시는 도글 씨가 자조적으로 웃었다. 나는 페이지를 넘겨 다른 전승을 읽는다.

"아니, 이 책에는 그 밖에도 '하늘에서 내려왔다'라는 내용으로 시작하는 설화가 많아. 그러니 어쩌면 정말로 하늘에서 내려온 게 아닐까?"

바다와 접한 나라의 설화라면 바다에서 왔다면서 시작하는 게 일반적이지만, 이렇게 공통점이 많다면, 정말로 하늘에서 내려왔을지도 모른다는 생각이 든다.

“마녀님, 생기가 넘치고 즐거워 보여요! 즐거워하는 마녀님을 보면, 테토도 기뻐요!”

“아, 설화에서 하늘에서 내려왔다는 게 사실인지는 모르겠지만, 왕국이 생기기 전부터 바다 위를 부유도가 순회하고 있다지. 십수 년에 한 번은 왕도 방면으로 접근한다나.”

“그렇구나. 어쩌면 그 부유도를 본 사람이 재미있는 설화를 지었을지도 모르고, 혹은 정말로 부유도에 사람과 물건이 있을지도.”

도글 씨의 얘기를 듣고 언젠가 그 부유도를 보기 위해 왕도로 가고 싶다고 중얼거린다.

그 후, 크라켄 토벌 축하 잔치의 요리가 완성되었고 요리를 먹고 배가 빵빵해졌을 즈음에 테토도 기분 좋게 취해서 테토를 데리고 집으로 왔다.

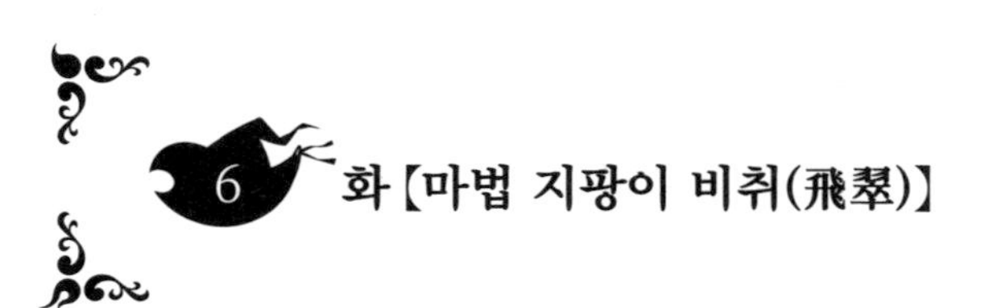

6화【마법 지팡이 비취(飛翠)】

크라켄 토벌 의뢰를 달성한 나와 테토는 모험가 길드에서 보수 계산이 끝날 때까지【허무의 황야】의 저택으로 돌아와 있다.

저택의 한 방에서 나는 한숨을 쉬며 어느 물건을 바라보는 중이다.

"후우, 이걸 정말 어쩐담."

"마녀님, 아직도 고민해요?"

우리 눈앞에는 여신 라리엘이 남긴 부유석과 희귀 마법 금속이 놓여 있다.

라리엘의 의뢰로 폐갱에 자리 잡고 있던 마물을 퇴치한 보수로 받은 거지만, 옜다 하고 팔아 치우기에는 다소 위험한 물건이다.

"마녀님의 새로운 지팡이를 만드는 데 쓰면 좋겠어요!"

"지팡이? 그래……. 그러는 게 좋을지도 모르겠어."

마법사의 지팡이는 마력을 통하게 함으로써 마력 지향성을 정돈하고 마력 제어를 수월하게 한다. 또 지팡이 선단에 쓰이는 촉매가 특정 속성 마법의 위력을 강화하여, 상대적으로 마력 소비 경감 효과를 기대할 수 있다.

내가 30년 동안 써 온 떡갈나무 지팡이는 사실 성능이 그리

좋지 못하다.

마력 제어력 향상과 마법 위력 강화를 상상하고【창조 마법】으로 창조했으나 전생한 직후, 마력량이 적은 상태에서 만든 지팡이라서 성능도 그에 걸맞게 튼튼하기만 한 지팡이다.

게임식으로 표현하자면 '물리 공격력 2, 마법 공격력 1' 정도의 그야말로 초기 장비인 셈이다.

"그렇지만 지금 사용하는 지팡이도 좋은 점이 없는 건 아니란 말이지……. 전 속성 마법에 대응할 수 있고."

마법사의 지팡이에 쓰는 촉매에는 특정 속성 마법의 위력이 강화되는 효과가 있다.

그러나 역으로 촉매와 마법 상성이 나쁘면 마법의 위력이 약화하기도 한다.

그래서 많은 마법사들은 자신의 특기 속성에 맞춰서 지팡이의 촉매 등을 고르고 구사하는 마법의 범위를 좁힌다.

"그런데 나는 마력량이 커서 굳이 구사할 마법을 제한할 필요가 없지."

오히려 이제까지 쓴 지팡이가 장점이 적었던 만큼 단점도 없어서 사용하기 편하다.

"마녀님은 하늘을 날 때 지팡이와 빗자루를 구분해서 쓰잖아요. 그러니까 하늘을 날 때도 쓸 수 있는 지팡이를 만드는 것도 괜찮을 듯해요!"

"아아, 이해했어. 비행용 지팡이라."

부유석을 촉매로 쓰면【바람의 마법】에 속하는 비행 마법의 이동 속도가 향상되어 부유를 유지하는 데 필요한 마력 제어와 마력 소비를 완화해 준다.

“만약 그렇게 만든다면, 소재는 뭐가 좋을까?”

“세계수가 있어요!”

“아~, 세계수 말이구나.”

마력 방출량이 큰 식물로 창조한 세계수는 이 【허무의 황야】에서 자랐다. 초창기에 심은 나무들은 한층 더 커졌다.

폭풍이 친 다음 날에는 세계수에서 부러진 굵은 나뭇가지가 떨어져 있다. 세계수의 나뭇가지는 희귀 소재이기에 베레타와 다른 봉사 인형들이 주워서 보관해 놓는다.

“지팡이 소재로는 최고급이지. 지팡이 제작에 필요한 다른 소재로는 뭐가 좋으려나?”

“테토는 세계수 나뭇가지를 가져올게요!”

나는 줄곧 수집해 온 장서 중에서 마도구 장인용의 지팡이 만들기 교본을 꺼내어 읽기 시작했다. 테토는 세계수 나뭇가지를 가지러 방에서 나갔다.

“마녀님~, 지팡이 나뭇가지! 가져왔어요!”

“고마워, 테토. 책도 대충 훑었으니, 바로 만들어 볼까.”

우리 앞에는 세계수 나뭇가지와 부유석, 미스릴 광석이 놓여 있다.

“우선, ──《익스트랙션》!”

베레타가 사용하던 금속 추출 마법을 미스릴 광석에 건다.

땅의 마법과 연금술에서 쓰이는 마술로, 미스릴 광석에서 불순물을 걸러 고순도 미스릴을 추출할 수 있다.

그리고 미스릴을 주괴 형태로 정돈한 뒤, 다음으로 부유석을 손에 들었다.

"——《차지》. ……정말 뜨네."

"와, 아름다워요!"

부유석에 마력을 넣으니, 녹색으로 빛나면서 인력과 반대되는 척력이 발생해 탁자 위에서 떴다.

어쩌면 부유석은 풍속성 외에도 중력 마법 등의 암속성 성질을 겸비한 촉매일지도 모른다.

"일단은, 손질하자."

마력을 주입하여 부유석이 뿜는 빛을 참고해서 불필요한 부위를 깎아 낸다.

부유석은 마력을 주입하면 더 단단해져서 필요 없는 부위를 깎는 작업은 금세 끝났다.

마지막으로 【창조 마법】으로 만든 연마용 왁스로 표면을 닦아 광을 내니, 짙은 녹색으로 빛나는 결정이 되었다.

"오! 보석처럼 됐어요!"

"세공해서 진짜 보석처럼 만드는 것보다는 이 모양 그대로 지팡이에 써야겠어. 어디 보자, 받침은——."

조금 전에 식탁에 둔 미스릴 주괴를 방대한 마력으로 점토 주무르듯 만진다.

그런 다음 가느다란 미스릴 덩굴이 공중에 뜬 부유석에 휘감기듯 받침을 이룬다.

"이로써 끝부분은 완성했어. 이제 지팡이 쪽을 만들어야지."

나는 테토가 가져와 준 세계수 나뭇가지를 몇 개 들어서 굵기와 크기를 확인했다.

그러고는 마음에 든 세계수 나뭇가지 한 개를 연마 마법으로 다듬어 지팡이를 만들었다.

깔끔하게 다듬어진 세계수 나뭇가지에 왁스를 발라 말린 뒤에 부유석을 얹은 미스릴 받침과 맞붙인다.

그리하여 완성한 지팡이에 지팡이의 기능뿐만 아니라, 【하늘을 나는 양탄자】와 이제껏 써 온 하늘을 나는 빗자루와 같은 비행 마도구로서의 기능도 추가한다.

"내 새로운 지팡이, 완성."

비행 시에 이용하는 하늘을 나는 빗자루와 비슷한 크기로 만든 긴 지팡이다.

"시험 삼아 써 보자."

"네!"

테토와 나는 새 지팡이를 가지고 저택 밖으로 향하는 도중, 베레타와 마주쳤다.

「주인님, 새 지팡이를 완성하셨나요?」

"응, 완성했어. 이거야."

세계수 나뭇가지와 미스릴, 부유석을 사용한 긴 지팡이를 베레타에게도 보여 준다.

"새로 만든 지팡이를 시험해 보러 가는 중인데 베레타도 갈래?"

「저도 동행하겠습니다.」

나는 다시 테토와 베레타를 데리고 【전이 마법】으로 【허무의 황야】에서도 손길이 닿지 않은 곳으로 이동했다.

"좋았어. 여기라면 마법을 아무리 써도 다른 곳에는 영향을 미치지 않겠지."

"마녀님, 해 보세요! 벽을 세웠어요!"

「계측은 제가 하겠습니다.」

테토가 땅의 마법으로 과녁으로 쓸 벽을 세우고 베레타는 객관적 평가를 맡겠다고 자처한다.

둘의 응원을 받은 나는 지팡이를 쥐고 마력을 흘려 보낸다.

"……이거, 굉장한걸."

지금껏 쓴 지팡이는 【창조 마법】으로 창조한 범용 지팡이지만, 부유석 지팡이는 염려스러울 정도로 마력이 내부에서 증폭하고 있다.

그리고 내부에서 증폭된 마력이 초록빛 인광이 되어 주변으로 퍼진다.

"──《윈드 커터》."

날아간 바람 날은 내가 아는 《윈드 커터》와 크기는 같았다.

그러나 바람 날 속의 마력 밀도가 어마어마하게 높아서 테토가 세운 흙벽을 간단히 절단했다.

"인간에게는 쓸 수 없는 위력이네. 테토, 큰 바위를 만들어 줘."

"알겠어요!"

땅의 흙을 압축해 만든 큰 바위를 과녁 삼아, 이번에는 바람 탄알 마법을 쏘았다.

압축된 서른 발의 바람 탄알이 바위를 중간 정도까지 파고들었다.

"관통력과 공격력이 높구나. 다른 마법은――."

지팡이의 성능을 베레타가 계측한 결과, 바람의 마법은 약 열 배, 어둠의 마법과 무속성 마법은 세 배쯤 위력이 향상할 것으로 전망된다고 한다.

그 밖의 마법은 위력이 세지지 않았지만, 약해지지도 않았다.

"무서운 위력이었어. 되도록 절제해서 써야겠어."

공격력이 꽤 높은 벼락 마법인 《선더볼트》에도 바람의 마법의 요소가 포함되어 있다.

이제껏 쓰던 감각대로 쓴다면 위력이 열 배까지 뛰어올라 괜한 피해를 낼지도 모른다.

"하는 수 없지. 제한 장치를 달 수밖에."

지팡이 밑동에 미스릴로 만든 마개를 만들어 끼우고 마개에 지팡이의 능력을 제한하는 부여 마법을 건다.

마개를 끼우니, 촉매로 인해 증폭된 부유석 지팡이도 원래 사용하던 떡갈나무 지팡이와 같은 수준까지 마법 위력이 제한되었다.

또한 초록빛 인광을 발하는 상태에서는, 지팡이 자체도 마력으로 강도가 올라가서 장술(杖術)의 타격 무기로도 쓸 수 있는 듯하다.

"그러면 이번엔 하늘을 날아 볼게."

"마녀님, 이따가 테토도 태워 줘요!"

「주인님, 조심하십시오.」

나는 능력을 제한한 지팡이에 올라타 지면을 찼다.

부유석이 힘을 방출할 때 내뿜는 초록빛 인광을 남기면서 상공으로 오른다.

"좋은걸. 이전과 비교해서 반응이 빨라."

기존의 하늘을 나는 빗자루는 가속과 감속, 선회의 반응이 미묘하게 늦는 듯했다.

그런데 새 지팡이는 마치 내가 생각하는 대로 움직여 준다.

게다가 지팡이 주변으로 발생한 척력이 바람막이 결계처럼 작용해서 공기 저항이 없는 것처럼 날 수 있다.

또 급속으로 방향을 틀 때 작용하는 원심력도 지팡이가 반대되는 힘인 구심력을 만들어 지탱해 주어서 휘둘리지 않고 비행이 가능하다.

"뭐랄까, 낼 수 있는 속도에 한계가 없다는 듯 마력을 삼키는 지팡이야."

이전에 쓰던 하늘을 나는 빗자루와 같은 마력량을 흘려 넣어 날고 있는데 비행 능력은 그 이상의 성능을 발휘한다.

지팡이의 촉매인 부유석이 계속해서 마력을 흡수하고 흡수한 마력을 증폭하여 속도로 변환하고 있다.

만약 한계까지 마력을 주입하면 속도를 얼마나 낼 수 있을지, 나는 무서워졌다.

"비행 속도에도 제한을 둬야겠어. 고속 비행 시의 사고 방지 마도구도 몸에 지니고 다니고."

나는 지팡이를 조종해 테토와 베레타가 있는 곳으로 내려선 다음, 그 자리에서 하늘을 나는 지팡이를 재조정했다.

"후, 이러면 되겠지."

지팡이 몸통에도 미스릴 링을 끼우고 링에 지팡이의 능력 제한을 추가했다.

비행 시의 속도 제한과 낙하 시의 낙하 속도 감소, 보호 결계 등, 여러 마법이 발동하게끔 부여 마법을 걸어 마도구화한다.

"좋아, 됐어."

"마녀님, 테토도 마녀님 뒤에 타 보고 싶어요!"

"좋아. 베레타는 어떡할래? 탈래?"

지팡이 크기상 나와 테토 두 사람만으로도 자리가 차서 탄다면 테토 다음에 타야 하는 베레타에게도 묻는다. 그러자 베레타가 조용히 고개를 가로저었다.

「주인님, 괘념치 마세요. 저는 여기서 차를 준비해 놓고 기다리겠습니다.」

"그래? 그러면 다녀올게."

베레타는 내가 【창조 마법】으로 창조한 마법 가방에서 탁자와 마도구 곤로를 꺼내어 차를 낼 준비를 하기 시작했다.

그리고 나는 테토를 뒤에 태우고 새 지팡이의 승차감을 확인하며 30분 정도 비행을 즐겼다.

신나게 타고 기분 좋게 베레타가 있는 지상으로 돌아왔을 때는 풍압으로 모래 먼지가 일지 않을까 불안했지만, 부유석이 지닌 척력이 살짝 착지할 수 있게 도와주었다.

"베레타, 다녀왔어."

"다녀왔어요!"

「어서 오세요. 차를 준비해 두었습니다.」

나와 테토는 황야 한가운데서 차를 마시면서 저 멀리 자라기 시작한 풀밭과 황야 중심지에 심은 나무들을 바라보며 쉬었다.

상공에서도 확인했지만, 정말로 30년간 용케 이만큼이나 넓혔다고 생각한다.

「주인님, 고생하셨어요. 그나저나 이 지팡이는 성능이 매우 훌륭한데 어떤 이름을 붙이시겠어요?」

"이름이라……."

베레타의 질문에 나는 가만히 고민한다.

하늘을 나는 지팡이와 부유석 지팡이 등으로 간편하게 부르던 나는, 초록빛 보석 같은 부유석을 보고 지팡이의 이름이 떠올랐다.

"그래. 【마법 지팡이 비취(飛翠)】는 어때?"

하늘을 날 때 선명한 비취색 인광을 발해서 그렇게 지었다.

"좋은 이름이라고 생각해요!"

「멋진 이름입니다.」

"그러게. 다만 성능이 너무 좋은 탓에 능력을 최대한으로 써 주지 못하는 게 미안하네."

나는 방금 만든 새 지팡이를 한 번 어루만지고 【허무의 황야】에서 보내는 휴일을 즐겼다.

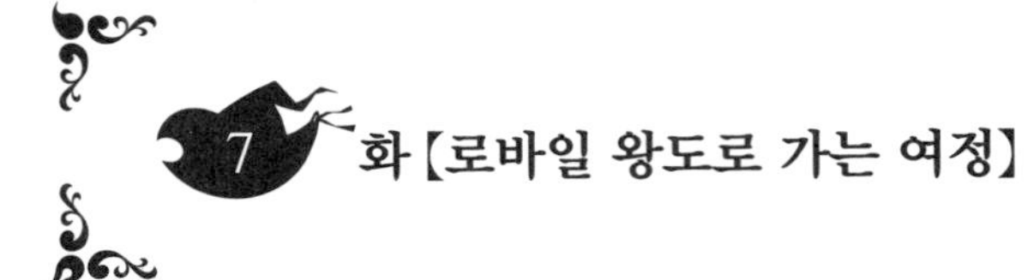

7화【로바일 왕도로 가는 여정】

크라켄 토벌 후, 항구는 다시 활기를 되찾아 우리는 변함없는 나날을 보내고 있었다.

모험가 길드에 남는 비인기 의뢰를 수행하며【허무의 황야】를 오가는 생활을 계속하던 어느 날, 길드에서 의뢰를 맡으려던 우리는 길드 마스터 도글 씨에게 불려 갔다.

"미안하군, 불러내서."

"아니야, 괜찮아. 그보다 무슨 일 있어?"

"또 크라켄 같은 마물이 나왔나요?"

A등급 모험가인 우리를 응접실로 따로 부르기에 큰일이라도 났나 싶어 살짝 경계하는데 도글 씨가 쓴웃음을 지으며 우리의 염려를 부정한다.

"두 사람이 와 준 덕에 우리 마을 주변의 답보 상태였던 의뢰들이 줄어서 다행이야."

"그렇게 말해 주니, 고맙네."

"테토와 마녀님은 즐겁게 일했어요!"

우리 같은 A등급 모험가에게 맞는 의뢰는 달에 한 번 들어오면 많은 편이다.

그러니 필연적으로 하위 의뢰를 받을 필요가 있다.

보수가 괜찮은 의뢰는 그 의뢰 등급에 해당하는 모험가에게 맡기고 우리는 의뢰 보수가 평균 시세이거나 평균보다 적은 의뢰를 맡고 있다.

보수가 너무 적은 의뢰는 길드에서 면밀히 조사한다.

의뢰주가 자산이 있는데도 보수를 내기 꺼린다면 의뢰의 보수요율이 낮아져 모험가와 길드가 돈을 받지 못해 난처해진다.

그러한 일을 막기 위해 길드가 사전에 의뢰를 조사하여 거절하기도 한다.

다만 개중에서 조사 결과, 의뢰주가 정말로 절박한 상황에 놓였거나 보수를 조금밖에 내지 못할 경우, 혹은 장래를 내다봤을 때 위험 가능성이 있는 의뢰는 통과된다.

그런 의뢰는 수지가 맞지 않는 비인기 토벌 의뢰로 남을 확률이 커, 나와 테토가 해결하고 다닌 것이다.

"로바일 왕국의 북부 연안 지역의 잠재 위협이 될 만한 비인기 의뢰는 거의 해소되었어. 크라켄을 조기 토벌한 것도 그렇고, 다시 한번 고마워."

"이러지 마. 우리에게 고개 숙일 필요 없어."

"마녀님과 테토는 할 수 있는 일을 했을 뿐이에요!"

고개를 숙인 도글 씨에게 우리가 고개를 들라고 하자, 도글 씨가 난감한 듯 웃는다.

잠재 위협이 성장하여 보수가 오르면 모험가들은 그제야 그 의뢰로 눈을 돌린다.

그러나 그런 의뢰의 이면에는 이미 일어나 버린 피해가 존재한다.

그래서 우리는 보지 않아도 될 피해를 미리 방지하는 의미도 포함해, 우리 손이 닿는 범위에서 비인기 의뢰라는 이름에 가려진 잠재적 위협을 제거하며 다녔다.

아림이 사는 폐갱 마을에서의 마물 퇴치는 그 단적인 예라 할 수 있다.

"정말로, 너희는 고결하구나. 예전에는 그런 걸 고려해서 의뢰를 맡는 일이 없었는데 길드 마스터가 되어 관리하는 쪽이 되고 절실히 느꼈어."

그렇게 말하면서 본인의 과거에 한숨을 쉬는 도글 씨지만, 아직 창창한 장수 종족 용인이 그러니, 조금 웃기다.

"아무튼 감사 인사는 받을게. 할 얘기는 이게 다야?"

"아니, 이 지역은 잠재 위협이 적어졌는데 A등급 파티가 여기에 계속 머무르는 게 아까워서 말이야. 왕도 길드로 가지 않겠어?"

"왕도 길드?"

"왕도 길드요?"

고개를 갸우뚱 기울이는 우리에게 도글 씨가 권한다.

"전에 크라켄 토벌 뒤풀이 때 그랬잖아. 언젠가 왕도에 가 보고 싶다고."

맞다. 부유도를 보기 위해서 언젠가는 왕도 쪽으로 여행하고 싶다고 하긴 했지만, 그 이유로 권할 줄은 몰랐다.

하지만 도글 씨가 말했다시피 이 항구 도시를 충분히 만끽했고 길드의 비인기 의뢰도 거의 다 처리했다.

"그래. 왕도로 이동하는 것도 괜찮을지도."

왕도라면 이곳 항구 도시보다 다양한 교역품이 들어올 테니, 재미있을 것 같다.

"마침 일주일 뒤에 왕도로 향하는 교역선을 호위하는 의뢰가 있어. 크라켄 토벌 의뢰로 해상 전투 실적도 있으니까 왕도로 가는 김에 맡지 않을래?"

"알겠어. 그 의뢰, 맡을게."

그리하여 나와 테토는 로바일 왕국의 왕도로 가기 위한 준비를 시작했다.

먼저 임대 주택을 정리하고 짐을 뺐다.

그다음, 이 마을을 떠나는 것이니 친하게 지내던 어부와 아침장에서 알게 된 사람들에게 인사를 하고 돌아다니며 식재료를 사 두었다.

"바다에 나간다니, ――해모신 루리엘 님의 가호가 있기를."

"선박 여행은 좋은 바람과 함께해야지. ――천공신 레리엘 님의 은총이 있기를."

우리에게 덤을 얹어 준 어부 노인들이 순조로운 여정이 되길 빌어 주며 배웅했다.

나와 테토가 여신 리리엘에게 사도로 인정받은 게 알려지면 난리가 나겠다는 생각을 하면서 항구 도시에서 남은 날을 보냈다.

마지막으로 임대 주택에 설치한【전이문】을 회수한 후에 집 열쇠를 집주인에게 건네고 그 길로 항구에 정박한 우리가 호위할 교역선을 찾아갔다.

"안녕하세요. 상인 워드 씨 맞으세요?"

"아아, 맞는데요, 아가씨들은 누구죠?"

볕에 타 까무잡잡한 중년 상인에게 말을 거니, 뒤돌아서 우리를 본다.

"길드 마스터 도글 씨의 추천으로 교역선 호위를 맡은 모험가입니다."

"이게 길드 카드입니다!"

나와 테토가 길드 카드를 제시하자, 의뢰주 상인이 놀라서 우리를 다시 확인하듯 위에서 아래로 시선을 떨어뜨린다.

"당신들이군요! 크라켄을 퇴치한 모험가가! 도글 씨에게도 겉모습은 소녀지만, 마흔이 넘은 베테랑이라는 얘기를 들었습니다!"

겉모습이 이래서 의심받고 무시당할 때가 많지만, 도글 씨가 미리 말을 해 둔 모양이다.

"저희가 교역선 호위를 맡는 건 처음이니, 여러모로 가르쳐 주세요."

"부탁합니다!"

"호위에 관해서는 우리와 전속으로 계약한 모험가에게 들으시죠."

약간 겸손한 교역상의 안내로 교역선에 올라, 이번 호위 의뢰에 관한 설명을 듣는다.

모험가와 선원이 하루 4교대로 바다를 감시하며 습격해 오는 마물을 퇴치하면서 항해해 나간단다.

이 시기에는 북쪽에서 내리 부는 바람 때문에 항해 일정은 2

주 전후라고 한다.

"우선, 감시 시간 외에는 마음대로 시간을 보내도 좋아. 잠을 자든, 밥을 먹든, 낚시를 하든."

"고마워. 실제로 임무를 수행하면서 배울게."

배의 갑판으로 가서 선원들이 선내로 옮기는 화물을 본다.

식재료와 물, 식사를 만드는 연료 등이 대부분이고 그 밖에는 그런대로 수익성이 있는 물건을 싣는다. 정말 중요한 짐은 상인의 마법 가방에 든 듯하다.

"그럼, 출발하자고!"

교역선이 왕도를 향해 출항한다.

어느 정도까지는 선원이 노를 저어서 나아갔다. 그러다 돛을 펼치니, 바람을 맞은 배가 물살을 헤치며 전진한다.

나와 테토는 배 뒤쪽에서 신세를 진 항구 도시를 바라보았다.

"즐거웠지."

"또 놀러 오고 싶어요!"

항구 도시 사람들의 밝고 떠들썩한 목소리 같은 게 떠오른다.

가려고 마음먹으면 【전이 마법】으로 언제든 오고 갈 수 있지만, 그때그때의 한 번뿐인 만남에도 즐거움이 있다.

그 즐거움을 가슴에 묻으며 삼각 모자를 벗어 바닷바람에 머리를 나부낀 나는, 앞으로 향할 로바일 왕국의 왕도의 모습을 상상했다.

8화【교역선 호위와 해모신(海母神)의 신탁】

교역선 호위 의뢰를 맡아, 로바일 왕국의 왕도로 향하는 우리는 배의 갑판에서 낚싯줄을 드리우고 있다.

"마녀님, 하나도 안 잡히잖아요."

"뭐라도 잡히면 감지덕지라는 마음으로 느긋하게 기다려 보자."

낚싯대를 든 나를 껴안고 앉아 내 머리에 턱을 얹은 테토와 함께 드넓은 바다를 바라본다.

"아가씨들, 오늘 저녁에 먹을 반찬은 잡았어?"

"잡기는. 입질도 없어."

교역선 상인이 고용한 호위 리더가 우리에게 말을 걸었다.

내가 옆에 놓인 빈 양동이를 가리키니, 씁쓸한 웃음을 짓는다.

"아이고, 이런. 그나저나 배에서 생활하는 건 좀 익숙해졌어?"

"그럭저럭. 배에서 준비해 준 밥은 먹기가 괴로웠는데 내가 직접 차려 먹을 수 있게 배려해 준 건 고마웠어."

우리의 상태를 보러 온 호위 리더에게 내가 감사 인사를 전한다.

식사는 보존 식품과 흔들리는 선내에서도 재빠르게 조리할 수 있는 게 대부분이다.

구체적으로는 물과 밀을 푹 끓인 죽이나 보리 죽, 말린 생선과 말린 고기, 소금이나 초에 절인 채소 등이 중심이다.

그렇기에 선내에서 먹는 식사는 맛있지 않았다.

그래서 둘째 날에는 우리 손으로 식사를 차렸다.

"정말 먹음직스러운 요리를 만들었었지. 테토 양은 배에서 생활하는 거 어때?"

"마녀님과 함께 못 자는 게 좀 불만이에요."

아무래도 교역선에는 선원 한 사람 한 사람에게 침대를 마련해 줄 공간이 없어서 우리는 해먹에서 잠을 잔다.

테토가 나를 껴안고 자지 못하는 것에 불만을 표한다.

나는 올라가는 데 요령이 필요한 흔들거리는 해먹에 누워 책을 읽거나, 이렇게 낚시를 하며 신선한 생선을 잡거나, 쉴 때는 모험가와 선원들과 대화도 하면서 그럭저럭 즐겁게 보내고 있다.

그리고——.

"……열 시 방향에서, 마물이 나타났어."

낚시하면서 배 주변으로 마력 감지를 펼쳐 두었다.

바닷속에서 접근하는 마물 무리를 느끼고 배를 바짝 쫓아온 것을 전달한다.

"감시원보다 빨리 발견하다니, 정말이야?! 동료를 불러 대응하지!"

"아니, 내가 가는 게 빨라. 오늘 저녁 반찬으로 먹고 싶기도 하고. 테토는 배를 부탁해."

"마녀님, 다녀오세요!"

그렇게 말하고 마법 가방에서 꺼낸【마법 지팡이 비취】에 올라타, 비행 마법으로 너른 바다로 날아간다.

그리고 감지한 마물 무리가 배 쪽으로 직선으로 곧장 오는 걸 보고 바다를 향해 마법을 쏘았다.

"오늘 저녁 밥반찬이 돼라! ──《사운드 봄》!"

압축한 음향 폭탄을 바닷속으로 발사하니, 세로로 거센 물기둥이 솟는다.

소리의 충격파로 기절한 물고기 마물은 해수면에 떠오르고, 기절은 안 했어도 혼란에 빠진 마물들은 뿔뿔이 도망간다.

내가 이어서 두서 발 더 바다로 음향 폭탄을 쏘자, 잇달아 기절한 마물들이 떠오른다.

"이제 주변에 마물 반응은 없네. 그럼, 들고 가 볼까. ──《사이코키네시스》!"

나는 염동력으로 해수면에 뜬 물고기 마물을 건져서 배까지 옮겼다.

"다녀왔어, 테토. 아주 많이 잡았어."

"마녀님, 어서 와요! 다 같이 생선을 손질해야겠어요!"

그리하여 테토와 선원들에게 손질당하는 수생 마물들.

기절한 사이에 대가리와 지느러미가 잘려 나가고 가른 배 속에 있던 내장과 마석을 꺼낸 뒤 벌린 생선 토막은 식재료가 된다.

손이 빈 선원들도 오늘 저녁은 신선한 생선을 먹을 수 있다는 기대에 차 적극적으로 돕는다.

"마녀님, 이 생선은 어떻게 조리하나요?"

"어디 보자. 항구 도시에서 소스를 샀으니까 튀겨도 좋겠어."

밑간한 생선에 밀가루를 바르고 달걀물을 입힌 뒤에 강판으로

간 빵가루를 묻힌다.
"이제 어떻게 해요?"
"튀길 거야."
마법 불꽃으로 기름을 프라이팬에 약간 둘러 덥히고 튀겨서 생선튀김으로 만든다.
흔들리는 선내에서야 기름을 대량으로 다루면 화재 위험이 있지만, 바다가 잔잔할 때는 기름을 소량으로 해서 튀길 수가 있다.
한쪽 면이 노릇노릇하게 익으면 뒤집어 익히다가 양면이 불룩 부풀면 마어 튀김이 완성된다.
"테토가 맛볼게요!"
"그래. 레몬즙이랑 소스도 있으니까 여러 방식으로 먹어 봐."
일단 나는 우리 점심 식사용으로 계속 생선을 튀기고 있는데 생선을 손질하던 선원과 호위 모험가들이 침을 꿀꺽 삼키며 먹고 싶다는 눈빛을 보낸다.
"조리법을 가르쳐 줄 테니, 알아서 만들도록 해."
"――와아아아아!"
"――와아아아아!"
"――와아아아아!"
선원들이 흥분해서 소리를 지르는 와중, 나는 튀김을 튀기는 방법을 시범으로 보여 주고 알아서들 만들어 먹게 한다.
마물이 있는 바다 위에서 선원과 모험가들이 온화한 교류의 시간을 갖는다.
이 외에도 배에서는 물로 몸을 씻을 수 없기에 청결 마법 《클린》을 걸어 주거나 식수 확보에 쓰이는 생활 마법 《워터》를 여유 있는 선원들에게 알려 주며 지냈다.

식사는 맛없는 죽이 남기 십상인지라 맛을 살짝 가미하고 가지고 있던 말린 과일과 납작보리를 섞은 생지를 프라이팬으로 구워 죽 과자로 만들었더니, 선원들에게 호평이었다.

그렇게 선박 여행은 순조로웠고 예정된 항로를 반 이상 지났을 어느 날 밤── 흔들리는 해먹 위에서 자다가 눈을 뜨니, 예의 그 검은 공간에 있었다.

…………

……

…

"여긴【꿈속 신탁】이구나. 리리엘과 라리엘이 또 불러낸 건가?"

"마녀님, 여신님과 또 만날 수 있다니 기뻐요!"

여신의 사도가 된 나는 주변을 둘러보고 테토는 들떠 있는데 리리엘도, 라리엘도 아닌 한 여성이 나타났다.

리리엘과 라리엘처럼 등에 날개가 돋았고 웨이브가 들어간 파란 머리 위로는 빛의 고리가 빛났다. 고상한 색기를 자아내는 여성이었다.

그리고 무엇보다 리리엘과 라리엘보다 큰 가슴이 자기주장을 심하게 하고 있다.

「반가워, 리리 언니의 새로운 사도 아가씨. 나는 해모신 루리엘이라고 해.」

"나도 반가워, 치세야."

"테토입니다! 잘 부탁입니다!"

처음 나타난 여신에게 간단하게 자기소개를 한 우리에게 루리엘이 미소를 짓는다.

쾌활한 라리엘과 고지식한 리리엘과 다르게 의젓한 분위기를 풍긴다.

「줄곧 만나 보고 싶었어. 라 언니와 리리 언니가 하도 자랑해서! 이번 전생자는 그【허무의 황야】를 재생하는 데 진력을 다한다고!」

"우리는 그저 우리가 살 곳을 만들었을 뿐이야."

"지금은 베레타와 다른 봉사 인형도 있어서 즐거워요!"

「그렇구나, 잘됐어.」

온화한 웃음을 지은 루리엘이 우리를 부드럽게 바라본다.

그리고──.

「작은 몸으로, 대견하기도 하지.」

"저기……. 머리는 왜, 쓰다듬어?"

「귀여워서?」

작게 고개를 갸웃하며 손을 뺨에 갖다 대는 모습은 귀여웠다. 그러나 루리엘의 언동에 테토가 경계심을 불태우며 나를 껴안는다.

"마녀님을 빼어가면 안 돼요!"

「후훗, 안 빼어가. 질투하는 테토도 귀엽네.」

"흐아아아아……."

나를 꽉 안은 테토까지 함께 끌어안는 루리엘의 포용력은 지모신 리리엘보다 큰 듯하다.

「후후, 미안해. 내 영역에 가까이 와 줘서 나도 모르게 오랜만에 들떴어.」

"하아, 그러셔."

의젓해 보였는데 장난스러운 면이 살짝 있는 것 같다.

해모신 루리엘——물을 관장하는 여신인데, 옛【허무의 황야】에는 수원이 없었고 지금 있는 수원도 아직 루리엘의 영향력을 받지 않아서 이렇게 만난 게 기쁜 모양이다.

「천공신 레리도【허무의 황야】의 대결계 탓에 바람을 타고——정확히는 대기를 유동하는 마력의 흐름을 통해서 간섭하기가 어려웠고, 막내 로는 죽음과 안녕을 주는 명부신이지만 계속 잠들어 있단 말이지. 아, 2,000년 전에 있었던 마법 문명 폭주의 피해자들 영혼을 해방해 준 일은 고맙게 생각해. 그리고…….」

일방적으로 늘어놓는 루리엘의 이야기에 현기증을 느끼면서도 맞장구를 친다.

다 얘기했는지 만족스러워하는 루리엘이 우리에게서 떨어진다.

"그래서 루리엘, 우리에게 무슨 볼일이 있어 부른 거 아니야? 라리엘처럼 의뢰를 맡기려고?"

인사는 충분히 나눴다 싶어서 본론을 꺼냈는데 루리엘은 어리둥절한 표정을 하다가 불현듯 즐거운 듯 미소를 지었다.

「후훗, 그냥 이야기를 나누고 싶었을 뿐이야. 그래도, 음, 그렇지. 언니들이 신세를 지고 있으니 신답게 한 가지 신탁을 내릴게.」

그러면서 손가락을 척 세운 루리엘의 말을 듣고자, 테토와 함께 자세를 바로 고친다.

「내일 오후부터 배가 폭풍에 휩쓸릴 거야. 그러니 조심해.」

"폭풍……."

「그래. 뭐, 치세와 테토가 있으니 괜찮겠지만, 말은 해 둬야지.」

그렇게 말하고는 가벼운 어조로 잘 있으라는 인사를 하는 루리엘이 갑자기 멀어지는 게 느껴진다.

해먹에서 눈을 뜬 나와 테토는 선실에서 나와서 수평선 너머에서 떠오르기 시작하는 아침 해와 쾌청한 하늘을 바라보았다. 그리고 루리엘이 내린 '폭풍이 온다는 신탁'을 되새기며 정신을 다잡았다.

9 화【폭풍의 위협】

"저기, 오늘 날씨 어때?"

맑은 하늘을 올려다보면서 교역선의 항해사에게 묻자, 의아해하다가 환하게 웃는다.

"우선, 현재로서는 날씨도 좋고 북쪽에서 바람도 불어와서 순조로워."

"그렇구나……. 오후부터 날씨가 나빠져서 폭풍우가 올 가능성이 있다고 생각해?"

내 질문에 항해사가 난처해하며 웃는다.

"바다에서는 날씨가 급변하기 쉬워서 갑자기 폭풍이 불어닥치기도 하지. 그럴 때는 돛을 접고 그저 버티는 수밖에 없어. 왜? 어젯밤에 폭풍이 얼마나 무시무시한지 듣기라도 했어?"

"응, 비슷해. 알려 줘서 고마워."

나는 항해사에게 고맙다고 말한 뒤에 테토가 있는 아래로 내려갔다.

"마녀님, 어떻게 해요?"

"어떻게 하기는, 우리가 할 수 있는 일을 해야지."

우리는 날씨를 마음대로 부리는 신이 아니다.

무리해서 마법으로 폭풍을 소멸시켜도 또 다른 곳에서 그 영향이 발생할지도 모른다.

그렇다면 폭풍을 견디고 극복하는 수밖에 없다.

"그리고 역시 신은 전능한 게 아니었어."

루리엘의 신탁으로 추측건대 여신들은 직접 날씨를 조작하는 게 아니다.

리리엘을 비롯한 여신들은 자기가 관장하는 대상과 속성에 깃든 마력을 통해서 세계의 미래를 지켜본다. 국소적으로 날씨를 조작하고 천벌을 내리는 등의 기적을 일으키지만, 기본적으로는 자연현상에 개입하지 않는 것이리라.

자연현상의 태반이 신의 힘이나 마력이 아니라 물리 법칙으로 인해서 일어나기 때문이겠지.

신이 능력을 대규모로 발휘한 예로 【허무의 황야】를 둘러싼 대결계를 들 수 있을 테지만, 그것은 예외 중의 예외일 것이다.

"그래도 그렇게 생각하면 세계는 참 재미있어."

"익, 마녀님 혼자 생각하고 납득하지 마요."

아무 말 없이 혼자서 이 세계에 관해 깊이 고찰하고 납득하는 내가 언짢았던 모양인지 테토가 입술을 비쭉 내밀고 내 볼을 콕 찌른다.

그렇게 우리가 높푸르고 맑은 하늘을 올려다보면서 폭풍을 경계하는데, 오후에 가까워질수록 하늘에 낀 구름이 서서히 두꺼워지고 상공을 묵직하게 덮기 시작한다.

"——폭풍이다! 돛을 내려!"

"폭풍이 심해서 근처 항구로 들어갈 수도 없어! 바다에서 버텨야 해!"

파도가 크게 굽이치며 배를 밀어 대고 하늘에서 거센 바람이 내리 부는 탓에 굵은 빗줄기가 사선으로 내린다.

"생각보다 바람이 심하네. 꺅?!"

【마법 지팡이 비취】를 한 손에 들고 다른 한 손으로는 마녀의 삼각모가 날아가지 않게 누른다. 배가 크게 흔들리면서 몸을 못 가누고 헛발을 디딘 나를, 테토가 받쳐 준다.

"마녀님, 괜찮아요?"

"테토, 고마워! 우선 이 바람과 비를 약화해야 해. ──《어보이던스》!"

나는 배 주위를 둘러싸듯 둥근 결계를 쳤다.

"이건……."

"화살을 막을 때 쓰는 결계야! 이대로 폭풍을 이겨 내 보자!"

성난 바다에서 물리적 간섭력을 지닌 《배리어》 등의 결계 마법을 쓰면 밀려드는 파도를 결계가 전부 받아 내기에 배가 뒤집힐 우려가 있다.

그래서 바람과 비만 피할 화살 막이 결계──《어보이던스》를 시전해, 선원들의 작업 부담을 덜어 버티기로 했다.

"좋아, 이러면 흔들리는 것만 조심하면 이겨 낼 수 있어! 뱃머리를 파도와 수직으로 맞춰!"

선장이 소리치고 선원들이 배를 조종하는 와중, 호위 의뢰를 맡은 모험가들도 갑판에서 무기를 쥐고 전투태세를 갖춘다.

"폭풍을 틈타 마물들이 납셨다! 바람막이 결계를 친 아가씨를 지켜라!"

그러나 화살 막이 결계로 비바람을 막을 수는 있어도 질량이 어느 정도 되는 것은 통과하고 만다.

폭풍 속에서 큰 파도에 휩쓸린 물고기 마물들이 해수면에서 뛰어올라 갑판으로 올라탄다.

갑판에 올라탄 마물들의 속셈은 선원들에게 달려들어 물거나 몸통으로 박치기해 바다로 밀어 떨어뜨려 잡아먹는 것이다.

이렇게 몹시도 사나운 바다로 떨어지면 구할 수도 없다.

그런 상황에서 호위 모험가들이 필사적으로 무기를 휘둘러 마물들을 쓰러뜨리니, 배가 흔들리면서 다시 바다로 떨어진다. 그렇게 계속해서 마물을 처리해 나간다.

"아아, 아까워요! 테토도 쓰러뜨리고 올래요!"

"테토, 배에서 떨어지지 않게 조심해야 해."

나는 지팡이를 고쳐 쥐고 화살 막이 결계를 유지한다.

부유석으로 증폭된 화살 막이 결계를 유지하며 배에 올라타려는 마물에게 바람 날을 날려서 갑판으로 오르기 전에 해치운다.

그리고 테토는 검은 마검을 휘둘러 쓰러뜨린 마물을 잡아서 허리에 찬 마법 가방에 넣어 사체를 모은다.

폭풍 속에서 펼쳐진 전투가 두 시간쯤 지속됐을 즈음, 상공에 유달리 큰 검은 그림자가 나타났다.

"뭐야, 저 검은 덩어리는……."

두꺼운 구름 속에 떠오른 검은 덩어리의 실루엣.

그 큰 검은 그림자 아래로 구름에 가린 초록빛이 어렴풋이 보였다.
그런데 그 덩어리에서 바람에 날린 건지 갑자기 암석이 잇따라 쏟아진다.
"왜 바위가 쏟아지는 거야!"
"젠장!"
"해운의 여신 루리엘 님이시여! 부디 저희를 지켜 주소서!"
모험가들은 욕지거리를 뱉고 선원들은 작업을 이어 가며 신에게 기도를 바쳤다.
그리고 나는 지팡이를 쥐고 공격 태세에 들어갔다.
"바람의 마법의 위력도 강화됐으니, 어둠――중력 마법도 세졌겠지. ――《컬랩스 불릿》!"
아래쪽으로 무게를 싣는 가중 마법――《그래비티》를 압축된 공 모양으로 바꾸고, 그 힘을 부유석으로 증폭하여 파괴의 검은 탄환을 쏘는 마법이다.
지팡이 선단에서 만들어진 주먹만 한 작은 검은 공 열 개를 돛대에 맞지 않게 상공을 향해 쏜다.
한 발당 마력이 2만 마력을 넘는 《컬랩스 불릿》은 크라켄을 무찌른 《선더볼트》보다도 마력을 더 먹는 마법이다.
하지만 효과는 엄청나서 내려오는 암석과 닿자마자, 작게 압축된 검은 공이 풀려 지름 5m의 구형 공간이 펼쳐졌다.
검은 구형 공간이 저와 닿은 것은 모조리 집어삼키고 고압축으로 내부에 존재하는 물체를 원자 수준까지 분해하며 걸신들린 듯 암석을 먹어 치우며 돌진한다.

"굉장하다……."

하늘에 계속해서 생기는 칠흑의 구형 공간을 올려다보던 선원들. 떨어지던 암석이 전부 파괴되는 것을 보고 긴 숨을 내쉰다.

"후우, 일단 위기는 넘겼네. 도대체 왜 바위가 쏟아진 거지?"

아직 하늘에는 검은 그림자가 있다. 그러나 이 망망대해에는 바위가 쏟아질 높은 곳도 바위가 굴러떨어질 산도 없다.

의문을 입에 담는 내게 교역선의 호위 리더가 알려 준다.

"부유도에서 떨어진 거야."

"부유도? 설마 옛날이야기나 설화에 나오는 그거?"

바로 얼마 전에도 읽은 옛날이야기와 설화를 엮은 책에 적혀 있던 부유도를 떠올린다.

또 너무나도 거대한 검은 그림자와 검은 그림자 아래로 빛나는 초록빛을 본 기억이 있어 손에 쥔 지팡이를 보니 부유석과 같은 빛깔이다.

"이 로바일 왕국 근해에는 아주 먼 옛날부터 부유도가 표류하고 있어. 이번에는 폭풍 때문에 어쩌다 접근한 걸지도. 원래는 존재를 알아차리면 부유도 아래를 지나가지 않게끔 이동하는데 폭풍이 분 탓에 있는지도 몰랐어."

얘기를 듣고 올려다본 부유도의 모습은 구름에 가려 잘 보이지는 않았지만, 언젠가 맑은 날에 다시 보고 싶다고 생각했다.

그러던 중, 부유도에서 새로운 무언가가 떨어지는 것을 마력 감지로 알아차렸다.

"이번엔 마력이 느껴지는데? 게다가 작아……."

암석과 비교해서 짙은 마력이 느껴지는 작은 존재가 마치 폭풍에 농락당하듯 공중을 이리저리 날고 있었다.

세찬 바람이 부는 상공에서 허우적거리는 그것이 마음에 걸린 나는, 지팡이에 올라탔다.

"좀 신경 쓰이는 걸 발견해서 잠시 다녀올게! ──《플라이》!"

"마녀님, 다녀오세요!"

"이봐, 아가씨, 화살 막이 결계 밖은 폭풍이 친다고! 아, 자기한테도 결계를 칠 수 있겠군."

【마법 지팡이 비취】에 올라, 단숨에 하늘을 달린다.

부유석의 척력을 바람막이 결계 삼아 속도를 내 보지만, 하늘에서 떨어지는 작은 존재가 바다를 향해 추락하는 속도도 빠르다.

바닷속에서도 하늘에서 떨어지는 작은 존재의 짙은 마력을 느껴졌는지 마물이 기다렸다가 집어삼키려 해수면에서 튀어 올랐으나──.

"후우, 아슬아슬했네."

단숨에 속도를 올린 내가 마물에게 먹히기 직전에 작은 존재를 부드럽게 받아 내어 그대로 다시 하늘로 올라갔다.

그렇게 받아 낸 작은 존재를 품에 안자, 굼실굼실 몸을 꼬듯하며 얼굴을 내게로 향한다.

「냐아~.」

"……새끼 고양이? 부유도에서 떨어졌나 보네."

비에 젖어 떨기는 하지만, 윤기가 흐르는 새카만 털을 가진 새끼 고양이였다.

암석과 마찬가지로 부유도에서 떨어진 걸까.

지금 바로 부유도를 쫓아가기에는 폭풍이 거세다. 무엇보다 호위 임무 중이라 배로 돌아가야만 한다.

"일단 배로 가자."

나는 망토 안쪽으로 새끼 고양이를 안은 채 교역선으로 데리고 돌아가기로 했다.

10화【요정 고양이 캐트시】

나는 하늘에서 떨어진 검은 새끼 고양이를 안고 교역선 갑판에 내려섰다.

"마녀님, 어서 와요. 떨어지던 건 뭐였어요?"

"새끼 고양이였어."

"고양이, 말인가요?"

테토가 신기해하며 내 품에 안긴 새끼 고양이를 들여다본다.

그리고 배에서 혼자 뛰쳐나간 내가 돌아온 걸 보고 호위 리더도 왔다.

"하여간, 아무리 A등급 모험가라도 갑자기 폭풍 속으로 뛰어들어서 놀랐잖아."

"미안."

"뭐, 가장 큰 공로자에게 이런 말은 별로 하고 싶지 않지만, 호위 의뢰와 관련 없는 짓은 삼가도록 해 줘."

그만큼 성과를 낸 데다가 낙석 위험이 있던 부유도는 멀리 떠나갔고 폭풍도 잦아들고 있다.

그래도 아직은 폭풍이 계속되는 중이니, 경계를 이어 갔으면 하는 상황에 내가 뛰쳐나간 것이다.

호위 리더로서 쓴소리하는 것도 지당하다.

인걸요. 다만, 제가 한 가지 청을 해도 되겠습니까?"

부탁을 청하는 교역 상인의 말에 어떤 부탁이냐는 듯 나와 테토가 고개를 갸웃한다.

"그 캐트시를, 꼭 한번 안아 보게 해 주실 수 있을까요?"

"그래요, 여기요."

수건에 싸여 새근새근 자는 캐트시를 교역 상인에게 건네자, 마치 소중한 아가라도 안듯이 조심스럽게 안고는 기뻐 몸 둘 바를 모르겠다는 표정을 짓는다.

그러고는 턱 아래를 손가락으로 부드럽게 쓰다듬는다.

그러자 손길을 느낀 캐트시가 잠자면서도 기분이 좋은 듯이 몸을 비튼다.

"흐아아아아……. 고맙습니다. 좋은 경험을 했어요."

"됐어요? 안아 보는 거로?"

"네. 고양이는 사업 번창의 길조로 여기니까요. 그런데 그 고양이가 희귀한 환수라면 더할 나위 없지요. 게다가 배를 타면 동물과 교류할 일이 없거든요."

그렇게 말한 중년 교역 상인의 흡족해하면서도 수줍어하는 표정이 귀여웠다.

배에도 동물을 태우긴 하지만, 어디까지나 식용 가축이다.

이 교역선의 창고에는 닭과 염소 등의 산 가축이 실려 있는데 닭에게서 얻는 신선한 달걀과 염소 우유는 선원들에게 식재료로 제공된다.

하지만 선내에 있던 식량이 바닥이 나면 가축을 먹어야 하므로 가축들에게 괜히 애착을 가질 수 없는 노릇이다. 배에 숨어든 쥐 등은 식량을 터는 해로운 짐승이기에 귀여워할 대상이 아니다.

"그러면 저는 이만 갑판으로 돌아가 보겠습니다. 그리고 한 가지 충고해 드리자면, 환수는 진귀한 생물이니 정체를 숨기는 게 좋으리라 봅니다. 아무리 A등급 모험가라 해도 탐욕스러운 자들이나 신기한 것을 좋아하는 자들의 표적이 되고 말 겁니다."

"충고 고맙습니다."

"고마워요!"

우리는 갑판으로 향하는 교역 상인을 배웅하고 새근새근 잠든 캐트시를 바라보았다.

"교역 상인의 말대로, 희귀한 것은 표적이 되지."

"마녀님, 어떡할 거예요? 앞으로 고양이와 함께 사나요?"

테토가 그렇게 묻기에 나는 조용히 고개를 가로저었다.

"환수는 마력이 크고 지성이 높으니까, 기회가 되면 부유도에 올라타서 캐트시 무리로 돌려보낼 생각이야. 그때까지는 우리가 보호하자."

"계속 함께 살지 않는군요……. 아쉬워요."

그러면서 수건에 싸인 캐트시를 쓰다듬는 테토가 약간 시무룩한 표정을 지었다.

"뭐, 캐트시는 지성이 높다니까 무리로 돌려보낼 때, 우리와 같이 살지 않겠냐고 물어보자."

"아하! 마녀님과 테토와 함께하고 싶다는 생각이 들게끔 테토가 노력할게요!"

내 말에 시무룩하던 테토가 표정이 확 밝아지면서 새끼 고양이 캐트시의 마음에 들겠다며 의욕을 보인다.

휙휙 바뀌는 테토의 표정에 쿡쿡 웃으며 다시 새끼 고양이 캐트시에게로 시선을 돌린다.

"우선 표적이 되지 않게 할 방법을 생각해야지. 무난하게 위장과 환영으로 캐트시인 걸 안 들키면 될 일이지. 그리고 긴급 상황에 발동하는 결계와 위치 정보를 전달하는 효과를 더해서,

──《크리에이션》!"

나는【창조 마법】으로 작은 방울이 달린 빨간 목걸이를 만들어냈다.

빨간 가죽 목걸이 줄에는【감정(鑑定) 위장】과 요정의 날개를 감추는 환영 효과를, 방울에는 긴급 상황에서 결계를 발동해 보호하고 우리에게 위치가 전달되는 효과를 부여했다.

자는 캐트시의 목에 목걸이를 걸자, 방울이 작게 딸랑 울린다.

"귀여워요."

"그러게. 자, 우리도 폭풍에 대처하느라 지쳤으니까 밥 먹으러 가자."

나는 곤히 잠든 캐트시를 바구니에 수건을 여러 장 깔아 만든 간이침대에 눕히고 식당에서 식사 준비를 했다.

차리는 김에 지금도 갑판에서 경계를 서고 있을 모험가와 선원들 몫의 식사도 만들었다.

교대로 휴식을 취하러 온 사람들이 쉰다고 하지 않았냐며 어

이없다는 듯 나를 보면서도 식사를 맛있게 먹으며 피로를 푼다.

그 뒤, 잠에서 깬 새끼 고양이가 호기심이 가는 대로 선실을 자유롭게 걸어 다니자, 모험가와 선원들이 싱글벙글 즐거워하며 새끼 고양이의 모습을 바라보았다.

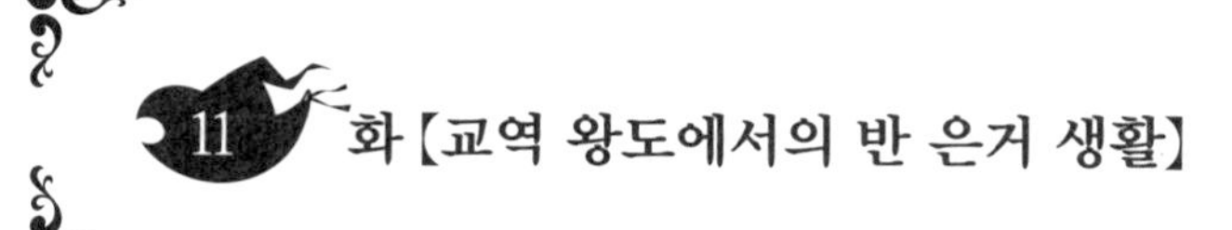

11화【교역 왕도에서의 반 은거 생활】

폭풍을 조심하라는 여신 루리엘에게서 받은 신탁으로 큰 피해 없이 폭풍을 이겨 내고, 다시 맑아진 날씨에 항해는 순조롭게 이어졌다.

목걸이에 담긴 힘으로 평범한 고양이로 위장한 환수 캐트시는 호기심이 가는 대로 배 안을 걷고 있다.

「냐~!」

"오, 이게 먹고 싶어? 잠깐만 기다려! 옜다."

목에 달린 방울을 딸랑 울리고 꼬리를 살랑살랑 흔들며 낚시를 하는 선원에게 다가가 애교 부리듯이 운다.

그 울음소리에 홀라당 넘어간 선원이 방금 잡은 반찬으로는 작은 잔고기를 던져 주자, 캐트시가 공중에서 덥석 낚아채 앞발로 눌러 가면서 맛있게 먹는다.

"아, 치사해. 나는 더 큰 생선을 줄 수 있는데."

다른 선원이 더 큰 생선을 들어서 보여 주었지만, 캐트시는 휙 고개를 돌려 관심 없다는 태도를 보인다.

그러고는 갑판에서 주변 경계를 서던 나와 테토의 발치로 경쾌하게 뛰어온다.

"응? 쿠로, 생선 받았어? 좋겠네."

나는 캐트시에게 쿠로라는 이름을 지어 주었다.

그런 쿠로를 내가 안으려 하는데 내 팔에서 빠져나와 어깨로 올라간다.

「냐~!」

"교역선의 인기쟁이가 다 됐어."

"그러게 말이야. 이것도 쿠로의 인덕? 아니, 묘덕이지."

호위 리더가 그렇게 말하면서 나와 테토, 어깨에 올라와 있는 캐트시 쿠로를 쳐다본다.

캐트시인 쿠로는 새끼 고양이답게 호기심이 왕성해서 종잡을 수 없는 행동으로 선원들의 눈길을 끌었다.

또 가끔은 선원과 모험가들에게 어리광 부리며 아양을 떠는 귀여움.

배에 숨어들어서 식량을 못 쓰게 만드는 쥐처럼 해를 끼치는 동물을 잡는 용감함.

식사나 배변 활동은 정해진 곳에서만 하고 선원이 가르친 장기를 곧잘 하는 영리함.

별안간 선박 여행에 동행하게 된 새끼 고양이의 존재는 배에는 깜짝할 새에 스며들었지만, 그것도 곧 머지않았다.

"어이, 왕도가 보이기 시작했어!"

돛대 위의 전망대에서 망을 보던 선원이 목적지인 왕도와 가까워지고 있다는 소식을 전한다.

이제 곧 교역선의 호위 의뢰가 끝난다는 사실에 안도의 한숨이 살짝 새어 나온다.

"드디어 육지를 밟는구나. 욕탕에 들어가고 싶어."

"마녀님과 함께 욕탕에 들어갔다가 같이 잘래요!"

아무리 《클린》 마법으로 청결하게 한다고 해도 기분상 씻은 것 같지 않기에 목욕하면서 개운해지고 싶다.

그런 생각을 하는 사이에 배는 점점 항구와 가까워졌다.

우리가 호를 그린 모양의 항구를 바라보는데 배가 항구에 도착했다.

"고생하셨습니다. 의뢰 달성 증명서입니다. 그리고 폭풍을 만났을 때, 화살 막이 결계를 펼쳐 애써 주시고 낙석으로부터 보호해 주신 것까지 해서 보수를 좀 올렸습니다."

"고맙습니다. 그러면 저희는 이만."

"즐거웠어요! 바이, 바이예요!"

「냐~!」

나는 고개를 숙여 인사하고, 테토는 손을 힘차게 흔들고 내 어깨에 타고 있던 캐트시 쿠로도 짧게 우니, 교역 상인이 아쉬워하며 우리를 배웅한다.

교역 상인과 계약을 맺은 모험가들은 이어서 배에 실었던 화물을 운반하거나 경비를 섰다. 우리처럼 일회성으로 고용된 호위는 한발 먼저 해산하여 왕도의 길드로 향했다.

"여기가 로바일 왕국의 왕도구나."

초승달 모양의 항구에서 올려다보이는 고지대에 왕성이 보이고 왕성에서부터 부채꼴 형태로 길이 펼쳐져 있다.

목재는 바닷바람에 쉽게 상해서 그런지 석조 건물이 많았다.

그중에서 모험가 길드를 찾는다.
"찾았다. 여기야."
로바일 왕도의 모험가 길드는 항구 도시 쪽과 내지 쪽으로 동서에 하나씩 있다는데 우리는 가장 가까운 항구 도시 모험가 길드로 갔다.
"여기구나. 카운터가──."
나는 의뢰 달성 카운터로 가서 접수원에게 의뢰 달성을 보고한다.
"실례할게요."
"네? 얘들아, 무슨 일이니? 여긴 의뢰 달성을 보고하는 창구란다."
'겉보기에만 열두 살이지, 눈앞에 있는 접수원보다는 나이가 많은데……'라고 마음속으로 씁쓸해하며 테토와 함께 길드 카드와 의뢰 달성 증명서를 내민다.
"뭐야? 아버지 심부름……. 어? 시, 실례했습니다!【하늘을 나는 양탄자】 파티셨군요!"
"아뇨, 괜찮아요. 익숙하니까."
내 어깨에서는 쿠로가 심심한지 자기에게 관심을 가져 달라고 발바닥으로 내 뺨을 누른다.
그런 쿠로를 테토가 방해하면 안 된다며 뒤에서 끌어안아 떼어 낸다.
"의뢰 보수를 수령하고 당분간 왕도에 머무르고 싶으니 임대주택이 있으면 소개 부탁합니다."

"네, 네!"

내 외견 탓에, 상급 모험가를 애 취급해 버리는 길드 직원이 많아서 괜히 미안하다는 생각이 든다.

접수 후, 테토에게 안긴 쿠로를 쓰다듬으며 기다리는데 접수원이 말을 건다.

"실례합니다. 그랜드 마스터께서 응접실로 부르십니다."

"……알겠어요."

왕도의 모험가 길드. 그와 동시에 국내 모험가 길드를 총괄하는 그랜드 마스터.

이스체어 왕국에서 A등급 승급 시험을 쳤을 때는 왕도의 길드 마스터가 그랜드 마스터도 겸임하고 있어서 흘끗 봤다.

가르드 수인국에서는【허무의 황야】에 틀어박혀 변경 마을에서 주로 활동했지만, 왕도의 A등급 승급 시험과 길드의 대책 회의 경호 의뢰로 가르드 수인국의 그랜드 마스터와 대면한 적이 있다.

그리고 이 로바일 왕국의 그랜드 마스터는──.

"실례하겠습니다! A등급 파티【하늘을 나는 양탄자】의 두 분을 모셔 왔습니다!"

"수고, 차를 내와 줘."

응접실로 들어가니, 고급스러운 옷을 입은 남자가 기다리고 있었다.

"【하늘을 나는 양탄자】구나. 도글에게 길드의 통신 마도구로 두 사람더러 왕도행을 권했다는 연락을 받고 기다렸어."

"반가워, 【하늘을 나는 양탄자】의 마녀 치세야."

"반가워요, 검사 테토입니다! 그리고 이 아이는 쿠로예요!"

「냐~.」

평범한 새끼 고양이로 위장한 캐트시 쿠로를 껴안고 있던 테토가 쿠로의 양 앞발을 들어 손짓하자, 그랜드 마스터가 쓴웃음을 짓는다.

"반갑네. 나는 로바일 왕국의 모험가 길드의 그랜드 마스터인 젤리치 벤토니다."

"성까지 대는 걸 보니, 귀족이야?"

"이미 왕적(王籍)에서 빠져 공작 작위를 받았지만, 전에는 왕제로서 국정에 참여했지."

그렇게 말하며 웃는 중년 남성을 보고 나는 잠시 생각에 잠겼다.

모험가 길드는 중립을 표방하나 그래도 저마다의 나라에 자리를 잡았기에 완전한 중립일 수는 없다.

그리고 일단은 무장한 집단이 드나들기 때문에 각 국가와 영주로부터 정기적으로 감사를 받는다.

또한 금전적으로 여유가 있는 귀족 의뢰주가 있어, 길드에서도 함부로 할 수 없다.

왕후 귀족이 집중된 왕도의 모험가 길드는 귀족 가문의 사남 아래의 구성원들이 취직하기도 한다.

그럼 나라와 유착 관계에 있는 것이 아닐까 하는 위구심에 대해서는 각지의 길드 마스터에 의한 파면 제도가 존재하거나 귀족 출신과 모험가 출신 그랜드 마스터를 함께 선출하거나 하는 등, 이러니저러니 적당한 거리를 유지하는 듯하다.
그런 그랜드 마스터 젤리치 씨가 우리에게 이야기한다.
"나는, 한 번 자네들을 본 적이 있어. 뭐, 대화를 직접 나누지는 않았지만 말이야."
'언제, 어디서?'라는 의문에 고개를 갸웃한 우리에게 젤리치 씨가 웃으면서 답해 준다.
"전에 가르드 수인국에서 열린 모험가 길드 회의에 로바일 왕국 대표로 참가했거든. 그때 자네들을 봤지만, 젊다기보다는 어리다는 인상을 받았지."
'그 당시나 지금이나 변함이 없어서 놀랐어'라고 덧붙이며 쓴웃음을 짓는다.
언제를 말하는 건가 싶어서 기억을 더듬어 보니, 10년도 더 된 일이라는 걸 깨달았다.
그렇지만 그때는 그저 경비 임무를 보는 모험가로 참가해서 회의에 참여한 모험가 길드의 대표들은 기억나지 않는다.
그런 생각을 하는 나와 테토를 두고 혼자서 그때 일을 떠올리며 웃던 젤리치 씨가 진지한 표정으로 우리를 쳐다본다.
"자네들에게 고맙다고 인사하고 싶었어. 로바일 왕국의 북부에서 일어난 범죄 조직의 납치 사건을 해결하는 데 힘써 줘서 고맙네."
나도 여기서까지 범죄 조직 사건에 대해 감사 인사를 받을 줄은 몰랐다.
"범죄 조직의 잔당을 잡은 건 어쩌다 그런 거니까 마음 쓰지 마.

현상금도 받았고."

폐갱 마을을 습격해 아이들을 납치한 범죄 조직 조직원과 밥줄이 끊긴 농민 도적을 소탕한 것을 떠올리며 그렇게 답한다.

"자네들이 잡아 준 간부를 신문해서 범죄 조직을 마침내 없앨 수 있었어. 범죄 조직의 존재는 국가로서도 골치가 아픈 문제였으니까."

젤리치 씨가 그러면서 건조한 웃음을 지은 뒤, 우리에게 묻는다.

"그래서 자네들은 왕도에서 어떤 의뢰를 맡을 생각인가?"

그 질문에 나와 테토는 북부의 항구 도시에서 한 것처럼 비인기 의뢰를 중심으로 일하면서 당분간 왕도에 머무르고 싶다는 이야기를 전했다.

"우선 당분간 왕도에서 머무르면서 종종 의뢰를 맡으며 지낼 생각이야."

"부유도를 기다리고 있거든요! 그리고 쿠로도 돌봐야 하니, 집을 오래 비우기 싫어요!"

나와 테토는 왕도에서 간단한 의뢰를 수행하며 부유도가 접근하기를 기다릴 예정이다.

그리고 시기가 되면 테토와 함께 부유도로 올라타, 쿠로를 캐트시 무리로 돌려보내려 한다.

"그리고 새끼 고양이를 주워서 그러는데 반려동물을 데리고 여관에 묵는 건 폐가 될 테니, 집을 빌리고 싶어."

"모험가의 종마(從魔)나 마법사의 사역마도 숙박이 가능한 숙소를 소개해 줄 수도 있지만, 길드가 보유한 부동산 중에 장기로 빌릴 수 있는 임대 주택을 찾아 놓겠네. 도글에게서 전해 들은 대로 자네들이 맡아 줬으면 하는 답보 상태인 의뢰도 골라 두지."

사전에 모험가 길드가 가지고 있는 통신 마도구로 도글 씨에게 우리에 관해 들은 듯하다.

그 후에 한 교섭은 순조롭게 진행되어 우리가 희망하는 의뢰를 알선해 주기로 약속했다.

돌아가는 길에는 카운터에서 교역선 호위 의뢰의 보수를 수령한 후, 오늘은 쿠로를 데리고도 묵을 수 있는 숙소를 추천해 줘서 거기서 자기로 했다.

왕도의 바다와 가까운 숙소라서 맛있는 생선소테와 어패류 수프를 먹을 수 있었다.

엄청난 동물 애호가인 숙소의 사장 부부가 종마와 사역마가 숙박할 수 있는 숙소를 운영 중이라 애교를 부리는 쿠로에게 서비스를 주었다.

그리고 밤에는 오랜만에 육지의 침대에서 잠을 청했다.

다음 날에는 길드가 소유한 부동산을 보러 다니다 독채를 빌리기로 했다.

"이 물건은, 한 달에 은화 열 닢입니다."

"알겠습니다. 이번 달 월세입니다."

항구 도시의 교외에 있는 2층짜리 석조 주택이 임대로 나와 있어서 바로 임대 계약을 맺었다.

모험가용 주택이라 집이 꽤 널찍하고 마당이 딸렸다.

욕탕은 없지만, 계약 중에는 증축하거나 개축할 수 있어서 마법으로 리모델링하여 추가하려 한다.

"무엇보다 묘미는 이 경치란 말이지."

이 집을 빌리기로 한 이유는 마당 쪽으로 난 창문에서 보이는 바다 경치 때문이다.

집에서 생활하기 불편한 거야 마법으로 해결할 수 있으니, 바다와 하늘이 한눈에 보이는 경치를 보고 이 집을 고른 것이다.

앞으로 부유도가 접근할 때까지 캐트시인 쿠로와 살 집을 어떤 식으로 꾸밀지 벌써 기대된다.

12 화【진화하는 봉사 인형과 허무의 황야의 변화】

나와 테토는 집을 살기 편하게 마법으로 리모델링했다.

욕탕을 만든다고 해도 야외 욕탕처럼 그저 땅의 마법으로 사각형 욕조를 만들고 완성했다고 할 수는 없는 노릇이다.

"――《크리에이션》! 욕조!"

방 한 칸을 부숴서 배수 설비를 갖추고 고양이 발이 달린 귀여운 욕조를【창조 마법】으로 창조해 설치한다.

널따란 욕조는 나와 테토가 같이 들어가면 살짝 답답할 듯하지만, 그래도 그것마저 즐거울 것이다.

"일단 가구와【전이문】을 설치하고 욕조도 만들었으니【허무의 황야】로 돌아갈까."

"네! 쿠로도 같이 가요!"

「냐?」

어리둥절해하며 고개를 갸웃하는 쿠로가 내 망토를 뛰어올라 어깨로 올라탄 뒤에 한 방에 설치한【전이문】을 빠져나간다.

2주 만에【허무의 황야】로 돌아오니, 임대 주택에 설치한 것과 한 쌍인【전이문】앞에 봉사 인형 한 명이 대기하다가 우리를 환영해 준다.

「주인님, 테토 님, 어서 오세요.」

"다녀왔어."
"다녀왔어요!"
「냐~.」
내 어깨에 타고 있던 쿠로가 바닥으로 뛰어내려 우리를 맞아 준 봉사 인형을 올려다본다.
「고양이 손님도 오셨군요.」
봉사 인형이 웅크리고 앉아 쿠로를 쓰다듬는다.
표정 변화는 없지만, 행복한 듯한 분위기를 풍겨서 배경으로 작은 꽃이 흩날리는 환시가 보이는 것 같다.
「주인님, 테토 님, 어서 오십시오. 그 고양이는 캐트시인가요?」
그리고 우리의 귀환을 감지한 베레타도 찾아왔다가 봉사 인형이 쓰다듬고 있는 쿠로를 보더니 정체를 간파했다.
"베레타, 다녀왔어. 캐트시인 거 알겠어? 일단 위장과 환영 마도구를 채운 상태인데……."
내가 쿠로 목에 건 방울 달린 빨간 목걸이를 살짝 만져 마도구 기능을 일시 정지하자, 요정의 날개가 나타났다.
「네. 2,000년 전에는 평범하게 인간들의 좋은 이웃으로서 살았습니다.」
옛날의 세계 환경과 지금은 상당히 다르다. 그래서 옛날에는 매우 흔한 생물이었을지라도 지금은 개체 수가 적은 환수다.
대답한 베레타가 행복한 듯이 쿠로를 어루만지는 봉사 인형을 보고 입가에 호를 그리며 아름다운 미소를 짓는다.
「봉사 인형 아이. 완전히 메카노이드로 진화한 것 같군요. 축하합니다.」

「……정말요?」

동족인 베레타가 무언가를 느낀 거겠지.

그리고 나도 서둘러 감정 마법으로 눈앞에 있는 봉사 인형 아이를 살피니, 확실히 마족의 메카노이드로 진화해 있었다.

「당신 동기 중에서 메카노이드로 진화한 건 당신이 첫 번째군요. 앞으로도 주인님들을 위해 힘쓰세요.」

「네, 베레타 님.」

그렇게 답한 봉사 인형, 아니, 새로운 메카노이드 아이는 새끼 고양이 쿠로와 헤어지는 걸 아쉬워하면서 업무로 돌아갔다.

"베레타, 잘됐다. 새로운 동료가 생겼네."

"맞아요! 더 기뻐해요!"

「캐트시인 쿠로 님께 정신이 팔려 주인님은 뒷전이라니, 다시 교육해야겠습니다.」

새 메카노이드 아이를 배웅한 나와 테토가 베레타에게 말하자, 베레타가 한숨을 쉬었다. 하지만 말은 그렇게 했어도 속으로는 좀 기뻐 보인다.

「냐?」

그런 베레타의 모습을 보고 귀엽게 고개를 갸우뚱하는 쿠로를 테토가 뒤에서 껴안는다.

"근데 어떻게 메카노이드로 진화한 거예요? 테토와 베레타와는 다르게 '정령의 잔재'가 없잖아요!"

테토와 베레타는 각자 정령의 잔재라 불리는 무언가를 몸에 받아들였다.

그러나 이번에 메카노이드로 진화한 아이는, 그런 걸 심은 기억이 없다.

베레타가 자신이 짐작하는 바를 말한다.

「주인님께서 창조하신 봉사 인형들은 벌써 몇 년이나 가동 중입니다. 그러던 중 꾸준히 인간을 흉내 내는 다양한 경험을 쌓은 결과, 이미 그 몸에 정령의 잔재에 준하는 영혼의 싹이 깃든 것이리라 추측합니다.」

"영혼의 싹이라는 건 진화할 가능성이라는 말이야? 그러면 진화한 계기는 뭔데?"

물건과 도구에 정신이나 영혼이 깃드는 건 츠쿠모가미라는 개념으로 납득이 간다.

그렇다면 왜 이 시점에서 메카노이드로 진화했는가 하는 의문이 남는다.

「제 개인적인 경험과 견해에 의한 판단입니다만, 영혼을 얻으려면 강한 욕구가 필요하다고 생각합니다. '무언가 하고 싶다', '무언가를 원한다'라는 인간다운 욕구 말이지요. 조금 전에 진화한 아이는 평소 생물에 관심이 지대했습니다.」

베레타가 거기까지 말하고 틈을 두자, 나와 테토, 그리고 쿠로가 베레타의 말에 귀를 기울인다.

「아이는, 캐트시인 쿠로 님을 보고 어떠한 강한 감정이 인 결과, 영혼을 얻어 진화한 게 아닐까 합니다.」

"요컨대 아이가―― 애묘가가 됐다는 거지."

「네. 분명 첫눈에 반한 수준으로 좋아하게 된 것으로 보입니다.」

베레타의 말은 처음 본 새끼 고양이의 사랑스러움에 마음속에서 감정이 폭발하여 진화한 것 같다는 뜻이다.

"쿠로, 좋아한다는 말을 들어서 좋겠네요~."

「냐?」

테토가 품 안의 쿠로에게 상냥하게 말하지만, 쿠로는 그저 귀엽게 고개를 갸웃 기울였다.

그 모습을 보고 귀엽긴 하다며 납득하고 만다.

그 후, 우리는 베레타에게【허무의 황야】에 관한 보고를 들었다.

「주인님께서 설치하신 지맥 제어 마도구와 저희 메이드 부대의 나무 심기 작업으로【허무의 황야】의 공기 중 마력 농도가 규정 수치의 34%가 증가하고 땅속의 지맥 재생 진행도가 5%까지 진행되었습니다.」

"그래……. 내 이상으로는 베레타와 봉사 인형 식구들이 결계 밖으로 나가도 마력을 보급받지 않고도 활동할 수 있을 만큼 이 대륙을 마력으로 가득 채우고 싶어."

「주인님의 배려에 황송합니다. 현재의 공기 중 마력 농도라면 적응력이 뛰어난 일부 마물 외의 생물도 생존이 가능하므로【녹색길 작전】을 실시 중입니다.」

베레타가 말하는【녹색길 작전】이란,【허무의 황야】중심지에서 외곽까지 나무를 심어 삼림을 확장해, 대결계를 통과할 수 있는 다양한 생물을 결계 안으로 끌어들여 번식시키는 작전이다.

「당면 목표는 먹이사슬의 상위층인 올빼미와 매 등의 맹금류가 서식하게 하는 것입니다.」

“그러면 우리가 얼마간 여기 머무르면서 마력을 방출하고 【창조 마법】으로 식목 작업에 쓰는 묘목을 만들어 내는 게 좋을까?”

「그래 주시길 부탁드립니다. 그리고 녹색길을 조성하는 과정에서 저희의 이동 시간이 길어졌으니, 사전에 정해 둔 세 지점에 소규모 임시 거점과 【전이문】 설치도 부탁드리겠습니다.」

“그럼, 지금 살펴볼 겸 다녀올게.”

저택 밖으로 나온 우리는 【마법 지팡이 비취】를 꺼내, 한 손으로 쿠로를 안고 지팡이 뒤에는 테토를 태우고 하늘로 날아올랐다.

“정말 나무를 많이 심었네.”

【허무의 황야】의 10분의 1이 식목 작업이 진행되었으며 녹지화한 곳과 인접한 토지에는 풀밭이 생겨 초원을 이루었다.

땅속 깊이 있는 지맥도 조금씩 재생되기 시작해 군데군데서 약하게 지각 변동이 일어났는지 대지에 높낮이가 생기거나 꺼져 있기도 했다. 인공적으로 판 연못과 강 외에도 물터가 생겨나 결계 외부에 있는 하천과 이어진 듯하다.

“정말로 바뀌었어요! 이따가 그 큰 나무까지 가요!”

“그래, 하지만 그 전에 베레타가 부탁한 걸 들어줘야지!”

예전에 셀레네와 살았던 【허무의 황야】 외곽에 자리한 집은 지금도 【전이문】으로 연결되어 있어서 봉사 인형들이 정기적으로 관리해 주는 모양이다.

중앙 저택과 외곽 사이의 중간 지점 세 군데에 새로운 집을 【창조 마법】으로 짓고 집 안에 【전이문】을 각각 설치해 나간다.

그렇게 【허무의 황야】 전체를 확인한 후, 초창기에 심은 세계수의 굵은 나뭇가지에 내려섰다.

"이렇게 보니까 실감이 날 정도로 많이 바뀌었네."

"네!"

「냐~.」

환수인 캐트시 쿠로가 세계수가 발산하는 마력이 기분 좋은지 굵은 나뭇가지로 내려, 온몸으로 마력을 흡수한다.

이렇게 마력을 흡수하여 자라다가 다 크면, 거꾸로 마력을 방출하며 살아간다.

그렇게 세계에 부족한 마력이 조금씩 채워지고 퍼지면서 2,000년 전에 잃은 것을 되찾기 시작했다.

"마녀님?"

"테토, 왜?"

나는 세계수 가지에 걸터앉아 바람을 맞으며 검은 긴 머리를 휘날렸다.

예전에는 공기도 건조하고 아플 정도로 바람이 강했다.

그런데 지금은 약간의 습기와 식물의 초록을 느낄 수 있는 부드러운 바람으로 바뀌었다.

"마녀님이 정착할 장소는, 생겼나요?"

"응, 생겼어. 이미 훨씬 전부터 이곳이 내가 돌아올 곳이야."

아무리 바깥 세계를 여행해도 꼭 이곳으로 돌아와야 한다는 마음이 드는 장소다.

베레타를 약간 쓸쓸하게 만들었지만, 조용했던 봉사 인형 아이도 영혼을 갖기 시작했다. 이를 계기로 조금씩 활기차지겠지.

"자, 저택으로 돌아가서 점심 먹자."

"좋아요, 입니다! 전에 건넨 생선으로 만든 요리가 기대돼요."

나와 테토, 그리고 짙은 마력을 흡수해서 털에 윤기가 흐르는 캐트시 쿠로는 저택으로 돌아와 베레타와 봉사 인형들이 차린 요리를 맛있게 먹었다.

밥을 먹은 뒤에는【허무의 황야】에 조성한 다양한 약초 군생지를 돌고 저택 테라스에서 독서하며 지내는 등, 일주일 정도 바깥과 단절한 생활을 보내면서 원기를 충전하여 다시 로바일 왕국의 왕도로 귀환했다.

다만【허무의 황야】를 떠나올 때——.

「베레타 님. 고양이 님, 아니, 쿠로 님을 돌봐 드리고자 하니 주인님의 여행에 동행하는 것을 부디 허락해 주십시오.」

"기각합니다. 바깥에서 장시간 활동하기 어려우므로 허락할 수 없습니다. 무엇보다 메이드장인 제가 주인님의 여정에 동행하지 않습니다. 눈치껏 행동하세요."

우리가 돌아가려 하는데 베레타와 새로이 메카노이드가 된 아이가 무표정으로 불꽃을 튀기며 본인의 의견을 펼치고 있다.

캐트시인 쿠로와 함께 있고 싶은 아이와 혼자서 따라가는 건 치사하다며 허락할 수 없다는 베레타는 서로 접근전으로 승부를 보려 한다.

태연하게 자세를 취하는 베레타와 과감하게 도전하는 새 메카노이드 아이. 그러나 마력의 크기, 높은 경험치 등으로 베레타가

아이를 쉽게 이겼다.

「그럼, 주인님. 다시 돌아오시는 날을 기다리고 있겠습니다.」

"응, 다녀올게."

"또 선물 잔뜩 들고 올게요!"

「냥!」

나와 테토는 쿠로를 데리고 【전이문】을 빠져나와, 로바일 왕국의 왕도로 돌아오고 나서도 해변 마을에서 느긋하게 시간을 보냈다.

13 화【항구 도시에서 우연히 손에 넣은 진귀한 물건】

"테토, 아침 먹어~."

"네!"

【허무의 황야】에서 왕도의 중심지와 거리가 있는 교외의 임대 주택으로 돌아온 우리는 아침을 여유롭게 보내고 있었다.

「냐~.」

바닷가 근처라 내륙에서는 못 먹는 해산물 위주의 요리를 만들며 창문으로 내다보이는 드넓은 바다를 구경한다.

"부유도, 안 오네요."

"이제 겨우 며칠 기다렸는걸. 쿠로가 떨어진 부유도가 접근하는 게 한 달 뒤일지, 1년 후일지, 10년 후일지는……."

어차피 우리에게는 시간이 있기에 그 정도야 느긋하게 기다려도 괜찮지 않을까 싶다.

"마녀님, 오늘 일정은 뭔가요?"

"음. 오대신 교회에 들러서 기도도 올리고 기부하러 가자."

교역선의 호위를 맡았을 때, 여신 루리엘이 【꿈속 신탁】으로 폭풍을 경고해 주었다.

그래서 덕분에 무탈하게 도착했다고 보고할 겸 고마웠다는 인사를 응당 해야 한다고 생각한다.

"알겠어요."
"그럼, 출발하자. 쿠로도 같이 가는 거야."
「냐~.」
내가 부르는 것을 들은 쿠로가 한 번 울고는 내 발치로 가까이 온다.
영리한 캐트시는 오늘도 아침으로 고양이 전용 캔을 먹고 내가 발산하는 마력을 흡수해 털이 반들반들하게 윤기가 흐른다.
그런 쿠로를 데리고 우리는 마을로 나갔다.
"햇살이 따갑네."
"마녀님, 피부가 타지 않게 조심해요!"
오늘은 일을 쉬는 날이라 베레타와 봉사 인형들이 마련해 준 하얀색 기조의 원피스를 입고 밀짚모자를 쓰고 외출했다.
평소에 쓰고 입던 삼각모, 망토, 그리고 지팡이는 허리에 찬 마법 가방에 넣어 두었기에 언제든지 꺼낼 수 있다.
"망토에는 부여 효과가 있어 더위나 추위를 막을 수 있었는데 망토를 벗으니까 덥다."
초여름의 햇살을 맞으며 걷는데 끈적하게 달라붙는 바닷바람이 느껴진다.
【허무의 황야】에서는 느낄 수 없던 감각이라 오히려 신선하다.
그렇지만 집에 가면 샤워가 필수일 듯하다.
"시원한 게 먹고 싶은 더위예요!"
"좋은 생각이네. 저녁에 찬 수프라도 만들어 먹을까?"
"찬 수프……! 맛있을 것 같아요!"

내 제안에 테토가 눈을 반짝거린다.

찬 수프를 만드는 건 얼음 마법을 쓸 수 있는 마법사의 특권이겠지.

나와 테토는 잡담을 하면서 교회로 향했다. 쿠로는 살짝 높은 담장 위를 걸으며 따라왔다.

마을 주민들에게 교회의 위치를 물어 가며 드디어 이 지역의 교회에 도착했다.

이 로바일 왕도에서는 주로 해모신 루리엘와 천공신 레리엘을 섬긴다.

교회 안에는 그 두 여신의 석상이 놓여 있고 다른 여신들은 돋을새김으로 그려져 있다.

"안녕하세요. 혹시 지금, 기도를 드려도 되나요?"

"네, 괜찮습니다."

근처에서 청소하던 수녀에게 물어본 뒤, 교회 성당으로 들어가 가볍게 기도를 올린다.

테토는 내 옆에서 나를 보고 그대로 흉내 내서 기도했는데 가끔 곁눈질로 힐끔거리는 게 느껴져서 웃음이 터질 뻔했다.

캐트시 쿠로는 자신이 교회에 들어오면 안 되는 걸 아는지 근처 담장에 올라 창문으로 교회 안의 모습을 바라보았다.

덕분에 무사히 폭풍을 이겨 낼 수 있었어. 그리고 캐트시의 새끼 고양이를 구할 수 있었고. 고마워.

고마운 마음을 담아 기도를 올리자, 머릿속에 루리엘의 음성이 신탁이 되어 들렸다.

——치세, 무슨 일이 생기면 이 언니에게 기대도록 해. 그리고 어린 캐트시를 데리고 오는 걸 기다릴게.

그런 신탁이 머리에 울려서 나도 모르게 쓴웃음을 짓고 말았다.

여신님이 꽤 스스럼이 없으시다.

그리고 캐트시를 데리고 오는 걸 기다린다는 말로, 막연하게나마 부유도가 여신 루리엘의 관리 영역임을 예상할 수 있었다.

기도를 마친 나는 돌아가는 길에 수녀에게 말을 걸었다.

"무사히 바다를 건널 수 있었습니다. 이건, 얼마 되지 않지만 기부금입니다. 교회와 고아원을 위해서 써 주세요."

"어머나, 고맙습니다!"

나는 소금화 석 닢 정도를 넣은 작은 가죽 주머니를 수녀에게 건넸다.

수녀는 주머니의 무게와 부딪히는 동전의 개수에 이상함을 느꼈는지 고개를 갸우뚱했다.

나중에 이 교회의 사제님과 주머니를 열었을 때, 약간의 목돈에 놀라지 않기를 바라며 교회를 뒤로했다.

교회에서 볼일을 다 보고 나오자, 이번에는 쿠로가 앞장서서 걷기 시작했다.

"마녀님, 이번엔 쿠로가 산책하고 싶은가 봐요!"

"후후, 그러면 쿠로의 산책을 따라다녀 보자."

「냐~.」

쿠로는 시내를 돌아다니며 여러 곳에 들렀다.

생선 가게 주인에게 애교를 부려서 판매하지 못하는 잔고기를 받았다. 우리는 저녁에 먹을 생선을 몇 마리 샀다.

그러다 왕도의 길고양이와 마주치니, 평범한 길고양이와 캐트시는 존재감이 다른지 다 큰 성묘가 새끼 고양이를 소중히 대하며 '냥, 냥' 고양이 말로 대화를 나눈다.

"마녀님? 쿠로와 저 고양이가 무슨 얘기를 하는 건가요?"

"미안해, 테토. 내 언어 능력으로도 알 수 없어."

이세계에 전생하면서 받은 다언어 능력과 해독 능력은 다양한 서적을 읽을 때는 유용해도 동물의 언어까지는 통역해 주지는 않나 보다.

성수와 환수 중에는 어른으로 성장하면서 인간의 언어를 자유자재로 구사하는 개체도 있다니까 쿠로의 성장을 기대하기로 하자.

그렇게 내키는 대로 샛길, 뒷길을 쏘다니는 쿠로를 쫓아다녔다.

생선과 먹을 것이 있는 시장, 뒷골목의 수상쩍은 잡화점, 항구 도시의 주택가, 낮 시간의 환락가 등을 빠져나와서 항구에서 교역품 등이 들어오는 상업 지구로 들어섰다.

"헤에, 같은 항구 도시여도 왕도 쪽이 규모가 크고 상품 종류도 다양한가 보네."

도글 씨가 있던 북부 항구 도시보다 왕도의 상업 지구가 오가는 사람도, 물건도 상당하다.

이런 곳에서는 쿠로가 자유로이 걷게 하기에는 위험하므로 테토가 쿠로를 안고 상업 지구를 구경했다.

"마녀님! 예쁜 그릇을 팔고 있어요!"

“식기구나……. 베레타와 봉사 인형들에게 선물할 그릇과 우리가 평소에 쓸 것을 찾아봐야겠어.”

아름다운 그림이 들어간 도기 그릇과 다기, 유리 세공 등이 진열된 가게를 발견해, 괜찮아 보이는 상품을 찾는다.

“아, 저거 괜찮아 보인다.”

“마녀님? 저기에 있는 건 유리 식기인가요?”

“이제 곧 여름이 본격적으로 시작될 테니까. 보기만 해도 시원하네.”

로바일 왕국의 남부에서는 양질의 모래가 나는지 그 모래로 만든 유리 식기는 다양한 모양과 표면의 절단 기법으로 인해 아름다운 예술품이자 실용품이라고 한다.

“실례합니다. 이 유리 식기는 어느 공방의 작품인가요?”

“최근에 출시된 키쿠리 공방의 최신 작품이야!”

“키쿠리 공방이라. 이거로 한 벌 주세요.”

유리 식기는 깨지기 쉽고 아름다운 고급품답게 한 벌을 사니, 소금화 다섯 닢으로 값이 꽤 나갔다.

구매한 유리 식기가 깨지지 않게 마법 가방에 보관한 나는, 흡족하여 싱글벙글한 표정으로 가게를 나왔다.

“마녀님, 아주 기분이 좋아 보여요! 그렇게 좋은 물건이었나요?”

“그 식기를 만든 공방은, 분명히 번창할 거라는 내 감이라고 할까?”

의식적으로 그런 건지 무의식적으로 한 건지 알 수 없지만, 내가 산 식기에는 마력 직인이 찍혀 있었다.

그래서 식기 자체의 강도를 커지게 하는 효과가 희미하게 걸려 있던 것이다.

"이렇게 강도가 좋은 식기는 평소에 써도 좋고, 일단 예쁘잖아? 100년 후, 아니 500년 후쯤에는 가치가 오를지도 몰라."

이건 이 세상에 오래 남기 쉽고, 또 예술품으로서도 평가가 높아질 것이다.

이전 생에서도 오래된 골동품은 보물로서의 가치가 있었다.

보석 등은 마법의 촉매라는 인식이 강해서 개인적으로는 별로 매력을 못 느끼지만, 이 식기처럼 실용적이면서도 장래에 골동품이 될 듯한 물건은 술이나 책과 마찬가지로 수집 중이다.

어쩌면 장래에 엄청난 보물이 되지 않을까 하고 생각하니, 가슴이 두근두근한다.

"아, 이 찻잔 세트는 베레타에게 차를 부탁할 때 쓰면 좋겠는걸. 손잡이 모양이 잔을 들기에 편해. 이쪽에 있는 세트도 괜찮다. 장식만 해 둬도 보기 좋겠어."

그 밖에도 여러 가게를 둘러보며 실용품 겸 장래 투자로 다기와 식기 등을 구매한다.

"일단, 사자. 그리고……. 사장님, 저 안쪽에 있는 건 뭐예요?"

가게 안쪽에서 아무렇게나 놓인 그림 캔버스를 발견했다.

이 마을의 풍경을 그린 유화인 듯하다.

활기찬 시장에서 생선을 사고파는 사람들의 생활 풍경이 그려져 있다.

그림의 한편에는 생선을 훔쳐 도망가는 길고양이와 그 고양이를 잡으려고 손을 뻗은 가게 주인의 모습, 그리고 도망치는 길고양이와 가게 주인을 신기한 듯 보는 통행인 등, 서민의 다양한 모습이 한 폭의 그림에 집약되어 있다.

"이 그림? 화가인 우리 조카가 가게에 놔 달라고 부탁한 거야. 근데 팔려고 해도 소재가 안 좋아서 말이지. 정 안 팔리면 캔버스라도 다른 화가가 쓸 수 있게 팔지 생각 중이야."

캔버스 천은 비싸서 물감을 덧칠해서 캔버스를 재활용하기도 한다.

게다가 지금 이 시대는 단골 소재로는 귀족의 초상화나 귀부인을 그린 회화, 정원 풍경, 종교화, 무공을 세운 전장의 공상화 등을 선호한다.

이런 서민의 생활상을 그린 그림은 시기상조라 팔리지 않나 보다.

"저는 아주 마음에 들어요. 특히 고양이가요."

"고양이가 귀여워요. 그리고 테토도 생선을 좋아하니까 훔쳐서라도 먹고 싶은 마음을 알아요."

「냐!」

나와 테토가 그림 속의 길고양이를 칭찬하자, 테토의 품에 있던 쿠로가 언짢은 듯이 낮게 운다.

그 타이밍이 마치 자기가 더 귀엽다고 말하는 듯해서 작게 웃음이 터졌다.

"아하하하, 고양이를 데리고 다니는 걸 보니, 고양이를 좋아하는군그래!"

어린아이의 농담으로 여겼는지 입을 크게 벌려 웃는 가게 주인을 두고 나는 온화하게 미소 지으며 그림을 바라본다.

"고양이는, 풍요의 상징이니까요. 길한 동물이에요."

"고양이가 풍요의 상징이라고?"

"네, 먹을 게 적은 가난한 지역은 주민이 길고양이마저 잡아서 먹거든요. 그래서 이 그림에 그려진 고양이의 모질이 좋은 만큼 먹을 게 풍족하고 사람들의 표정이 밝아요. 평범한 사람들의 흔한, 하지만 매우 소중한 행복이 가득 담겼어요."

근래, 흉작이 있던 로바일 왕국의 내륙 지방을 거쳐 왔기에 실제로 먹을 게 적은 지역에서는 길고양이 한 마리조차 보이지 않는 곳도 있다는 것을 안다.

그래서 내게는 이 그림이 뭉클하다.

마음이 따뜻해지는 그림을 보는 내게 가게 주인이 진지한 표정을 한다.

"아가씨, 만약 이 그림에 가격을 매긴다면 얼마나 쓸래?"

"어디 보자. ――대금화 한 닢요."

마법 가방에 있던 작은 주머니에서 대금화 한 닢――일본 엔화로 치면 100만 엔 상당의 돈을 선뜻 꺼낸다.

"그렇게나……?"

"네, 후원자는 되어 주지 못하지만, 거장의 재목을 지원하는 셈으로요."

가게 주인에게서 회화 한 점을 구매한 후에도 왕도의 상업 지구에 있는 가게를 돌아다니면서 진귀한 물건을 찾으며 오전 시간을 보냈다.

그리고 그 그림이 마음에 들었던 나는, 때때로 가게를 다시 찾아 마음에 드는 식기와 도자기 등과 함께 그림을 구매하여 상태 보존 마법을 건 뒤, 저택에 걸어 달라고 베레타에게 맡겼다.

SIDE: 무명 화가, 라공드 조일

이 로바일 왕도에서 태어난 나는, 상인 가문의 삼남으로 태어나 독립하지 못하고 부모님의 도움을 받으며 생활하고 있었다.

어렸을 적부터 무역선을 보며 타국과 자국의 문화가 섞인 이 마을이 좋았다.

자유로운 상인 가문의 셋째로서 마을을 좋아하는 마음을 예술로 표현하며 먹고 살려 했으나 우리 가문은 셋째만 부양할 정도로 유복하지 않았다.

그래서 부모님의 잔소리를 들으면서도 본가에 기대어 예술에만 열중했다.

나의 숙부는 식기와 도기 등을 전문으로 취급하는 가게를 운영해서 집 안에 둘 장식품의 하나로서 숙부님 가게에 그림을 놓아 달라고 했다.

처음에는 손님이 볼 수 있는 위치에 전시했다. 그러나 팔리지 않아 방해물이 되고 만 그림은 점차 화가를 지망하는 사람들의 새로운 캔버스로 팔려서는 다른 물감에 덮여 버렸다.

마치 나의 예술을 부정당한 듯한 광경에 화가를 관두는 것까지 고민하던 나는, 오늘도 숙부님 가게에 새로 그린 작품을 두고 돌아왔다.

그리고 며칠 뒤, 숙부님이 황급히 우리 집을 찾아오셨다.

"얘야, 라공드! 네 그림이 팔렸다!"

"네?! 제 그림이 팔려요?! 왜요?!"

자기 작품에 대고 할 말치고는 좀 그렇다만, 그만큼 내 작품은 팔리지 않았다.

그리고 그림을 구매한 사람이 한 말을 숙부님께 전해 들은 뒤에 손에 쥐어진 대금화 한 닢을 보고 나도 모르게 울고 말았다.

내 그림을 보고 그런 생각을 하는 사람이 있다니, 화가를 포기하지 않아서 다행이다.

대금화 한 닢은 상인 가문이 거래 한 번으로 올리는 이익으로는 적을지도 모른다.

그러나 화가인 내게는 무엇보다도 큰 성과다.

"고맙습니다, 숙부님. 저, 조금 더 해 볼게요."

"그래, 나도 네 그림에 그런 의미가 있는 줄은 생각도 못 했구나."

"죄송해요. 저도 그렇게까지 깊이 생각하지 않았어요……."

그렇지만 그런 풍경을 좋아할 뿐이라고 솔직히 답하자, 숙부님이 크게 폭소해서 나도 덩달아 웃었다.

그리고 그 뒤로도 나는 그림을 계속 그렸다.

내 그림을 산 소녀를 시작으로, 그 밖에도 나의 작풍――특히 가장 처음에 그림을 구매한 소녀가 좋아해 줘서 시험 삼아 고양이만 그렸더니, 반려동물을 기르는 귀족에게 자기 반려동물의 초상화를 그려 달라는 부탁을 받았다. 그렇게 특이한 경력이지만, 화가로서 생계를 꾸려 나갈 수 있었다.

그러는 동안에도 역시 팔리지 않는 서민의 일상 풍경을 담은 그림을 그리면, 지난번 그 소녀가 훌쩍 나타나 그림을 사 주었다.

내 그림을 좋아해 주는 소녀는 아름다운 검은색 긴 머리에 눈꼬리가 치켜 올라갔지만, 온화한 버들잎 눈썹을 가졌다. 그리고 함께 온 연갈색 피부의 건강미 있는 미소녀와 예쁜 검정고양이를 데리고 즐거운 듯 그림을 바라보았다.

내 그림을 구매한 지 5년째, 그림을 처음 샀을 때와 변함없는 모습의 소녀들을 몰래 엿보며 눈에 새기고 집으로 돌아와 붓을 들어 일심불란하게 캔버스에 그렸다.

내게 행운의 여신인 그 초상화는 죽을 때까지 팔지 않고 남겨서 간직했다.

나는 그녀들 덕에 화가로서 일생을 다할 수 있었으니까――.

SIDE: 언젠가 미래의 메이드들

【거장: 라공드 조일】

그는 로바일 왕국 왕도에서 상인 가문의 셋째로 탄생하여 평생을 화가로 살았다.

20대 시절, 그는 본가의 지원을 받아 생활하던 무명 화가였다.

그러나 20대 후반이 되어서는 동물 화가로서 명성을 얻어 수

많은 동물과 마물 등의 초상화 의뢰로 생계를 꾸렸다.

그러면서 고향과 자국의 여러 지역을 여행하며 사람들의 생활 풍경을 꾸준히 그렸다.

60대가 됐을 때, 인생의 끝맺음으로 본인의 그림 중 가장 처음에 팔린 그림을 새로 그려서 무제였던 작품에 【아침 시장의 사람들】이라는 제목을 붙였다.

이 【아침 시장의 사람들】이라는 명작은 현대에도 유명한 그림이며 근대 경매에서는 50억 골드의 가치가 있음을 인정받았다.

거기다 현대의 해석 마법과 분리 마법으로 그 당시 남들에게 캔버스로 팔렸던 초기 작품이 속속 발견되었다.

또 그가 죽을 때까지 절대로 넘기지 않았던 그림에는 【행운의 여신】이라는 제목이 붙었는데 그 그림에는 두 소녀와 검은 고양이가 그려져 있었다.

당시의 자료를 살펴보면 그에 해당하는 용모의 인물로, 후에 역사에 자주 등장하는 【하늘을 나는 양탄자】라는 모험가 파티의 이인조가 거론되었다. 혹은 【창조의 마녀】라 불리는 초월자의 일파가 아니냐고 추측한다.

그가 왜 그 그림을 그렸는지는 알 수 없다.

일설에는 첫사랑이라는 설과 새로운 소재를 찾던 중에 만났다는 설이 존재하지만, 확실하지 않다.

마지막으로 라공드 조일의 명작 【아침 시장의 사람들】은 세계적으로 복제품과 위작이 시장에 많이 나돌지만, 그가 처음으로 팔았다는 작품── 환상의 【아침 시장의 사람들】이나 중기에 그린 수많은 그림은 소식을 알 수 없어 조속히 발견되기를 바라고 있다.

【세계 위인 히스토리에서】

…………

……

…

우리는 저택 도서관에 새로 들어온 책을 읽고 있었다.
우리 메이드 부대는 주인님의 시중을 들며 메이드장이신 베레타 님 밑에서 저택 관리와 여러 업무를 하며 지낸다.
「세계 위인 히스토리 이달 호, 재미있었지! 거장 라공드 씨의 생애! 우리는 메이드 부대 17기라 그 무렵은 아직 태어나지도 않았을 때야.」
「주인님과 테토 님, 베레타 님은 라공드 씨가 살아 있던 시대부터 사셨으니까 어쩌면 뭔가 이야기를 들을 수 있을지도 몰라!」
「하지만 당시에는 지금과 달리 바깥세상의 마력 농도가 낮아서 선배님들도 밖에서는 활동할 수 없다고 하셨는걸.」
세 봉사 인형――아니, 마족 메카노이드들이 책 한 권을 둘러

싸고 즐겁게 얘기를 나누고 있다.

그리고 책장을 한 장 넘기자, 인쇄된 명화 사진이 실려 있다.

그 그림 사진을 본 메이드들이 기시감을 느끼고 뒤돌아보았다.

「이 그림, 저거 맞지?」

「응, 똑같은데? 아니, 잠깐만, 좀 다른 것 같기도 하고…….」

도서관 벽에 걸린 그림은 우리가 탄생하기 훨씬 전부터 존재한 그림이다.

언제부터 있던 그림인지는 모르지만, 액자에 상태 보존 마법이 걸려 있어 상태가 나빠지지 않은 완벽한 상태로 남아 있다.

그 그림의 가장자리에 거장 라공드 씨의 사인과 비슷한 사인이 있는 것을 세 사람이 확인한다.

「아하하하, 설마. 이 그림이 처음으로 팔렸다는 환상의【아침 시장의 사람들】일 리가 없지.」

「진품이면 50억 골드짜리야! 뭐, 주인님들의 총자산이 얼마인지는 모르지만……. 진품이면 굉장하다.」

「진품일 리 없어. 주인님들도 오래 사셨으니까 위작을 손에 넣게 되신 거겠지.」

세 사람은 그렇게 말하면서도 진품인지 아닌지 확인하려고 그림을 여러 각도에서 살펴보지만, 안타깝게도 그녀들은 심미안이나 진품 여부를 판단할 지식이 없었다.

「세 사람, 이제 곧 휴식 시간이 끝나 갑니다.」

「네!」

「네!」

「네!」

메이드장 베레타의 말에 신입 메이드 세 명이 책을 책꽂이로 돌려놓고는 다시 일하러 간다.

그런 그들이 조금 전에 보고 있던 한 장의 그림이 진품인지 위조품인지 판명 나지 않은 채, 도서관 벽에 걸려 있다.

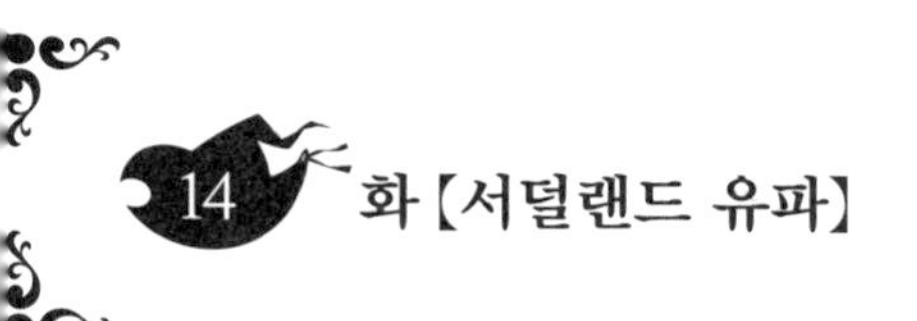

14 화【서덜랜드 유파】

쿠로와 함께 산책하며 배회하던 우리는 깨닫고 보니 왕도 서쪽까지 와 있었다. 서쪽은 마을의 분위기가 달랐다.

로바일 왕국의 왕도는 교역선과 어선이 집중된 동쪽의 항구도시와 상업 지구, 내륙 고지대 쪽에 있는 왕성을 중심으로 한 귀족 거주지, 그리고 서쪽의 서민 거주지로 나뉜다.

"오, 이쪽은 처음 와 봐요!"

"그러게. 여기도 모험가 길드가 있다니까 분위기도 볼 겸 들러 보자."

왕도가 넓어서 모험가 길드가 동서 하나씩 있다. 동쪽 모험가 길드는 그랜드 마스터인 젤리치 씨와 면담했을 때 이용했지만, 서쪽 모험가 길드는 어떤 의뢰가 있는지 관심이 있다.

"쿠로, 길드로 들어갈 거니까 이리 와."

내가 앞서 걷던 쿠로를 부르자, 바로 뒤로 돌아서는 내 가슴으로 뛰어든다.

그리하여 나와 테토는 쿠로를 데리고 서쪽 모험가 길드 건물로 발을 들였다.

"여기가 서쪽 길드……. 의뢰는, 과연."

동쪽 길드에는 교역선 호위와 항구 도시 주변의 잡무 의뢰, 해변에 출몰하는 마물 토벌 의뢰가 많았다.

그에 반해 내지에 있는 서쪽 길드에서는 왕도에서 걸어서 두 시간 거리에 던전이 있는지 던전 관련 의뢰와 던전 주변 마을에서 낸 토벌 의뢰, 내지 약초 채취 등의 의뢰가 많다.

"같은 왕도라도 의뢰 종류가 이렇게나 다르구나."

"재미있네요!"

그렇게 우리는 점심때가 지나 사람이 별로 없는 모험가 길드에 방문했다. 온 김에 수중에 있는 약초라도 납품할까 해서 테토와 의논하는데 모험가 길드로 한 무리가 들어온다.

"어이, 소재 카운터로 옮겨 둬!"

"네, 네……."

모험가치고는 말쑥한 망토를 두른 마법사 같은 사람들이 동료로 보이는 모험가들에게 명령한다.

명령을 받은 모험가는 마법사의 거만한 태도에 불만스러워 보였으나 결코 입 밖으로는 내지 않은 채, 조용히 자루에 담아 온 전리품을 접수처에 늘어놓았다.

통일한 듯 진녹색 망토를 걸친 마법사들이 이끄는 무리가 여럿 복귀했는데 다들 하나같이 오만불손한 태도다.

"마녀님, 저거, 어쩐지 인상이 안 좋아요."

"엮이지 않게 하자."

그 모습이 불쾌했던 우리는 길드 한구석으로 치우쳐 그들을 관찰했다.

"우리 몫은 바람과 물의 마법의 촉매가 되는 소재. 그리고 오

는 성과의 반을 가져가지."

"뭐?! 너희에게 마법의 촉매가 필요하다는 건 알지만, 그걸 빼고도 성과의 반을 챙기다니, 횡포야!"

"서덜랜드 유파의 말에 토를 다는 건가? 어차피 너희, 이제 와서 마법사 없이 싸울 수도 없잖아!"

"크……."

분해하면서도 대꾸하지 못하는 모험가에게 서덜랜드 유파라는 마법사가 히죽히죽 웃는다.

"그래, 그래, 고분고분 따르면 돼! 우리는 서민과 다르게 숭고한 마법 연구를 하느라 돈이 아무리 있어도 부족하니까 말이야!"

그러면서 돈과 촉매가 되는 소재만 챙긴 마법사들은 서둘러 길드를 떠났다.

나는 너무나도 낯선 광경에 약간 놀라워하며 빈 매입 카운터로 향했다.

"안녕하세요."

"어서 오렴. 아가씨들, 무슨 일이야?"

"이걸 팔고 싶어서요."

미리 마법 가방에서 몰래 꺼내 둔 약초를 카운터에 올려놓는다.

길드 카드를 제출하지 않고 지역 주민이 길드에 용돈벌이로 온 척하며 묻는다.

"있잖아요, 조금 전의【서덜랜드 유파】라는 건 뭐예요?"

새끼 고양이를 안은 내가 묻자, 눈앞의 카운터 직원이 웃으면서 정중하게 가르쳐 준다.

"꼬마 아가씨는 모르려나? 서덜랜드 유파라는 건 로바일에서 가장 유명한 마법사를 배출하는 곳에 속한 사람들이란다."

"마법사 유파라는 게…… 대단한 사람들이에요?"

차분한 목소리로 묻는 내 물음에 직원은 씁쓸해 보이는 표정으로 아무 대답도 하지 않았다.

아무래도 불만을 표하지 못하는 상황인 듯하다.

그 후, 매입을 기다리면서 담소를 나누는 동안 여러 이야기를 듣는데, 오후에 술집에서 아까 그 마법사들과 같이 일한 모험가들이 푸념을 늘어놓기에 가까이 가서 얘기를 들었다.

"힘들죠~."

"오빠들, 고생이 많네요."

「냐~.」

"그래. 하지만 그 녀석들 위에는 귀족이 있어서……. 젠장……. 근데 이런 얘기를 애 둘과 새끼 고양이한테 해도 소용없는데."

그렇게 오후의 한때를 보낸 로바일 왕국 왕도의 새로운 면을 알 수 있었다.

바로 서덜랜드 유파에 관해서.

서덜랜드 유파란 로바일 왕국의 마법 명가인 서덜랜드 백작 가문을 중심으로 존재하는 마법 일파라고 한다.

특히 바람의 마법에 중심을 둔 연구가 많으며 로바일 왕국의 궁정 마술사를 많이 배출하였다.

또한 로바일 왕도의 입지와도 관련이 있는데 바람 마법사가 있으면 날씨에 좌우되지 않고 선박을 이동시킬 수 있고 왕도를 덮치는 비바람과 높은 파도를 바람으로 물리칠 수 있어서 다른 속성보다도 중히 여긴다고 한다.

그래서 '바람 마법사가 가장 지고하다'라고 생각한단다.

그 표시로 진녹색 망토를 두르고 자신이 어디 소속인지 드러내고 다니는 모양이다.

여담이지만, 마법 학교를 세워도 마법을 배울 수 있을 정도의 학생이 없어서 가성비가 안 좋은 데다 마법사의 비밀주의도 한몫해서 도제 제도를 이용한다고.

그 도제 제도를 이용하여 마법사를 육성하는 게 현재의 마법 일파라는 것 같다.

"서덜랜드 유파 마법사들은 모험가를 이용해 던전에서 효율적으로 마물을 퇴치하고 등급을 올린다 그거군――."

"그래도 그런 태도는 나빠요."

저녁이 되고 쿠로를 안은 테토가 불만스럽다는 듯 말한다.

테토 말대로 서덜랜드 유파 마법사들의 태도는 별로 좋지 않다.

그러나 그것과 별개로 나는 솔직히 감탄한 부분이 있다.

오랜 세월 축적한 효율적인 마법사 육성 노하우.

풍속성에 치우쳐져 있으나 촉매와 마법 약 연구로 개인의 마법을 증강할 수단을 모색하고 마법을 효율 좋게 전달하기 위해 문신이나 문양을 개발한 것, 마법진과 도구에 마법을 부여한 것 등.

그리고 지역 특성에 맞는 마법 발전 등, 흥미로운 연구 결과가 많다.

"그렇게 생각하면…… 정말 재미있어."

"마녀님이 즐거워 보여서 다행이에요. ……앗?!"

「냐~.」

해 질 녘에 길을 걸어가는데 테토 품 안에 있던 쿠로가 깡총 뛰어 지면에 내려서서 뒷골목으로 들어간다.

"쿠로, 기다려요!"

"무슨 일이지?"

쿠로는 영리한 환수이므로 생뚱맞은 행동은 하지 않는다.

그래서 분명 의미가 있는 행동이리라 생각하며 쿠로를 뒤따라가니, 어두운색의 천 덩어리 앞에서 냄새를 맡고 있었다.

"쿠로, 왜 그래?"

「냐~.」

킁킁 냄새를 맡는 쿠로가 앞발을 들어 톡톡 치자, 천 덩어리가 굼실굼실 움직인다.

천 끝자락을 집어 올리자, 밤색 머리칼이 한 떨기 흘러 떨어진다.

"쓰러진 건가?"

"여자아이예요."

열두 살 정도 돼 보이는 여자아이이다.

살아 있는지 확인하려고 직접 만지니, 손끝에 전류 같은 충격이 흘러서 나도 모르게 손을 뗐다.

나는 쓰러져 있는 소녀에게 닿자마자, 이론적인 게 아니라 상당히 감각적으로 강한 공감을 느꼈다.

"마녀님, 왜 그래요?"

"……아니야, 아무것도."

방금 느낀 감각의 정체를 모른 채 곤혹스러워하던 나는, 주변을 둘러보았다.

이곳은 왕도의 뒷골목 근처 같은 곳이라 밤이 되면 치안도 안 좋고 쓰러진 여자아이를 방치하는 것도 찝찝하다.

"하는 수 없지, 데리고 가자."

테토에게 여자아이의 부축을 맡기고 집으로 돌아왔다.

근데 소녀가 입고 있는 망토가 왠지 낯이 익었다.

"아, 기억났다. 길드에서 본 서덜랜드 유파의 마법사구나."

그나저나 로바일 왕국에서도 세력이 강한 서덜랜드의 마법사가 왜 길에 쓰러져 있었을까.

이렇다 할 외상도 없고 안색이 약간 피로해 보이는 걸 보니, 아마 과로겠지.

어쩌다가 길에 쓰러져 있었는지는 모르겠지만, 집으로 데려온 우리는 그 소녀를 침대에 눕히고 눈을 뜨기를 기다렸다.

15화【낙오 문하생】

"자, 저녁은 약속대로 찬 수프를 만들까."

"마녀님, 도울게요!"

임대 주택 부엌에서 나와 테토가 나란히 서서 저녁을 준비한다.

감자와 우유로 만드는 찬 수프에 맞춰 생선 뫼니에르, 채소와 버섯의 버터소테, 해초 샐러드 등을 차린다. 꽤 잘됐다.

"좋아, 다 됐지?"

"오늘도 맛있어 보여요!"

「냐~.」

요리를 마치고 슬슬 먹으려 하는데 쿠로의 울음소리가 들려 뒤돌아보니, 침대에 눕혔던 여자아이가 일어나 있었다.

"저, 저기……. 여기가 어딘가요?"

주뼛주뼛 말하며 묻길래 되도록 긴장하지 않게끔 대답했다.

"여긴 우리 집이야. 집에 오는 길에 쿠로가 쓰러져 있던 너를 발견해서 데려왔어."

"쿠로요?"

"거기 있는 검은 고양이가 쿠로예요! 똑똑해서 귀여워요!"

여자아이가 멍한 눈으로 테토가 가리키는 쿠로를 바라보다 살짝 부드러운 표정을 짓는다.

"고마워, 네가 구해 줬구나."

「냐~.」

보드라워 보이는 밤색 머리칼을 지닌 여자아이가 쿠로에게 손을 내밀자, 쿠로는 휙 얼굴을 돌리고는 밥그릇 앞으로 이동했다.

쿠로의 반응에 어깨를 축 내뜨린 여자아이에게 내가 물었다.

"저녁을 먹으려 하는데 밥 먹을 수 있겠어?"

"아니에요, 침대까지 빌려주셨는데 밥까지 대접해 주신다니――"꼬르르르륵……"――."

사양하려 했으나 배는 솔직한 모양이다.

녹은 버터 향기가 식욕을 자극했는지 배꼽시계가 성대하게 울리자, 여자아이는 창피해하며 얼굴에 새빨갛게 물들였다.

"마음 쓰지 않아도 돼. 굶주린 어린애는 그냥 둘 수 없으니까."

"맞아요! 마녀님이 만든 밥, 맛있어요!"

"으, 으응? 어린애? 마녀님? 저기, 감사합니다……."

말끝이 점점 흐려졌지만, 감사 인사는 제대로 한 여자아이가 밥을 먹기 시작한다.

"뭐야, 이 빵?! 하얗고 푹신푹신해! 그리고 달아! 이 수프는 꾸덕꾸덕한데 차갑고 알싸하잖아! 아아, 생선 뫼니에르도 정말 맛있어! 들풀이 아니라 샐러드, 신선한 샐러드도, 드레싱도 맛나! 오도독 씹히는 건 해초인가? 이렇게 먹는 방법이 있다니……."

테토가 먹을 줄 알고 양을 여유롭게 만들었는데 여자아이는 배가 매우 고팠는지 정말로 맛있게 먹었다.

역시 내가 만든 것을 맛있게 먹어 주면 만든 나도 기쁘다.

"잘 먹었습니다. 그리고 감사합니다."

배가 불러 기력도 돌아왔는지 예의 바르게 머리를 숙이는 열두 살 정도의 여자아이는 나를 살피듯이 쳐다보고 있다.

나와 테토는 이제 말을 꺼낼 타이밍인가 싶어 자기소개를 했다.

"통성명하자. 나는 치세야."

"그리고 테토입니다! 얘는 아까도 설명한 쿠로예요!"

「냐~.」

나는 내 이름을 말하고 테토는 자기소개를 하며 만족스럽게 식사를 마치고 탈진한 쿠로를 안아 만세 자세를 취하게 했다.

그 모습에 여자아이가 긴장이 풀렸는지 표정이 누그러진다.

"저는 유이시아라고 해요. 서덜랜드 유파 소속…… 수습 마법사입니다. 도와주셔서 정말 감사합니다."

"그래서, 서덜랜드 유파의 마법사 유이시아 씨는 어째서 그런 곳에 쓰러져 있었어?"

내 의문에 살짝 분하다는 듯이 고개를 숙인 유이시아가 천천히 고개를 들어 자기 얘기를 해 주었다.

SIDE: 유이시아

나는 왕도의 번화가에 사는 평민의 자식이었다.

부모님은 있었지만, 어부였던 아버지는 바다에 나가셨다가 폭풍에 휩쓸려 돌아가셨고 그런 아버지를 뒤따르듯 어머니는 전염병으로 돌아가셨다.

당시 열 살이었던 나는 슬퍼할 겨를도 없이, 우연히 마력이 있어 수습 마법사로서 서덜랜드 유파의 기숙사로 거두어졌다.

장래에는 궁정 마술사가 되어 돈을 벌고 돌아가신 부모님을 안심하게 해 드리는 훌륭한 마법사가 되고 싶어서 열심히 노력했다.

하지만 나는 생활 마법은 쓸 수 있어도 공격 마법에는 재능이 없는 모양이다.

공격 마법을 쓸 수 있는 아이들은 길드에 가서 모험가와 함께 던전에서 마물을 잡아 등급을 올린다. 그리고 마력량을 늘려 마법 연습을 반복하여 마법 스킬을 갈고닦는다.

그에 비해서 나는 평민치고는 마력이 크지만, 제대로 된 공격 마법을 쓰지 못했기에 마물을 잡아 등급을 올릴 수 없어서 점차 주변 사람들과 격차가 벌어졌다.

게다가 우수한 아이들은 귀족과 상인의 자식이라 돈이 많았다.

그들은 촉매와 마법 증강 약을 사용하여 더 강해질 수 있지만, 나 같은 평민 수습 마법사들은 서덜랜드의 기숙사비를 벌기 위해서 매일 길드와 서덜랜드 유파에서 내는 잡무를 통해 돈을 버는 날의 연속이었다.

한때, 내게는 공격 마법의 재능이 없으니 실전파인 서덜랜드 유파에서 연구 계열의 다른 마법 일파로 다시 들어가면 되겠지 여겼다.

그러나 파벌끼리 사이가 안 좋아서 한 번이라도 다른 마법 일파에 소속됐던 사람은 마법 연구를 훔치러 오는 사람이라는 의심을 받아서 옮길 수조차 없다.
그리하여 점점 상황이 악화하던 와중, 궁정 마술사의 꿈은 포기할 수가 없어 식비를 줄이고 잡무로 돈을 모아 마법 촉매를 구매해 공부하려고 했다.
그러나 돈을 모으기도 전에 내 몸이 한계에 다다라 쓰러졌다.
그 뒤, 쓰러진 나를 상냥한 두 여자아이가 구해 주었고 저녁까지 대접해 준 것이다.
"이, 이렇게 된 거예요……. 신세타령이나 하고, 죄송합니다."
나는 나를 도와준 눈앞의 아이들에게 사정을 대강 설명하고 아주 조금 후련해졌다.

SIDE: 마녀

"식사, 감사해요. 이제 기숙사로 돌아가 볼게요."
"늦었으니 오늘은 자고 가. 어린애가 무리하면 못써."
"맞아요. 마음 편히 호의를 받아들여요! 아, 디저트도 있어요!"
이미 해가 완전히 저물었는데 돌아가려 하는 유이시아를 붙잡으니, 우리를 약간 이상한 표정으로 본다.
"어린애라니, 치세는 내 또래 같은데 그런 표현은 이상해요. 그리고 부모님이나 보호자의 허락은 안 받아도 돼요?"
"겉모습은 이래도 나도, 테토도 너보다 연상이야."
그렇게 말하니, 유이시아가 살짝 놀란다.
어리고 무리하는 아이를 가만히 내버려 두지 못하는 것에 나도 조금은 오지랖이 넓은 아줌마가 되어 가는 걸까 하는 생각이 무심코 들었다.

"그리고 유이시아에게 한 가지 제안하고 싶은데, 들어 볼래?"

"제, 제안요? 뭔데요?"

유이시아를 만졌을 때, 감각적으로 공감하는 무언가를 느꼈다.

그 정체가 궁금해져서 나는 제안을 하나 했다.

"우리 집에서 같이 살지 않을래?"

"가, 같이…… 살자고요?"

"방도 남으니까 집세는 안 내도 돼. 식비도 내가 낼 거고 필요한 잡화가 있으면 내가 사 줄게. 그 대신, 우리가 외출할 때는 쿠로를 돌봐 주면 좋겠어. 그리고 매일 바다를 확인해서 부유도가 오는지도 봐 주고 말이야."

'뭐, 쿠로는 영리하니까 식사 때가 되면 알아서 돌아오겠지만'이라고 덧붙인다.

"상주 도우미를 고용하는 건가요?"

"비슷하지. 지금 기숙사에 사는 것보다 식비나 집세에 대한 부담을 덜 수 있을 텐데, 어때?"

"어째서, 생판 남인 저 같은 사람을……."

내 제안에 유이시아가 갑작스러워서 망설여지는 모양이다.

이렇게 좋은 조건은 없다며 솔깃해하는 한편, 타산적으로 고민한다. 그리고 무엇보다 우리에 관해서 아무것도 모르겠지.

"생각을 좀…… 하게 해 주세요."

"그래, 언제든 좋아. 그러면 욕조에 몸이라도 담갔다가 잘까?"

"좋아요, 입니다!"

"네?! 욕조가 있나요?!"

고민하는 유이시아가 자아내는 무거운 공기를 떨치듯 일부러 밝은 목소리로 말한다.

그리고 마법으로 새로 단장한 욕실로 향해, 욕조에 평소처럼 마법을 쓴다.

"——《워터》, 《파이어볼》."

"에에에에엑——!"

욕조가 가득 찰 때까지 공중에서 물이 흘러내리고, 불 공을 욕조에 떨어뜨려 목욕물을 데운다.

욕조 물을 데우는 비상식적으로 방식에 비명을 지르는 소녀를 두고 내가 뒤돌아본다.

"피곤할 테니 먼저 들어가도 좋아. 비누로 깨끗이 몸을 씻어. 갈아입을 옷도 준비해 둘게."

그렇게 말한 나는, 유이시아를 욕실로 밀어 넣은 뒤, 잠옷과 갈아입을 옷을【창조 마법】으로 창조했다.

"마녀님. 유이시아는 여기로 오는 건가요?"

"음, 글쎄. 방금 쓴 마법들로 내 역량을 알았다면, 오지 않을까?"

테토가 내게 물으면서 시선 끝에는 잠자리에서 졸린지 몸을 둥글게 말고 있는 쿠로를 둔다.

환수인 캐트시라고 해도 아직은 어린 개체라서 오늘 하루 산책하느라 피곤했는지도 모른다.

잠깐 테토와 둘이 차를 마시면서 유이시아가 씻고 나오기를 기다렸다.

그리고 씻으며 곰곰이 고민할 수 있었던 유이시아가 조금 전과는 아예 다른 표정으로 나왔다.

“치세 씨가 저보다 실력이 좋은 마법사라는 걸 믿고 부탁드릴게요! 제게 마법을 가르쳐 주세요! 이 집에 살면서 일이든 뭐든 다 할 테니까요!”

“좋아. 그러면 나도 씻고 올게. 아까 누워 있던 침대에서 먼저 자도 돼.”

“그러면 테토도 마녀님과 함께 씻고 올게요.”

“에에에에엑――!”

욕실에서 긴 시간 충분히 고민했으리라.

자기는 긴 고민 끝에 잠옷 차림으로 단단히 벼르고 부탁했는데, 내가 가볍게 승낙하고 테토와 같이 욕실로 들어가는 모습을 보고는 아연실색한다.

이때가 훗날【창조의 마녀】의 제자가 된 마녀 유이시아와의 첫 만남이었다.

16화【부유도를 기다리는 반 은거 생활의 나날】

다음 날 아침, 여느 때와 마찬가지로 잠에서 깨어 창문을 여니, 정면에 약간의 구름과 쪽빛 바다가 보였다.

"오늘도 꽝인가."

일과가 된 부유도 확인은 오늘도 오지 않았다고 낙담하게 되는 동시에 쿠로와 함께할 수 있는 날이 계속된다는 기쁨을 느끼게 한다. 확인 후에는 아침을 차리러 부엌에 선다.

"토스트와 베이컨, 스크램블드에그, 콩소메 수프면 되겠지. 그리고 딸기잼과 요구르트, 데친 채소와 생선 올리브 절임 무침도. 오렌지도 하나씩 먹어야지."

그렇게 아침을 준비한다.

화덕의 화력은 불의 마법《파이어》로――.

냄비 안에 물을 넣을 때는 물의 마법《워터》로――.

채소를 공중에서 싹둑 자르는 건 바람의 마법《윈드 커터》로――.

프라이팬과 식기를 공중에서 움직일 때는 어둠의 마법《사이코키네시스》로――.

네 가지 속성의 마법을 사용해 조리하는 모습은 가히 기괴했으리라.

테토와 베레타가 옆에서 도와줄 때는 이러지 않지만, 혼자서 부엌에 서게 되면 이렇게 조리용으로 위력을 조절한 여러 마법을 동시에, 그리고 섬세하게 다루어 요리한다.

방대한 마력을 지닌 나는 마력이 폭주하지 않게 이런 식으로 마력을 제어하는 훈련을 한다.

그렇게 부엌에서 아침을 차리는데 발소리가 가까워진다.

"굉장하다……. 근데, 왜? 어, 어떻게?"

"좋은 아침. 푹 잤어?"

"아, 좋은 아침입니다. 그리고 고맙습니다."

나는 컵에 홍차를 따라 일어난 유이시아에게 내주면서 식사를 늘어놓았다.

"우와아아……. 정말 굉장해요. 어렸을 적에 들은 옛날이야기에 나오는 마법사 같아요."

춤추듯 날아다니는 그릇과 음식을 보고 어린아이처럼 눈을 반짝거리는 유이시아를 보고 미소를 짓는다.

"아, 죄, 죄송해요……."

"마음 쓰지 마. 딸이 어렸을 때, 이렇게 마법을 쓰면 기뻐하던 게 생각나서 말이야."

"네? 연상이라고 하셨는데, 치세 씨…… 아이가 있으세요?"

"수양딸이야. 성인이 돼서 시집도 갔어."

테토가 일어나기를 기다리는 동안, 평온하게 유이시아와 대화를 나누며 식사를 차린다.

수양딸 셀레네는 이미 변경백 가문으로 시집가 버렸다. 가끔 그때 일을 그리워하는 것은 나이를 먹은 증거가 아닐까 하고 고개를 갸웃하게 된다.

"딸에게 공격 마법 따위를 보여서 겁먹게 하는 건 바라지 않으니까. 이런 식으로 살짝씩 마법을 사용했었어."

"정말, 치세 씨는 정체가 뭐예요? 궁정 마술사 중에도 여러 마법을 동시에 쓰는 사람은 한 손에 꼽을 정도인데……. 거기나 속성을 네 가지나 쓰시잖아요."

유이시아는 그렇게 대단하다는 듯 말했지만, 불로가 되어 성장이 멈춘 나는 열두 살의 몸 그대로인지라 체력과 내구력 쪽으로는 상당히 약하다.

그래서 평소 성인 남성 수준까지 체력을 보강하기 위해【신체 강화(强化)】를 쓰고 갑작스러운 불의의 습격을 막고자 몸에 밀착하는【결계】도 사용하기도 한다.

때에 따라서는 강도를 높인【신체 강화(剛化)】를 쓰거나【결계】를 추가해 다중 발동하는 것도 가능하다.

이제 그만 내가 A등급 모험가라고 털어놓을까 했는데 약간 장난기가 올라 당분간 말하지 않기로 했다.

"방랑 마녀야. 모험가를 하며 독학해서 실전으로 경험하며 마법을 배웠고 최근에 로바일 왕도로 왔어."

"아, 모험가셨군요."

감탄하며 아침을 먹기 시작하는 유이시아.

나와 테토의 침실에서 테토가 일어났는지 발소리가 들린다.

"마녀님~, 안 깨워 주다니 섭섭해요~! 테토도 아침 차리는 거 돕고 싶었다고요!"

"테토, 미안해. 네가 기분 좋게 곤히 자기도 했고 가끔은 혼자서 아침 식사를 만들고 싶어서 그랬어."

"그런 거라면 용서할게요! 오늘도 맛있어 보여요!"

기운차게 '잘 먹겠습니다'라고 인사하고 먹는 테토를 보고 유이시아가 놀라지만, 이것이 우리의 일상이다.

"마녀님, 오늘은 뭐 해요?"

"길드에 들러서 의뢰를 맡을 생각이야. 유이시아는 어떻게 할래?"

"저는…… 서덜랜드의 기숙사에서 퇴실하고 여기로 이사 오려고요."

그러면 일단 헤어졌다 다시 보게 되겠다.

"그렇구나, 알았어. 이건 우리 집 여벌 열쇠야. 어제 쓰던 방은 자유롭게 써도 돼."

"가, 감사합니다……."

"그럼, 쿠로는 뭐 할래요?"

까득까득 사료를 다 먹은 쿠로가 '냐~' 하고 울고는 그대로 열린 창문을 넘어서 집에서 뛰쳐나갔다.

"어어? 가 버렸는데, 괜찮아요?!"

"괜찮아, 목걸이를 채워 줬거든. 산책 겸 길고양이들을 만나러 간 게 아닐까?"

일단 캐트시라는 게 드러나지 않게끔 목걸이에 감정 위장과 환영 마법을 걸어 두고 긴급 상황에는 결계가 발동하도록 조치한 데다 위치 정보도 전달되게 했으니, 돌아다니게 해도 괜찮을 것이다.

이 왕도에 있는 한 어디에 있든 금방 달려갈 수 있다.

"아, 그렇군요. 그러면 저도 나갔다 올게요."

그러고는 어제 입고 있던 복장으로 갈아입은 유이시아가 서덜랜드의 기숙사로 가는 것을 배웅한 뒤에 우리도 평소 복장으로 치장하고 길드로 향했다.

항구 도시 길드에 도착하니, 우리를 발견한 길드의 접수원이 재빨리 일어나 맞아 주었다.

"기다렸습니다, 치세 님, 테토 님."

"안 그래도 돼. 다른 모험가와 똑같이 대해 주면 좋겠어."

"테토도 그게 좋아요."

"알겠습니다. 그랜드 마스터 젤리치 님은 안 계시지만, 두 분께 맡기고 싶은 의뢰를 정리한 목록을 대신 맡아 두었습니다."

우리 전용 의뢰 파일을 꺼내니, 몇 건에는 메모가 적혀 있다.

개중에는 사선으로 그은 의뢰서 사본도 있다.

"있잖아, 이 의뢰는 뭐야?"

"그건 의뢰를 정리한 뒤에 의뢰주가 취소했다는 의미입니다. 혹은 다른 모험가가 수주받거나 달성한 의뢰를 표시한 거예요."

즉, 의뢰의 이중 수주를 막고자 표시했다는 것을 납득한다.

의뢰를 대강 훑어본 뒤, 몇 건을 가리킨다.

"수중에 납품 계열 소재가 있는데 납품해도 될까?"

"상관없습니다. 양은 어느 정도 되나요?"

"우선 개인실에서 매입 심사를 부탁할게."

마법 가방을 쳐 보이니, 양이 꽤 두둑하다는 것을 알아차렸겠지.

포션을 만들 때 필요한 약초는【허무의 황야】의 약초 군생지에서 정기적으로 채취할 수 있도록 환경을 조성해 두어서 질과 양 어느 쪽이든 의뢰서에 명시된 필요한 만큼 충분히 제공할 수 있다.

그리하여 길드의 매입 직원 입회하에 약초 심사를 거쳐 의뢰 달성을 인정받았다.

“감사합니다. 저희는 항구 도시 길드라 어떻게 해도 같은 왕도의 내륙 길드와는 약초 채취에 격차가 생깁니다.”

접수 직원이 길드의 속사정을 설명해 준다.

다만 일개 접수원이라 하기에는 사정에 밝다는 느낌이라 쳐다보니, 내 의도를 눈치챘는지 자기소개를 한다.

“그러고 보니, 제 소개를 안 했군요. 저는 이 로바일 왕도 동쪽 지구 모험가 길드의 서브 마스터인 셰릴이라고 합니다. 젤리치 님께서 백작으로서 일이 있으셔서 부재중일 때는 제가 길드 마스터 대리를 맡고 있습니다.”

“아, 서브 마스터였구나.”

“여자 서브 마스터, 보기 힘들어요!”

좋은 의미로도, 나쁜 의미로도 모험가는 남성 위주의 사회인지라 그 조직의 윗물에 여성이 있다는 건 드물다.

정말 유능한 사람이리라고 감탄했다.

“그럼, 납품 의뢰는 달성한 것으로 처리하겠습니다. 아직 시간이 있으시다면 다른 의뢰도 맡아 주셨으면 합니다만…….”

“그에 관해서 몇 가지 의논하고 싶은데──.”

처음에는 캐트시인 쿠로가 있어서 장기 의뢰를 맡기가 어려웠다.

그러나 【하늘을 나는 양탄자】를 사용하면 이동하는 데 걸리는 시간을 반 이하까지 줄일 수 있다.

집에 상주 예정인 유이시아를 발견했으니, 일주일 정도라면 멀리 나가도 괜찮을 것 같다고 전했다.

그리고 권력자와 인맥을 쌓을 생각이 없으므로 귀족이 관계된 의뢰나 마법 일파의 의뢰 등은 받지 않겠다는 의사도 전달했다.

"알겠습니다. 귀족과 마법 일파의 의뢰는 제외해야겠군요."

"응, 부탁할게. 그리고 오늘은 이 근방의 잡무 의뢰를 차례로 맡을게."

"잡무 의뢰라. 정말로 A등급 모험가가 이런 의뢰를……."

국가 전력에도 필적하는 모험가 두 명이 어떤 모험가든 수행할 수 있는 잡무 의뢰를 맡겠다는 게 서브 마스터의 입장상 얼굴이 구겨질 수밖에 없나 보다.

"마녀님의 취미예요. 그리고 동네를 걸어 다니는 건 즐거워요."

"사실 내가 캔 약초로 포션을 만들어 길드를 통해 팔면, 먹고 사는 데 문제가 있을 만큼 돈이 궁하지는 않아서."

바로 출발하겠다며 가르드 수인국에서 한 것처럼 사람들의 고민을 해결하기 위한 잡무 의뢰를 맡아서 나갔다.

17화【마녀가 가르치는 살기 위한 기준】

곧장 여러 잡무 의뢰 중에서 짐을 배달하는 의뢰를 시작했다.

로바일 왕국의 왕도에는 언덕길이 많아, 수많은 짐을 배달하기가 힘들다.

하지만 우리는 가지고 있는 마법 가방에 짐을 넣어 가볍게 산책하는 기분으로 배달할 수가 있다.

"가게에 배달 완료. 이게 마지막이었지?"

"이제 보고하러 가면 돼요!"

배달 의뢰를 완료하고 돌아가기로 한다.

「냐~.」

"아, 쿠로. 산책은 다 했어?"

"어서 와요~."

길드로 가는 길에 우리를 발견한 캐트시 쿠로가 집 지붕들을 가볍게 건너 내 어깨로 뛰어내렸다.

그리하여 길드에 의뢰 완료 보고를 하고 보수를 받은 뒤에 집으로 가니, 유이시아가 이미 와 있었다.

"아, 치세 씨, 테토 씨, 어서 오세요!"

유이시아가 부엌에서 저녁을 만들다가 웃으며 우리 쪽을 돌아봤다가 갑자기 불안한 표정을 짓는다.

"제 마음대로 식재료에 손대서 죄송해요."
"괜찮아. 우리가 식비를 댄다고 했잖아. 그리고 유이시아가 만들어 주는 요리, 맛있어 보이는데?"
"얼른 먹고 싶어요! 맛있을 것 같아요!"
테토와 함께 쿠로도 동의하듯이 한 번 우니, 유이시아가 키득키득 웃는다.
"금방 돼요. 조금만 기다리세요!"
"그릇 준비하는 거 도울게."
"테토도 도울래요!"
저녁을 준비하는 유이시아를 돕고, 다 된 요리를 셋이 같이 먹는다.
밥을 먹은 뒤에는 차를 마시면서 무릎에 올라온 쿠로의 등을 쓰다듬으며 마력을 주었다.
내 마력을 충분히 먹은 쿠로를 테토가 등 뒤에서 안았다.
"마녀님~ 쿠로랑 같이 씻고 올게요~."
「냐냐~?!」
"테토, 다녀와."
저녁이 다 되기 전에 욕조에 물을 덥혀 두었다.
젖기 싫어서 날뛰는 쿠로를 데리고 가는 테토를 배웅한 나는, 유이시아 쪽으로 고개를 돌렸다.
"그러고 보니 유이시아는 마법사가 되고 싶다고 했는데 구체적으로 어떤 마법사가 되고 싶어?"
"어떤, 마법사요? ……돌아가신 부모님을 안심하게 해 드릴 수 있는, 돈을 잘 버는 궁정 마술사가 되고 싶다는 그런 말을 듣고 싶은 게 아니신 거죠?"

그렇게 되묻는 유이시아에게 내가 긍정하며 고개를 끄덕였다.

"그래, 맞아. 어떤 사람이 되고 싶은지 묻는 거야."

"음……. 어렸을 때 읽은 그림책에 나온 마법사는, 구체적이지 않겠죠. 생각해 본 적이 없어요."

유이시아가 난처해하며 눈썹꼬리를 내뜨리고 자신 없이 답한다.

서덜랜드 유파에서 낙오자로 분류되고 기숙사 생활에 쫓겨 생각할 여유도 없었던 모양이다.

"뭐, 장래에 어떻게 되고 싶은지는 천천히 생각하기로 하고, 나는 어느 일정한 능력을 목표로 너를 가르칠 예정이야."

"일정한 능력……."

침을 꿀꺽 삼키며 긴장한 유이시아에게 내가 목표에 대해 말한다.

"호, 혹시 치세 씨가 배운 파벌에 전해져 내려오는 마법을 습득하는 그런 건가요?"

"아니, 하루에 은화 석 닢을 벌 수 있게 되는 거야."

"…………네?"

유이시아는 어리둥절했지만, 나는 매우 진지하다.

"어, 저, 저기, 정말로 은화 석 닢을 버는 것뿐인가요? 중급 마법을 쓸 수 있다든가, 치세 씨의 비전(祕傳) 마법을 배우는 게 아니라……."

"아니야, 하루에 은화 석 닢. 정확하게는 한 달에 은화 서른 닢을 벌 수 있게 되는 거야.”
은화 한 닢당 만 엔쯤 한다.
하루에 은화 석 닢의 일을 열흘 하면, 한 달 수입은 은화 서른 닢이다.
나머지 스무날은 마법을 연구하고 단련하며 보내거나 또 돈을 벌거나 쉬는 데 쓸 수 있다.
하루 은화 석 닢은 마법사라는 기능직의 일당이다. 대부분의 일반 평민은 평균 은화 한 닢 전후로 쉬는 날 없이 일해서 검소하게 산다.
궁정 마술사의 급여에는 못 미치지만, 서민의 벌이로는 충분하다고 생각한다.
“돈이 있으면 생활에 여유가 생겨. 그러니 네가 자립해도 살아갈 수 있도록 하는 게 내가 세운 목표야.”
“뭔가, 생각한 것과 다르네요. 나이 많은 마법사나 마도사(魔導師)들은 돈 얘기는 전혀 안 하거든요.”
“당연하지. 나라에 소속된 궁정 마술사들은 나라에서 급료와 연구비가 나오니까. 하지만 나 같은 방랑 모험가는 우선 안정적인 생활을 할 수 있어야 해.”
“그, 그렇군요…….”
고개를 끄덕인 유이시아는 우리가 빌린 집을 둘러봤다.
본인은 기숙사살이에다 빠듯했는데 돈만 있으면 이런 집에 살 수 있다고 생각하는 모양이다.
“그러면 먼저 특기 속성의 생활 마법을 보여 줄래?”

"네, 네! 나는 산들바람을 원한다. ──《윈드》!"
유이시아가 발동한 마법은 바람을 일으키는 《윈드》다.
바람의 마법에 치중된 서덜랜드 유파의 마법사라서 가장 처음에 배운 듯하다.
"방금 마법으로 마력을 얼마나 썼어?"
"아, 네. 한 60정도요."
"……효율이 별로네."
"죄, 죄송해요."
《파이어볼》 등의 공격 마법은 한 발에 10마력에서 30마력을 기준으로 잡는다. 그걸 생각하면, 마력에서 마법으로의 변환 효율이 약간 안 좋다.
중얼거린 내 말에 유이시아가 반사적으로 사과한다.
미간을 살짝 찌푸린 이유는 유이시아에게 마법을 어떻게 가르쳐야 하나 생각하느라 그런 거지, 화난 게 아니다.
"《윈드》 마법을 한 번 더 발동해서 유지해 봐."
"네, 네!"
다시 손을 치켜올려 《윈드》 마법을 발동한 유이시아의 등 뒤로 돌아가 손을 얹는다.
"치, 치세 씨?!"
"그대로, 유지해. ──《서치》."
놀라서 마법이 흐트러졌지만, 나는 유이시아의 손에 내 손을 얹어 유이시아의 상태를 확인했다.
──유이시아의 마력 크기는 대략 2,000마력이구나. 일반인

치고 마력량은 많지만, 레벨이 낮아서 마법사로서는 적어. 그리고 마법의 변환 효율이 나쁜 이유는 【마력 제어】 스킬 레벨이 낮기 때문이고. 거기다——.

"유이시아, 이제 됐어."

"네, 네……."

익숙지 않은 《윈드》 마법을 유지하느라 힘에 겨웠는지 붉어진 얼굴로 고개를 숙이고 있다.

유이시아를 《서치》 마법으로 촉진하여 여러모로 살펴보고 안 것이 있다.

"유이시아. 너, 옛날에 오른팔을 크게 다친 적 있지 않아?"

"헉?! 어떻게 아셨어요?!"

"역시. 마법 효율이 안 좋은 원인은, 그 때문이야."

사람은 몸의 중심에서 여러 곳으로 마력을 보내 순환시킨다.

마법사의 경우, 순환시킨 마력을 손바닥이나 지팡이로 집중해서 마력을 발동한다.

그러한 마력 순환 회로가 큰 부상으로 인해 좁아지는 일이 왕왕 있다.

"【신체 강화(強化)】를 구사하는 모험가는 마력을 온몸에 돌게 해서 신체 능력을 향상하지만, 크게 다쳐서 마력 순환 회로가 상하면, 생각하는 만큼 힘을 발휘하지 못하게 되기도 해."

"그, 그러면 저는……."

"그건 원인 중 하나야. 원래부터 【마력 제어】 스킬 레벨이 낮은 점, 마법에 대한 이미지와 지식이 부족한 탓도 있는 것 같은데?"

"네?!"

그 밖에도 원인이 있다고 알리자, 충격을 받았다.

"뭐, 일단 팔부터 치료하자. ──《머니퓰레이션》."

"네, 네. ……아, 따뜻해."

나는 유이시아의 오래된 상처에 손을 대고 마법을 발동했다.

치료라기보다는 몸의 이상을 재정비하는 방면의 회복 마법을 받자 유이시아가 기분이 좋은지 웃는다.

수십 초밖에 안 걸리는 회복 마법이지만, 저조했던 오른팔의 마력 순환을 정비할 수 있었다.

"자, 이제 팔은 원래대로 돌아왔어. 다만, 마력 제어나 마법에 대한 구체적인 이미지를 떠올리는 건 여전히 약해. 강화하는 방법을 가르쳐 줄 테니, 돈을 버는 방법과 같이 배우도록 해."

우리의 대화가 끝나자, 교대하듯 테토와 쿠로가 욕실에서 나왔다.

"우리 왔어요~."

"둘 다, 물기가 덜 가셨어. 이리 와."

내가 테토와 쿠로에게 손짓해 불러서 차례로 머리와 몸을 가열 마법 《히트》와 바람의 마법 《윈드》를 합친 온풍 마법으로 말려 준다.

그걸 본 유이시아가 복수 속성의 마법을 섞어 구사하고 유지하는 모습에 오늘 아침과 마찬가지로 놀란다.

"……으읏, 아무렇지 않게 마법을 유지하시네요."

"뭐, 그거로 먹고살고 있으니까."

내가 웃으며 말했다. 테토도 싱글벙글하며 따뜻한 바람으로 머리를 말린다.

그 후, 욕조 물을 갈고 나와 유이시아가 순서대로 씻었다.

몸도 덥혔겠다 잠자리를 정돈한 나는, 등 뒤에서 나를 껴안은 테토와 침대에 앉았다.

"마녀님, 뭔가 알아냈어요?"

"응. 유이시아는, 나와 같더라."

나를 안은 채로 묻는 테토에게 그렇게 답했다.

"마녀님과 같다고요?"

"응. 유이시아도, 불로 인자를 가지고 있어."

나는 유이시아에게 《서치》 마법을 쓰고 처음 만났을 때 느낀 공감 같은 것의 정체가 불로 인자라는 걸 깨달았다.

"유이시아가, 마녀님처럼 오래 사는 거예요?"

"지금 단계로서는 아니야. 몇 가지 조건이 더 충족되어야지."

리리엘과 다른 오대신에게 들었는데 이 세계에는 4세대의 인간이 있다.

제1 세대는 신들이 직접 창조한 원초 인간들.

세계를 발전시키기 위해서 오래 살 수 있도록 불로 소질을 타고난 자들이다.

이에 해당하는 건 마찬가지로 여신인 리리엘이 전생시킨 나와, 전승 등에 등장하는 불로장수하는 현자나 마녀 등이 불로 인간이다.

제2 세대는 제1 세대인 원초 인간들이 아이를 가져서 낳은 높은 마력을 지닌 인간들이다.

인간의 대다수는 불로 소질은 물려받지 못했으나 마력이 높아 장수하게 되었다.

또한 환수와 정령, 드래곤 등과 아이를 만들어서 낳으면서 수인과 엘프, 드워프, 용인 등의 종족으로 세분화하였다.

그러나 제2 세대 인간들은 고마력 환경에 의존도가 높았기에 마법 문명의 폭주로 인한 마력 소실로 대부분이 사멸했다.

제3 세대는 마법 문명의 폭주 속에서 저마력 환경에 적응한 세대다.

환경에 적응하는 한편, 개인이 지닌 마력량이 천차만별이라 수명도 마력의 크기에 의해 좌우된다.

현재, 세계의 태반은 제3 세대의 인간들이다.

제4 세대는 마력 소실 후에 인간들을 구제하기 위해서 도입된 능력치 시스템의 영향을 받아 탄생한 마족이라 불리는 존재다.

테토와 베레타 등이 이에 속하는 존재며 공통점은 마석 핵을 가지고 있다는 점이다.

"유이시아는 제3 세대 인간 중에서도 격세 유전으로 불로 인자를 갖게 된 게 아닐까?"

셀레네는 나와 함께 살면서 마력을 상당히 늘렸다.

하지만 수명은 늘었어도 불로까지 이를 만한 기미는 보이지 않았다는 것이 생각났다.

그에 반해서 유이시아는 나와 같은 불로가 될 기미가 느껴졌고, 그것이 공감이라는 형태로 감지된 것이다.

"그러면 마녀님은 유이시아를 불로로 만들 건가요? 마녀님과 같은 친구가 느는 거예요!"

"음. 그건 생각 안 했어."

【불로】를 얻으려면 불로 인자와 방대한 마력량을 보유하고 유지할 필요가 있을 것이다.

나는 마력량 5만을 넘기고 【불로】 스킬이 발현했다.

유이시아는 마력량을 얼마나 늘려야 불로에 이를지는 알 수 없지만, 【신기한 나무 열매】를 꾸준히 먹다 보면 스킬이 발현할 가능성이 높겠지.

"같은 불로에 도달하는 게, 유이시아의 행복으로 이어질지는 모르는 거야."

"으음? 테토는 마녀님과 항상 함께해서 행복해요. 유이시아는 아니에요?"

"행복은, 사람의 수만큼 다양한 형태로 존재하니까."

나는 유이시아를 마법사로서 육성하려 한다.

그러나 불로에 이른 나와 같은 유구한 삶의 길로 끌어들이고 싶은 게 아니다.

그 경계를 지켜보면서 내일부터 유이시아를 어떻게 지도해 나갈지 생각하며 잠에 들었다.

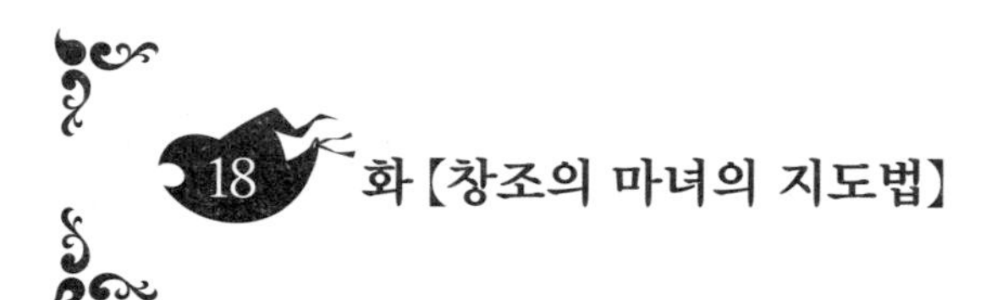

18화【창조의 마녀의 지도법】

나와 테토에게는 우리의 일상이 있다.

모험가 길드에 포션을 납품하거나 모험가들이 남기는 비인기 의뢰를 소화하고 일이 끝나면 시장이나 뱃길로 들여오는 교역품과 미술품 가게를 방문해 구경한다.

가끔 마을 밖으로 나가는 의뢰도 있지만,【하늘을 나는 양탄자】를 타면 당일치기로 의뢰를 달성할 수 있다.

마법 일파 중 서덜랜드 유파에 소속된 유이시아에게도 유이시아의 일상이 있다.

아침에 일어나 유파 마법사의 지도 아래서 마법을 배우거나 공부하거나 한다.

원래는 기숙사살이에다 낙오 문하생이었기에 자질구레한 용무나 마법사가 꺼리는 일을 저임금으로 강요당했다.

하지만 우리와 같이 살고부터 금전적인 부담이 준 결과, 마법 단련 시간을 확보할 수 있게 되었다.

내가 오래된 상처로 막혀 있던 마력 회로를 조정한 덕에 마력 순환이 좋아져서 드디어 마법을 가르치기 시작했다.

"그러면 오늘은 마법 습득에 관해 설명할게."

"와~, 짝짝짝~."

"부, 부탁드립니다!"

임대 주택의 마당에 【창조 마법】으로 창조해서 설치한 작은 칠판 앞에 선 내게 테토가 작게 박수를 보낸다.

평온한 분위기 속에서도 유이시아는 긴장했는지, 유이시아의 허벅지에 앉은 쿠로가 힘을 더 빼라는 듯이 허벅지를 톡톡 때린다.

나는 칠판에 분필로 마법을 습득하는 방법에 관해 적었다.

이 세계에는 마법을 습득하는 방법이 두 종류 존재한다.

하나는 스킬을 습득하고 스킬의 레벨을 올려 마법을 습득하는 방법.

나는 【창조 마법】으로 만든 스킬 오브로 마법 스킬을 습득했을 때, 머릿속에 저절로 마법을 다루는 법과 마법의 이미지가 박혔다.

그렇다고 해도 막연한 이미지와 떠올리는 계기 등의 요령 정도에 불과해, 몇 번이나 마법을 반복하여 내 힘으로 정밀도를 더 높일 필요가 있었다.

그래서 이 세계에는 누군가에게 사사하는 게 아닌 마법 스킬을 자유자재로 구사하는 재야의 마법사가 어느 정도 있다.

그리고 또 하나는 자력으로 마법을 습득하는 방법이다.

마법 지식과 이치를 이해하고 실제로 마법을 구성함으로써 새로운 마법을 습득한다.

"——이렇게 마법 습득에는 두 가지 방법이 있어."

무릎에 쿠로를 앉힌 유이시아가 내 강의 내용을 듣고는 고개를 세로로 끄덕인다.

"모험가는 자기가 쓸 수 있는 능력의 레벨과 스킬을 중시하는 경향이 있는데 마법 일파는 어때?"

"음……. 마법 스킬 레벨은 별로 중시하지 않아요. 마법 일파의 사람들에게는 옛사람들이 남긴 마법서가 있거든요. 그래서 어느 쪽이냐 하면 새로운 마법을 창조하는 쪽을 중시하는 느낌이에요. 아, 그리고 마법을 발동하기 위한 마력의 크기도요."

능력에 따라 들어오는 막연한 이미지로부터 고등 마법을 만들어, 그것을 마법서라는 형태로 후세에 남긴다.

그 마법서를 이해하고 파악하면 강력한 마법을 자력으로 습득할 수 있고, 나아가 마법사들이 조직적으로 오랜 시간을 들여 연구하여 강력한 마법을 더욱더 개량하고 있다.

그 결과, 마법 일파라고 불리는 집단이 탄생하고 마법 일파의 비기라 하는 강력한 마법을 만들어 낼 수 있었다.

마법 일파는 그런 이유로 마력을 발동하기 위한 마력량과 마법을 연구하는 능력을 중시하는 듯하다.

"──모험가와 마법 일파의 성질 차이는 대강 그렇구나. 이것도 고려해서 모험가에게 필요한 마법 스킬을 습득할 수 있게 너를 가르치려 해."

"자, 잘 부탁드립니다."

"그러면 먼저 부분【신체 강화(強化)】와 명상을 반복해야지."

"어? 저기, 마법을 연습하는 게 아니에요?"

【신체 강화(強化)】는 전사가 사용하는 기법이라 마법사답지 않다고 생각할지도 모른다.

"갑자기 체외로 방출된 마력을 제어하는 것보다 체내에서 다루는 게 편하기도 하고, 【신체 강화(强化)】 응용으로 마력을 오감에 집중해서 영시(靈視)나 영적 존재의 목소리를 듣는 게 가능해져."

게다가 체내에서 안정시킨 마력으로 마법을 쏘는 편이 위력이 오르는 경우가 있어서 체내 【신체 강화(强化)】를 통한 【마력 제어】 훈련은 중요하다.

"알겠습니다! 그럼, 시작할게요!"

그렇게 말하고는 일어선 유이시아가 전신의 마력을 순환시키려 한다.

그러나 원래 단순히 팔로 마법을 쏘기만 해 온 유이시아에게는 마력을 한 곳으로 보내 틀어막거나 순환시키는 건 어려운 모양인지 얼굴을 빨갛게 물들이면서까지 어떻게든 움직여 보려 한다.

그렇게 유이시아의 몸에서 새어 나온 마력은 쿠로가 맛있게 흡수한다.

"하아, 하아……. 【신체 강화(强化)】를 유지하는 게 이렇게 힘든 건가요?"

"뭐, 상시로 발동하면 마력을 계속 소비하니까. 그래서 검사는 순간적으로 몸의 특정 부위로 집중해서 참격의 위력을 높이지."

"그런 식으로 마력을 절약하는군요. 그러면 왜 마력이 큰 마법사는 【신체 강화(强化)】를 쓰지 않는 거예요?"

마력이 바닥나기 시작한 유이시아가 마당의 잔디에 앉아 호흡을 가다듬으며 묻는다.

유이시아의 질문에는 명확한 답이 있다.

“【신체 강화(强化)】는 본디 신체 능력을 기준으로 강화되거든. 예를 들어서——.”

칠판에 ‘마법사 10×신체 강화 10=100’과 ‘검사 30×신체 강화 5=150’이라고 적는다.

“높은 숙련도로【신체 강화(强化)】를 쓸 수 있어도 바탕이 되는 신체 능력이 약하면 그만큼 높은 효과를 얻을 수 없어. 하지만 신체 능력이 뛰어난 검사는【신체 강화(强化)】숙련도가 낮아도 상대적으로 신체 능력 상승률이 커.”

“그렇다면 역시 마법사가【신체 강화(强化)】를 익힐 의미가 없지 않나요……?”

“마법 연구자한테는 필요 없을지도 몰라. 하지만 모험가로서 현장에 나갈 때,【신체 강화(强化)】를 쓸 수 있다면 장시간 활동할 수 있어.”

본인의 마력 소비량과 마력 회복량의 균형이 맞는 강도로【신체 강화(强化)】를 계속 유지할 수 있다면 야외 활동할 때 상당히 유용한 능력이 된다.

“알겠어요. 우선 마력을 소비했으니, 명상으로 회복할게요.”

유이시아는 앉은 채로 눈을 감고 체외로 방출되려는 마력을 막아서 마력의 자연 회복을 촉진한다.

「냐.」

그와 반대로 쿠로는 방출되던 마력 먹이가 사라져서 언짢은 듯이 울면서 내 쪽으로 온다.

이 방법은 비교적 어디서든 마력 단련이 가능하므로 유이시아에게는 당분간 이 훈련을 반복해 마법을 쓰는 밑바탕을 만들라고 했다.

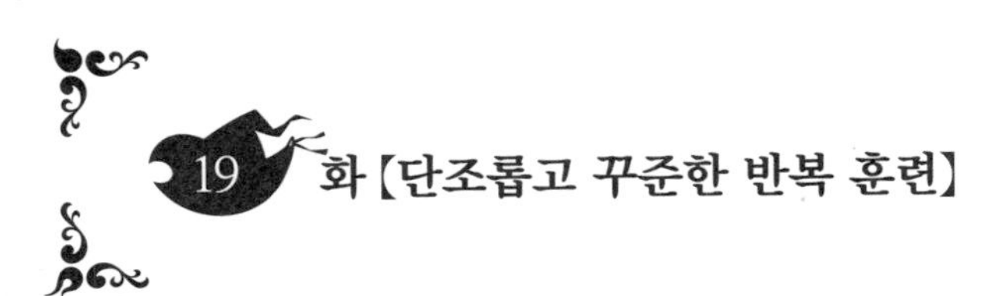

19화 【단조롭고 꾸준한 반복 훈련】

"치세 씨, 테토 씨! 보세요! 마법이에요! ──《윈드》."

기뻐하며 나와 테토에게 알리는 유이시아가 생활 마법인 《윈드》를 시전하는 중이다.

미약한 바람이 스치는 정도의 마법이라 공격용으로는 쓸 수 없지만, 한 달 정도 지속해 온 【신체 강화(強化)】 훈련으로 【마력 제어】 스킬을 습득하여 여태까지보다 일정한 출력으로 마법을 유지하기가 쉬워졌다며 좋아한다.

"축하해, 유이시아."

"축하해요!"

「우~, 우냐냣!」

유이시아의 보고에 나와 테토는 흐뭇하게 축하해 주었는데 그 정도 마법으로 자만하지 말라는 듯이 쿠로가 꼬리를 착착 휘둘러 유이시아의 다리를 때린다.

"아야, 아파, 쿠로 씨! 왜 그래요?"

「냐~.」

우리 집에 온 순서 때문인가 캐트시 쿠로는 유이시아를 자기 부하처럼 생각하는지 때리는 강도가 세다.

다만 아직 어린 쿠로가 화내도 귀여운지 유이시아는 입이 귀에 걸릴 듯한 얼굴 근육을 억누르고 난감한 표정을 지으며 쿠로의 등과 턱을 쓰다듬어 비위를 맞춘다.

쿠로는 가끔 유이시아가 외출할 때, 몰래 따라가 보고 오거나 밤에는 유이시아가 덮는 이불에 숨어드는 모습도 자주 보였다.

"쿠로 씨는 정말 귀여워요. 그리고 고양이인데도 똑똑해서 마치 제 말을 알아듣는 것 같아요."

"쿠로와 유이시아는 정말 사이가 좋구나."

"테토는 마녀님과 사이좋고요~."

「나~.」

내가 아무 생각 없이 그렇게 중얼거리자, 유이시아의 밑에서 빠져나온 쿠로가 나와 테토에게도 애교를 부리듯 몸을 비비고 저를 어루만지는 내 손에서 마력을 잔뜩 흡수한다.

쿠로는 이런 식으로 약삭빠른 면이 있다. 아무튼 쿠로와 유이시아의 상성은 나쁘지 않은 듯하다.

오히려 쿠로가 유이시아를……. 아니, 유이시아에게서 새어 나오는 마력을 좋아하는 게 보인다.

"이제 마법을 다루는 밑바탕은 다진 모양이니까 슬슬 본격적으로 마법을 가르칠까. 뭐, 가르친다고 해도 길드의 마법사에게 가르쳐 주는 실전 마법 위주지만."

"정말요?! 최근에 마력 순환이 좋아져서 【신체 강화(强化)】와 【마력 제어】 스킬을 습득했고 그 덕분인지 마력량도 늘었죠!"

이제까지는 각자 일상생활을 보내면서도 읽기와 쓰기, 계산 숙제와 간단한 마법 기초 훈련을 봐 주기는 했지만, 본격적인 마법은 야외의 넓은 곳에서 쓰지 않으면 위험하다.

그리고 유이시아의 마력량이 늘어난 이유는 내가 몰래 식사에 【신기한 나무 열매】를 끼워 넣었기 때문이다.

나처럼 【불로】 스킬이 발현되는 조건은 불로가 되는 인자를 가지면서도 일정량 이상으로 마력을 키웠기 때문일까, 아니면 그 밖에도 다른 요인이 있는 걸까.

일단 【노화 지연】 스킬이 생기기 전까지는 셀레네에게 했듯이 마력량을 늘릴 생각이다.

이는 결과적으로 세계에 방출되는 마력을 보충하는 일이기도 하다.

"그러면 마을을 벗어나 바닷가까지 산책할 겸 걷자."

"가요!"

"네, 네!"

그리하여 나와 테토는 유이시아를 데리고 로바일 왕국의 왕도에서 나와 바닷가를 걸었다.

"마녀님~, 식구들에게 줄 선물로 좋은 돌이 있어요!"

"이 주변 바닷가에서는 보석의 원석을 찾을 수 있을지도 몰라."

강물과 바다 파도에 부딪혀 둥글어진 조약돌이 있는 바닷가를 거닐며 나도 바닷가에 버려진 유목을 주웠다.

오브제로 집에 장식할 수 있을까 고민하는데 뒤에서 목소리가 들렸다.

"헥, 헥……. 치세 씨…… 테토 씨…… 어떻게, 그렇게 체력이 좋으세요……?"

왕도 외곽의 바닷가까지 걸어온 건데 평소 운동량이 적은 유이시아는 상당히 힘에 부치나 보다.

그런 유이시아에게 힘내라고 말하듯 어깨에 올라탄 쿠로가 유이시아의 뺨에 발바닥을 갖다 댄다.

유이시아가 '네가 어깨에서 내려가면 좀 편해질 거야'라는 눈빛으로 보니, 쿠로가 짐짓 모른 척하듯 시치미를 뗀다. 그걸 본 나는 못 말린다며 웃음이 터졌다.

"유이시아,【마력 제어】의 응용이야. 눈에 마력을 집중해."

"【신체 강화(強化)】예요!"

"네? 네!"

마력량이 늘었다지만 아직 2,500쯤이다.

그래서【신체 강화(強化)】를 오래 쓰지는 못하지만, 일부분을 강화하는 정도는 일상생활 속에서 가르치는 중이다.

"아, 치세 씨와 테토 씨의 몸이 마력으로 둘러싸여 있네요?"

"맞았어. 나와 테토는 체력의 최저 수준을 끌어올린 상태라서 유이시아보다 덜 지치는 거야."

"그렇지만 몸을 확실히 단련하는 건 손해는 아니에요!"

앞으로 성장할 유이시아는【신체 강화(強化)】의 강화 배율뿐만 아니라, 기초 체력도 단련하여【신체 강화(強化)】를 효율 좋게 높일 수 있다.

나야 열두 살의 몸으로 불로가 되고 말아 성장이 정체해서 아무리 부하 운동을 해도 신체 능력이 성장도, 저하도 하지 않는다.

오히려 열두 살에 맞는 정도의 체력만 있기에 늘【신체 강화

(强化)】라도 하지 않으면 금세 피곤해진다.

"후우……. 【신체 강화(强化)】……."

발길을 멈춘 유이시아가 우리의 말을 곱씹으면서 본인의 마력을 몸에 둘러 체력 회복을 의식하는 데 집중한다.

잠시 뒤, 호흡은 안정된 반면에 유이시아의 마력이 반으로 깎인 것에 씁쓸하게 웃으며 마법 가방에서 마나 포션을 꺼내 건넸다.

"실제로 야외로 나왔을 때, 체력이 얼마나 중요한지 알겠지? 체력을 회복하느라 마력이 줄었으니까 그걸 마시면서 마법에 관해 이야기하자."

"네, 네……. 여러 가지로 죄송합니다……. 그리고, 감사해요."

주거에 식비, 나는 다 읽은 마법 관련 서적, 생활 잡화에 이런 포션까지 전부 우리가 부담한다.

돈으로 환산하면 상당한 금액이라는 걸 유이시아도 알아서 죄송스럽게 여기기에 나는 쓴웃음을 지었다.

테토는 유이시아에게 마법을 가르칠 수 없어서 혼자 바닷가에 있는 것을 주워 모으고 있다.

"그러면 마법 이론부터 복습할까. 마법이 뭐지?"

내가 마나 포션을 마시는 유이시아에게 묻자, 마시던 걸 멈추고 진지하게 대답한다.

"마법은, 마력으로 일으킬 수 있는 현상입니다. 자연현상이나 개인이 가진 공상을 재현하거나 합니다."

"정답. 그러면 마법의 속성과 마법의 요소는?"

"아, 네. 마법은 불, 물, 바람, 땅, 빛, 어둠의 여섯 속성과 여섯 속성으로 분류되지 않는 무속성이 있습니다. 또한 기본 속성이 복수로 합쳐져 얼음과 벼락 등의 속성이 됩니다. 마법이 구축되는 요소로는 강화, 변화, 방출, 조작, 구현화와 기타로 나눌 수 있어요!"

한숨에 마법에 관해 답하는 유이시아.

세간에 알려진 일반적인 마법론이고 마법을 구축하는 데 중요한 내용이다.

마법사들은 이러한 요소를 조합하여 다양한 마법을 만들어 낸다.

그러나――.

"그래. 잘 기억하고 있구나. 근데 그 마법론은 일단 잊어."

"에에엑……. 잊으라고요?"

이 마법론은 마법을 배우는 데 중요한 기초 내용이고, 나도 리리엘과 다른 오대신에게 깊이 배워서 옛날보다 마법 발동 시의 마력 소비와 제어 능력 등이 현저하게 향상되었다.

다만――.

"이 세계에서 가장 처음으로 마법을 사용한 사람이, 어떤 마법을 썼는지 알아?"

"네, 네? 갑자기 무슨 말씀이세요……?"

마법 이론을 잊으라고 하더니, 갑자기 날린 엉뚱한 질문에 놀란다.

하지만 이내 내 진지한 표정을 보고는 숨을 죽이고 진지하게 생각한다.

"성서에 나오는 위인들은 신들에게 마법을 받았으니, 그런 종류의 마법이 아닐까요? 비를 내리게 한다든가, 식량을 자라게 한다든가, 나쁜 사람을 벌한다든가……."

"음. 약간 달라."

오대신 교회의 성서와 교회 마법서에 기록된 일화는 여신들이 행사한 기적을 모방한 것이다.

이른바, 자신들을 여신 리리엘과 다른 오대신과 동일화하기 위한 공상의 보강이다.

이 외에 신들이 하사한 마법도 리리엘과 다른 신들이 인간들을 인도하기 위해서 보여 준 기적을 사람들이 모방한 결과다.

하지만 최초의 마법은 그런 게 아니다.

고대 마법 문명이 붕괴한 것보다도 훨씬 전, 인간이 창조신에 의해 창조된 원초 시대.

신들로부터 마법 개념을 배우기 전에 인간들이 자력으로 발견한 최초의 마법을 말하는 것이다.

"이 세계에서 가장 처음 쓰인 마법은, 물 한 잔을 생기게 하는 마법이었어. 딱, 이런 식으로."

유이시아의 눈앞에서 공기 중의 수분을 모으는 생활 마법《워터》를 보여 준다.

"치세 씨, 어려운 사고 실험*이네요. 최초의 마법사가 위대한 마법사가 아니라는 말씀을 하고 싶으신 거죠! 낙오생인 저를 위로해 주시려고!"

* 실행 가능성이나 입증 가능성에 구애되지 아니하고 사고상으로만 성립되는 실험.

그렇게 말하며 유이시아는 내 이야기를 웃어넘겼지만, 나는 미소를 머금은 채 고개를 좌우로 저었다.

"그럴 생각은 아니었어. 다음 질문으로 넘어갈까. 그 최초의 마법은 어떠한 바람으로 생겨났는지 알아?"

"어……. 어떠한…… 바람요?"

내 질문에 고민하던 유이시아는 대답을 찾듯 주변을 둘러보기도 하고 눈을 감고 자신이 가진 기억과 지식에서 답을 찾으려 하고 있다.

이윽고——.

"목이 말라서?"

"정답. 최초의 마법은 목이 말라서 물을 마시고 싶다는 바람에서 탄생했어. 마법에서 중요한 건 최초로 입에 담은 개인이 품은 공상의 재현이야. 근데 말이지, 나는 거기에 부수되는 마음이 중요하다고 봐."

"마음……."

원초 세계——창조신이 갓 만들어 낸 세계라고 할지라도 지금과 별 차이 없다.

메마른 지역이 있는가 하면 이상 기상도, 기근도 있다. 신화에서 칭송하는 낙원 따위는 존재하지 않았다.

그런 와중, 기근이 발생해 허기와 갈증으로 죽어 가던 남자가 마실 물을 찾아 방황한 끝에 가지게 된 바람의 형태가 최초의 마법이었던 것이다.

딱 한 잔의 마법의 물이 남자를 살렸다.

자기가 바라면 물이 생겨난다는 것을 이해한 남자는, 마을에서 마실 물을 만들어 내고 목이 마른 사람에게 나누어 주었다.

이 이야기는 그 모습을 지켜본 리리엘과 다른 여신들에게 【꿈속 신탁】으로 직접 들은 것이다.

"마법은 말이야. 어떤 마음으로 만드는지가 중요하다고 생각해. 그저 마력으로 공상을 재현하는 게 아니야. '무엇을 위해, 누구를 위해 쓸 텐가', 그 점을 고민해 주면 좋겠어."

"으으으, 어려워요. 이건 답이 아니잖아요……."

"맞아. 하지만 내가 진심으로 마법을 가르칠 때는 이 얘기부터 해."

수양딸 셀레네와 길드 훈련소의 마법사들에게 마법을 가르쳐 줄 때도 그러했다.

무엇을 위해, 그리고 누구를 위해 마법을 쓸 것인지 한 사람 한 사람이 생각해 주었으면 하여 이야기한다.

"그리고 또 한 가지── 마법은 정말로 단순히 현상일 뿐이야. 사용 방식에 따라서는 이 물 공만으로 사람을 죽일 수도 있어."

"네? ……농담이죠?"

얘기하다가 만들어 낸 물 공으로 시선을 돌린 유이시아가 그 물을 응시하며 표정이 굳는다.

내가 마력으로 위압을 약간 실으며 말했더니 강한 실감이 수반된 모양이다.

기실 컵 한 잔에 든 물로 입과 코를 막으면 사람을 쉽게 질식사하게 만들 수 있고, 고속으로 분출하면 바위도 가를 수 있다.

"마법은 잘 드는 날붙이와 같아. 어떤 식으로 쓸지, 무엇을 위해서 쓸지 제대로 생각해야 해."

마법은 타인과 나 자신을 쉬이 죽일 수 있는 도구다.

사용하는 사람의 마음 하나로 간단히 모습을 바꿀 수 있다.

"네, 네……."

"마법이 무서운 거라고 느낀 듯해서 기뻐. 그러면 연습을 시작하자."

"네, 네……!"

그 후, 나는 약간 거북해하는 유이시아와 함께 바다를 향해 마법을 쏘았다.

실전파 마법사인 나는, 기본 마법을 몇 가지 보여 주고 유이시아에게도 여러 번 반복하게끔 하고 있다.

마법이 잘 안될 때는 내가 보인 마법을 요소 단위로 분해하여 어떤 요소를 의식해서 사용하면 좋은지, 이미지를 보강해 가면서 최대한 빠르게 최대 위력을 낼 수 있게 조언했다.

"뭔가, 마법 일파의 교육 방식과 전혀 다르네요."

"뭐, 나는 실전파라서 거의 감각적으로 쓰니까. 이론으로는 이해해도 막상 실전에서는 사고를 못 하기도 하니, 좌우간 일으키고 싶은 현상을 명확하게 의식한다는 느낌으로."

서덜랜드 유파는 실전파 마법 일파지만, 마법을 연구하는 측면도 있다.

그래서 같은 현상과 결과에 도달하는 데도 다양한 방법과 경로가 있어, 그것을 모색하는 것이다.

한편 모험가처럼 실전파인 마법사는 최대한 빨리 최대 위력으로 적을 격멸해야 한다.

그래서 이론을 운운하기보다 반복 훈련으로 이미지를 고정화하는 과정이 필요하다.

애초에 성질 자체가 다르다.

"으으, 제 마력량으로는 강력한 공격 마법을 쓸 수 없겠죠."

"그 부분은 앞으로 얼마나 성장하느냐에 달렸지. 그리고 마법을 구성하는 요소를 정확하게 분석해서 기억에 남겨 두면 무의식이 마법의 이미지를 보완해 주니까 그만큼 마력 소비가 줄어. 또 실전에서 진짜로 쓸 마법의 가짓수를 좁히는 게 좋지."

"시, 실전이요……."

"지금 당장 싸울 필요는 없어. 하지만 마물을 토벌해서 레벨을 올리면 마력량이 늘어서 쓸 수 있는 마법의 폭도 조금씩 커질 거야."

'마법을 사용해 무엇을 할 것이다'라는 뜻이 있는데도 그에 따른 실력이 없으면 실현도 할 수 없다.

하지만 무리하게 서두르지 않고 조금씩 익숙해져서 강해지면 좋겠다.

"아, 네, 노력할게요!"

"어느 정도 강해지면 모험가로서 하루에 은화 석 닢을 버는 것도 꿈이 아니야. 마물 토벌을 도저히 못 하겠으면 포션 제작 같은 기술을 갖추는 것도 고려해서 생활할 수 있게끔 가르쳐 줄게."

"그, 그러고 보니 그게 목표였죠. 여, 열심히 할게요."

이렇게 오늘은 바다를 향해 불의 마법을 반복하여 연습했다.

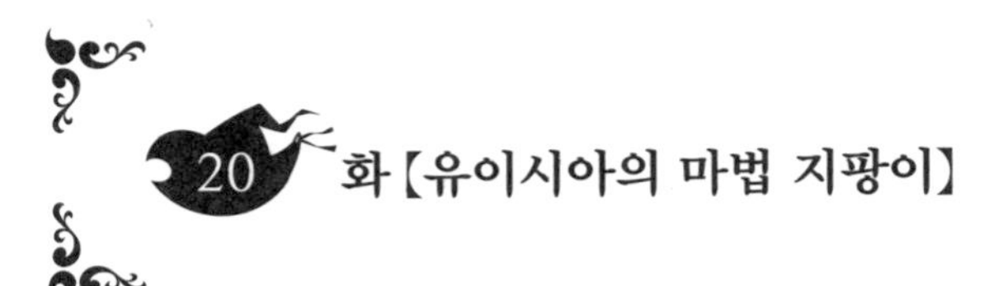
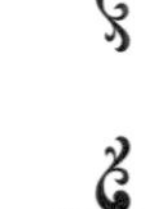

20화【유이시아의 마법 지팡이】

마법 지도는 일주일에 두 번 진행되었다.

유이시아의 마법 적성은 물이 가장 좋고 그다음으로는 불과 땅이었다. 가장 안 맞는 게 바람과 빛, 어둠이다.

적성이 좋지 않은 마법도 지식을 쌓을 겸 강의 형식으로 가르치고 다른 마법과 마찬가지로 바다를 향해 마법을 쏘는 반복 훈련을 계속하게 했다.

특히 집에서는——.

"유이시아, 새로운 마법서를 가져왔는데 볼래?"

"간식도 가져왔어요! 다 같이 먹어요."

"네, 네! 아아앗! 읽고 싶었던 책을 잔뜩 볼 수 있어! 그리고 달달한 간식도 있고……. 여기가 천국인가요?!"

"호들갑은. 책 읽고 나중에 감상 들려줘."

"네! 잔뜩 얘기해요!"

나는 서점 순회 취미로 구매한 마법서와【허무의 황야】에 잠깐 돌아갔을 때 가지고 온 책을 유이시아와 공유해서 읽고 있다.

이제까지는 테토가 책을 읽는 성격이 아니라 좀처럼 책 내용에 관해 이야기를 나눌 수가 없었는데, 열심히 공부하는 유이시아와는 좋은 독서 친구가 되었다.

유이시아와는 공동생활을 하면서도 식사 준비나 집안일을 돕는 등 서로 협력하여 생활했다.

【허무의 황야】에서는 모든 것을 베레타와 다른 봉사 인형들이 해 버리니까. 그리고 수양딸 셀레네와 함께 살 때와는 또 다른 거리감이 즐겁기도 했다.

새로 들고 온 책을 방으로 옮겨 읽던 유이시아가 밖으로 나와서는 진지한 표정으로 나와 테토에게 말한다.

"치세 씨, 테토 씨……. 부탁이 있는데요……."

"응? 무슨 일이야?"

"곤란한 일이라도 생겼어요?"

우리가 되묻자, 유이시아가 조금 전 방으로 들고 들어간 책을 들고 호소했다.

"제게, 마법사의 지팡이를 만드는 방법을 가르쳐 주세요!"

유이시아의 말을 들은 나는, 찻잔에 든 차를 홀짝 마셔 목을 적시고는 생각한다.

"사 달라는 게 아니라, 만드는 방법을 가르쳐 주길 원해?"

"네, 네. 치세 씨의 호의를 받기만 하는 것도 죄송스러우니까요! 그러니 직접 제작하면 싸게 만들 수 있지 않을까 해서요!"

유이시아의 부탁에 나는 턱에 손을 대고 고민한다.

고민하는 나를 유이시아가 불안한 눈빛으로 쳐다본다.

"마녀님? 무슨 생각 하세요?"

"유이시아의 전투 스타일에는 어떤 지팡이가 좋을지 생각해."

마법사의 지팡이라고 뭉뚱그려 말하지만, 다양한 종류가 존재한다.

"휴대성이 뛰어나고 길이가 짧은 완드, 중간 길이의 로드, 끝 부분이 금속으로 보강된 메이스, 사람 키만큼 긴 스태프 등 여러 가지야."

지팡이에는 각기 특징이 있다.

길이가 짧은 완드는 마법 증폭률은 떨어져도 몸과 가까운 위치에서 마법을 발동하기에 마력을 제어하기가 편하다.

상당히 세밀한 마법을 다루기에 적합한 지팡이다.

이어서 로드는 지팡이 앞쪽 끝에 촉매를 달기 쉬워서 속성 마법의 증폭률이 높고 어떤 촉매를 다느냐에 따라서 폭넓은 선택지가 생긴다.

그렇지만 완드와 비교해서 마력 제어는 까다롭다.

메이스는 주로 교회 성직자들이 쓰는 지팡이로, 기본 성질은 로드에 가까운데 금속을 사용하기에 마력 전달률이 떨어진다.

반면에 금속으로 보강되어 있어, 타격 무기로도 쓸 수 있다.

마지막으로 내가 쓰는 스태프는 사람 신장만큼이나 길어서 마법 증폭률이 매우 높지만, 그만큼 마력을 제어하는 게 어렵다.

"간단히 설명하자면 이래. 대체로 이런 식으로 분류되어 있어."

"그러면 마법이 아직 한참 미숙한 저는 길이가 짧은 완드를 쓰면 되겠군요?!"

반짝반짝하는 눈으로 묻는 유이시아에게 나는 그렇다며 고개를 끄덕이면서 과거 일이 떠올라 잠시 생각에 잠겼다.

겉모습부터 그럴싸하게 꾸미려 【창조 마법】으로 긴 지팡이를 만들어 오랜 세월 붕붕 휘둘러 온 나로서는 왠지 내 흑역사를 눈앞에서 본 것 같아 괴롭다.

뭐, 【신기한 나무 열매】를 먹으며 늘린 마력으로 호쾌하게 마법을 쓰며 전투하는 편이었기에 결과적으로는 긴 지팡이를 사용한 게 정답이었다고 할 수 있다.

"그럼, 바로 지팡이를 만들어 볼까."

"네에?! 지금부터요?! 소재는요?"

말이 나온 김에 바로 제작에 들어가려는 나를 보고 유이시아가 소재가 있는지 걱정하지만, 문제없다.

"테토가 바닷가에서 여러 가지 주워 왔어요! 그 나무를 써요!"

"해안가로 떠밀려 온 유목이면 싸게 쓸 수 있지 않겠어? 뭐, 바닷물에 잠겨 있었으니, 부식산을 제거하고 말린 뒤에 깎아서 모양을 다듬고 니스를 발라야 해. 일단 연습하며 만들어 보자."

"네, 네!"

곧바로 테토가 주운 유목을 포션 조합실로 옮겨 큰솥에서 유목을 펄펄 끓여 부식산을 제거하기 시작한다.

물을 보충하면서 대략 30분쯤 삶은 유목을 방치해 천천히 식힌다.

그다음 건조 마법 《드라이》를 사용해 수분을 날리고 작은 칼로 적당한 크기로 깎아 낸다.

"완드는 표적을 겨냥하는 조준 역할도 하니까 끝으로 갈수록 가늘어지게 깎아야 해."

"네, 네……."

유이시아의 진지한 옆얼굴을 보면서 견본으로 삼을 수 있게 나와 테토도 작은 칼을 들고 유목을 깎아 완드를 만들었다.

그렇게 깎아 낸 완드에 왁스를 발라 건조하여 지팡이를 완성했다.

"됐다. 만들었어요! 제 첫 지팡이에요!"

그러면서 지팡이를 휘둘러 집 안에서도 안심하고 쓸 수 있는 빛의 마법《라이트》를 사용한다.

「우으으, 냐, 냐냣!」

캐트시 쿠로가 떠다니는 둥근 빛에 야생 본능이 자극됐는지 덤벼들어서는 앞발로 때려 떨어뜨리려 과감하게 도전하지만, 빛나는 공은 사라지지 않고 계속 떠다닌다.

빛은 유이시아가 휘두르는 완드의 움직임에 따라 이동하는 것인데 쿠로가 빛을 쫓아서 달려드는 모습을 보고 나와 테토가 키득키득 웃는다.

"치세 씨, 테토 씨! 이 지팡이, 평생 소중히 여길게요!"

"소중히 하는 건 좋은데 점차 신장에 맞춘 지팡이로 바꿔줘야 해."

"근데 소중히 하기 전에 부러질 것 같아요."

나는 타이르고, 테토는 주의를 주는데 빛나는 공을 움직이려고 흔들던 지팡이를 노린 쿠로가 덤벼들어 지팡이 끝을 살짝 물기 시작한다.

"아아, 쿠로 씨, 안 돼요! 애써 만든 지팡이가 부러진다고요!"

그렇게 자기만의 지팡이를 만든 유이시아는, 마법을 배우겠다는 의욕이 더욱 솟아, 쑥쑥 실력을 키워 나갔다.

21화 【공동생활 5년째】

유이시아와 함께 살기 시작한 지도 5년이 지났다.

처음에는 마법도 만족스럽게 다루지 못했던 유이시아는 서서히 생활과 밀접한 마법의 사용법을 익혀, 의류를 세탁하는 마법과 요리할 때 불 조절하는 마법은 이제 좀 익숙해졌다.

나를 흉내 내어 다른 생활 마법을 쓰려다 실패하곤 했는데 지금은 두 가지 마법을 동시에 쓸 수 있게 됐다.

마법 일파 관계자들이 보면 숭고한 마법을 저속한 데 쓰지 말라며 화를 낼 테지만, 생활에 밀접한 방법으로 마력 제어를 계속 단련해 온 결과, 마법 실력이 금세 늘었다.

또 모험가 길드에서 유이시아가 사용 가능한 마법으로 달성할 수 있는 잡무 의뢰가 있으면 우리 의뢰에 동행하게 하여 실제로 시켜 보기도 했다.

또한 포션 등의 【조합】과 간단한 마도구 제작 방법 등을 가르쳐서 자립을 위한 수단을 배우게 했다.

가끔 모험가 길드의 의뢰를 맡거나 【허무의 황야】로 돌아갈 때는 며칠씩 집을 비워야 하기도 하는데, 유이시아에게 집을 안심하고 맡기고 다닐 수 있을 정도로 몸과 마음 모두 확실히 성장했다.

당초 목적이었던 유이시아가 돈을 벌어 자립할 수단은 이미 충분히 가르쳤다.

그러나 유이시아와 하는 생활이 생각보다 즐거워서 이 관계에 종지부를 찍을 기회를 찾지 못하고 습관처럼 계속되고 있는 게 실정이다.

그리고 5년 동안 쿠로가 살던 부유도는 로바일에 접근하는 일 없이 시간이 흘렀다.

"하아아앗. ──《아이스 랜스》! 소사(掃射)!"

로바일 왕도 근교에 있는 던전 12층, 유이시아는 완드를 휘둘러 복수의 얼음 창을 쏘아 마물을 쓰러뜨렸다.

창 꽂이가 된 마물은 C등급 코카트리스로, 마지막으로 저항한답시고 예리한 마비 안광을 쏘려 하지만, 유이시아의 【신체 강화(强化)】로 인한 마력 저항에 막혀 쓰러진다.

"치세 씨! 테토 씨! 레벨이 올랐어요! 마력량도 2만을 넘었어요!"

"그래? 잘됐네. 마력량만 보면 궁정 마술사와 맞먹는 거 아니야?"

"축하해요!"

우리만큼은 아니지만, 그래도 종종 【신기한 나무 열매】를 먹은 덕분인지 마력량도 커지고 마법 연습 횟수도 늘었다.

그에 비례하여 마법도 숙달되어서 가장 잘하는【물의 마법】 스킬 레벨이 5레벨이 되었다.

본인도 마법을 다루는 데 자신이 붙었는지 이전과 비교하면 밝아졌다.

마력량 증가로 인해 노화가 더딘 게 보이지만, 【불로】 스킬로

가기 일보 직전인 【노화 지연】 스킬이 발현되지는 않았다. 스킬 습득에 개인차가 있는 듯하다.

"맨 처음에는 말단 수습이었는데 지금은 1급 마술사가 되었어요! 지금처럼 열심히 하면 궁정 마술사도 마냥 꿈이 아닐지 몰라요!"

나와 테토는 꿈을 이야기하는 유이시아를 보며 흐뭇하게 맞장구쳤지만, 쿠로만은 약간 어이없다는 기색이다.

로바일 왕국 내의 마법사에게는 독자적인 계급 제도가 존재한다.

마법 일파에 재적하는 자는 일단 수습부터 시작하여 실기, 필기, 논문 제출, 특별 과제 등의 여러 시험을 쳐서 계급이 오른다.

시험을 통해 3급에서 2급, 1급으로 오르며, 1급 마술사가 되면 제 몫은 하는 마법사로 인정받는다.

그리고 1급 마술사부터는 매년 국가가 모집하는 궁정 마술사 채용 시험을 볼 수 있으며 시험에 합격하면 정식으로 궁정 마술사로 취임할 수 있다.

서덜랜드 유파에서는 아직 유이시아가 낙오생이라는 인상이 남아 있어서 대우가 안 좋지만, 다른 마법 일파나 모험가들에게는 높이 평가받는 듯하다.

「우냐냐!」

"흐앗?! 쿠, 쿠로 씨! 왜 그래요?!"

유이시아의 설명에 캐트시 쿠로가 발바닥으로 톡톡 유이시아의 뺨을 때린다.

우쭐하지 말라는 듯 오빠 노릇을 하는 쿠로의 모습을 최근 들어서 많이 본다.

5년간 우리의 마력을 먹고 성장한 쿠로는 성묘만큼 커지고 유이시아의 어깨 위가 완전히 자기 자리가 되었다.

"그나저나 많이 성장했구나."

"에이, 치세 씨나 테토 씨에 비하면 아직 멀었어요."

여전히 겸손을 떠는 유이시아는 정말로 용 됐다.

마법 실력을 닦고 키도 크면서 더 귀여워졌다.

그리고 무엇보다 가슴이 풍만해졌다.

동안 쭉쭉빵빵 테토 정도는 아니지만, 그래도 모양 예쁜 가슴이 망토 속에 받쳐 입은 옷을 밀어 올리는 걸 보고 얼마나 부럽던지…….

좀 더 일찍 마력량을 확 늘려서 빈약 가슴 동지로 끌어들여야 했나.

다 성장하기 전에 【불로】 스킬을 발현하게 하여 이쪽 길로 들어서게 해야 했나.

이런 악마의 속삭임이 뇌리를 스친다.

불순한 생각을 하는 나를 테토와 유이시아가 의아해하며 보더니 고개를 기울인다.

"치세 씨, 왜 그러세요?"

"……아니, 아무것도 아니야. 그보다 오늘은 이만 돌아갈까."

"돌아가서 맛있는 거 먹어요~."

유이시아를 단련해 주기 위해서 마물을 토벌하러 온 던전에서 빠져나왔다. 하늘을 올려다보니, 날이 저물기 시작했다.

"아~, 생각보다 던전에 오래 있었네요. 실례합니다! 빈 마차 있나요?"

던전 앞에는 모험가 길드 출장소가 있어서 매일 왕도에서 모험가들을 실어 나르는 마차가 대기하고 있는데 아쉽게도 지금은 없나 보다.

"아가씨들, 미안해. 조금 전에 마법 일파 단체가 큰 짐을 싣고 막 나간 터라 지금은 마차가 없네."

"그, 그런가요."

던전에서 획득한 소재를 가득 실은 마차가 왕도로 향한 탓에 우리가 탈 마차가 없나 보다.

이미 해가 기울고 있으니 기다려도 마차가 왕도에서 던전으로 돌아올 일은 없겠지.

이렇게 되면 모험가들은 걸어서 왕도로 가든가 다음 날까지 마차를 기다릴 수밖에 없다.

"치세 씨, 테토 씨, 어쩌죠?"

"어쩌기는, 걸어서 돌아가야지, 뭘. 아니면【신체 강화(强化)】를 두르고 뛸래?"

"서두르지 않으면 저녁 시간에 늦어요!"

도보 두 시간 거리지만,【신체 강화(强化)】로 주파하면 한 시간 안짝으로 왕도에 도착한다.

"그, 그렇군요……. 하지만 남은 마력량이 간당간당하기도 하고, 마나 포션도 안 들어가요."

오늘 유이시아는 레벨을 올리기 위해 마법을 펑펑 써서 마물을 잡았다.

도중에 마나 포션을 마셔 마력을 회복하여 물배가 찬 상태라, 여기서 마나 포션을 더 마시고 【신체 강화(強化)】로 뛰어 돌아가기는 힘들겠지.

"하는 수 없지. 잠깐 기다려."

못 말린다는 듯 웃은 나는 마법 가방에서 【하늘을 나는 양탄자】를 꺼내 펼쳤다.

"치세 씨, 이게 뭐예요?"

"이동용 마도구 【하늘을 나는 양탄자】야. 자, 올라타."

"이동용 마도구요?! 거기다 하늘을 난단 말이에요?!"

쫙 펼쳐진 양탄자에 놀라는 유이시아.

그러고 보니 5년 동안 모험가 길드 의뢰를 맡아서 며칠 외출할 때는 썼는데 유이시아 앞에서 꺼내 쓰기는 처음이라는 걸 깨달았다.

"셋 다 【하늘을 나는 양탄자】에 탔지? 유이시아는 쿠로를 꼭 안아."

"네!"

"하, 하늘을 나는 건 처음이에요! 어떻게 된 거예요?!"

나는 테토와 유이시아가 제대로 탔는지 확인하고 천천히 【하늘을 나는 양탄자】에 마력을 실었다.

마력에 반응해 양탄자가 떠올라 내가 품은 이미지대로 하늘을 날아 이동하기 시작한다.

"와아아아! 날고 있어?! 정말 하늘을 날고 있어!"

「냐아아아!」

"몸을 너무 내밀어서 떨어지지 않게 조심해."

유이시아와 쿠로가 【하늘을 나는 양탄자】에서 보이는 경치에 감동하여 아래를 내려다보길래 주의를 주니, 황급히 몸을 물렸다.

"속도를 좀 올릴게!"

나는 【하늘을 나는 양탄자】에 마력을 더 넣어 속도를 올렸다.

마차를 능가하는 속도로 왕도로 향하는 길을 따라서 날아가는 【하늘을 나는 양탄자】. 거기서 내려다보이는 경치에 유이시아는 아이처럼 연신 감탄사를 터트렸다.

그렇게 얼마 후, 우리는 우리보다 먼저 출발한 여러 대의 마차를 앞지르고 그대로 30분도 안 걸려서 왕도 앞 성문에 도착할 수 있었다.

SIDE: 마차에 탄 마법 일파

"정말이지, 어째서 궁정 마술사인 우리가 이런 잡일을 해야 하는 거야. 모험가 따위에게 시키면 될 것을."

"어쩔 수 없어요, 오르바르트 님. 이것도 서덜랜드 유파의 위세를 떨치는 일이라고 생각하자고요."

그 마차에는 궁정 마술사이자 서덜랜드 백작가의 차기 가주인 오르바르트 서덜랜드가 타 있었다.

로바일 왕국의 던전은 비교적 안정적이라 폭주는 거의 일어나지 않는다.

그렇대도 던전 안의 마물을 방치하면 집단 폭주가 발생하기 십상이기에 정기적으로 기사와 궁정 마술사를 파견하여 며칠을 들여 던전 심부의 마물을 솎아 낸다.

기사와 궁정 마술사의 레벨도 오르고, 갖고 돌아간 대량의 소재와 보물은 궁정 마술사들의 연구 소재로 쓰이거나 상인들에게 매각되어 국가의 재원이 되는 일이다.

그러한 이유로 진행된 던전 마물 토벌에 불평을 늘어놓은 오르바르트가 마차 밖을 내다보는데 검은 그림자가 스쳐 지나갔다.

그림자를 눈으로 좇으니, 공중을 나는 양탄자가 유유히 마차를 추월했다.

눈이 휘둥그레진 오르바르트가 【하늘을 나는 양탄자】를 좇는데 그 양탄자에 서덜랜드 유파의 사람이 두르는 녹색 망토의 뒷모습이 보였다.

"……뭐야, 저건."

측근인 남자에게 묻지만, 그자도 대답을 준비해 두지 않았는지 침묵했다. 그런데 이번 던전 솎음 작업에 동행한 기사가 무언가 아는 눈치다.

"그러고 보니 전부터 여자애가 탄 양탄자가 도로를 난다는 농담을 들었는데 진짜였나 보네."

"이봐, 자세히 말해 봐!"

"자세히고 뭐고 그게 다야. 농담이라 생각해서 안 믿어서 자세히 조사하지 않았어! 어차피 던전에서 나온 마도구겠지."

기사의 말에 오르바르트가 혀를 차며 기억에 새긴 양탄자를 떠올렸다.

던전에서는 사람 손으로 만들기 어려운 마도구가 발현된다.

마검 등의 마법 무기를 비롯해 여러 가지 편리한 도구와 특수 효과를 지닌 마도구가 말이다.

마도구를 해석하고 재현하여 양산화하는 것이 궁정 마술사가 하는 일 중의 하나이기도 하다.

"……탐나는군. 저 비행 마도구."

바람의 서덜랜드는 바람의 마법을 습득한 문하생을 상인 가문과 해군에 알선하여 배의 동력으로 이용해, 로바일 왕국을 해군 국가로 만들었다.

그로 인해 해군과 교역으로 막대한 이익을 얻은 서덜랜드가 품은 다음 야심은 가문의 영향력을 내륙까지 미치는 것이다.

하천 운송만으로는 내륙에 끼칠 영향력이 부족하다.

마차보다 빠르고 도로 상황과 관계없이 하늘을 가르는【하늘을 나는 양탄자】는 그야말로 바람의 서덜랜드에게 알맞은 마도구다.

그래서 바람의 서덜랜드를 상속받을 오르바르트는 자신의 야심을 위해【하늘을 나는 양탄자】를 탐하기로 하였다.

22화【서덜랜드의 마수】

던전에서 유이시아의 레벨을 올린 날로부터 일주일쯤 지난 어느 날, 우리는 유이시아와 함께 항구 쪽 모험가 길드에 방문했다. 그런 나와 테토를 젤리치 씨가 응접실로 불렀다.

“갑자기 미안하네. 잠시 묻고 싶은 게 있어.”

“무슨 일 있었어?”

“곤란한 일이라면 도울게요.”

오늘은 유이시아와 함께 포션을 납품하러 온 건데 무언가 긴급한 의뢰라도 있나 생각하니, 젤리치 씨가 입을 연다.

“실은 서덜랜드 백작가에서 모험가 길드로 문의를 했어.”

“서덜랜드 백작가라면…….”

“아아, 서덜랜드 유파의 맹주 일족이야.”

마법 일파를 발족한 일족이자, 궁정 마술사를 배출하는 명문 마법 귀족.

서덜랜드 유파를 통해 다각적으로 막대한 영향력을 미치는 듯하다.

“사람이 탄 하늘을 나는 양탄자 형태 마도구의 주인을 찾는다더군. 로바일 왕국의 발전을 위해서 꼭 그 마도구를 압수하고 싶다고…….”

"압수라……."

내가 흥미 없다는 듯 중얼거렸다.

압수한다는 건, 요컨대 귀족 입장에서 모험가가 소유한 마도구를 강제로 빼앗겠다는 뜻이다.

"당연히, 거절하겠어."

"맞아요! 마녀님과 테토에게 아주 소중한 마도구라고요!"

우리 파티명인【하늘을 나는 양탄자】의 대명사라고 할 수 있는 마도구이자 추억이 담긴 물건이기도 하다.

자작 마도구이기에 또 만들 수는 있지만, 내줄 마음도 없거니와 하늘을 난다는 것을 널리 퍼뜨릴 생각도 없다.

애초에 귀족이 아무리 나라의 발전을 위한 거라며 대의명분을 내세운다 한들 모험가에게서 재산을 탈취할 권한은 없다.

내가 그렇게 대꾸하자, 당연하다며 젤리치 씨가 진지하게 고개를 끄덕인다.

"이전부터 모험가들이 서덜랜드 유파의 문하생에게 불이익을 당한 일이 많아서 서덜랜드는 별로 신용할 수 없어."

물론 마법 일파에 속한 모두가 나쁜 것이 아니며, 우리 집에서 하숙하는 유이시아처럼 우수한 인물도 있다고 젤리치 씨가 덧붙인다.

"이제까지는 모험가와 직접 교섭해서 마도구를 손에 넣은 모양인데 우리 정보가 제한되어 있으니, 이번에는 길드를 통해서 물은 거구나."

"그래, 그리고 서덜랜드는 여러모로 범죄 혐의점이 있는 소문이 끊이지 않는 가문이기도 해."

"범죄 혐의점이 있는 소문……."

예를 들어 노예를 사서 위법으로 마법 실험을 하거나 어릴 때부터 사람을 키워 병력으로 쓰며 공갈과 암살을 지시하거나 권력에 의한 사건을 수습하고 재력으로 경제적 압력을 가한다고 젤리치 씨가 이야기한다.

"헤에, 무서워라."

"위험하네요. 마녀님은 가까이하지 않는 게 좋겠어요."

"그러고 싶지만, 성가신 일은 대부분 상대방이 먼저 시작한단 말이지."

내가 그렇게 중얼거리자, 젤리치 씨가 조금은 긴장하라고 한다.

"뭐, 아무튼 조심할게."

"그럼, 또 올게요!"

응접실에서 나와 유이시아가 있는 곳으로 돌아가니, 이미 포션 정산을 받았는지 의뢰 게시판을 보며 기다리고 있었다.

"아, 치세 씨, 테토 씨! 얘기는 마치셨어요?"

"응, 그냥 사무 연락이었어. 그보다 포션은 얼마에 팔았어?"

"음……. 치세 씨와 저, 각각 은화 다섯 닢을 받았어요."

길드가 포션을 매입한 가격을 알려 주는 유이시아에게 나는 씩 웃었다.

"축하해. 이번 달에 은화 서른 닢 이상을 벌었네."

"축하해요! 목표를 달성했어요!"

나와 테토가 그렇게 말하며 축하하니, 순간 놀라 멍하니 있던 유이시아가 작게 웃는다.

“그러고 보니 처음 목표가 그거였죠. 하루에 은화 석 닢, 한 달에 은화 서른 닢. 마법을 배우는 게 즐거워서 깜빡 잊고 있었어요.”

“오늘은 축하 파티를 열어야지.”

“맛있는 거 사서 가요!”

유이시아 입장에서는 새삼스럽겠지만, 나는 축하해야 할 일이라고 생각한다.

“정말요? 그러면 듣기로 어제 남방의 상선이 들어왔다고 하니, 오늘은 시장에 남방의 식재료를 팔지도 몰라요!”

“그럼 시장으로 가자.”

우리는 셋이 친숙한 시장으로 향해, 유이시아가 좋아하는 식재료를 쓸어 담았다.

로바일 왕국의 왕도는 해수면 상승과 해일을 대비하여 항구 쪽은 바다에 접한 언덕길로 이루어져 있다.

그때 나무 상자를 대량으로 실은 짐마차가 우리 앞을 지나쳤다. 덜컹덜컹 언덕길을 오르는 모습을 보고 직감적으로 위험하다고 생각했다.

그 예상은 이내 현실이 되었다.

덜커덕하는 께름칙한 소리를 내며 멈춘 짐마차가 갑자기 언덕길을 뒤로 내려온다.

“뭐야?! 마구가 끊어졌어?!”

짐마차를 견인하는 마구가 전부 풀려, 마차가 언덕길을 미끄러지기 시작한 것이다.
언덕 아래에는 사람이 북적거리는 시장이 있다.
가속도가 붙은 짐마차가 언덕길을 달려 시장에 처박힌다면 수많은 사람이 휘말리고 만다.
"테토, 가자!"
"네!"
나는 마법 가방에서 【마법 지팡이 비취】를 꺼내, 테토와 함께 곧장 뛰기 시작했다.
그리고 가속하기 시작한 마차 앞에 서자마자, 마법을 시전하였다.
"――《사이코키네시스》!"
"――《어스 바인드》! 입니다!"
나는 염동력 마법을, 테토는 언덕길을 조작하여 가속도가 붙은 짐마차를 막았다.
마법으로 인해 강제로 정차하게 된 마차에 관성이 작용하여 밧줄로 고정하지 않고 짐받이에 실렸던 나무 상자가 확 튀어나온다.
그 나무 상자 또한 염동력의 보이지 않는 손으로 공중에서 낚아채 지면으로 내렸다.
"후……. 다행히 피해는 없었네. 유이시아, 위병과 모험가 길드 직원을 불러와 줄래?"
"네, 알겠어요!"
유이시아가 위병 대기소로 뛰기 시작하는데 마차 사고를 보기 위해 멀리서 에워싼 구경꾼들이 모여든다.

하마터면 대형 참사가 벌어질 뻔했다.

마부에게 짐을 과하게 싣지 말라는 주의를 주어야겠다고 생각하며 염동력으로 멈춘 짐마차가 오르던 방향을 봤다. 원래라면 과실을 일으킨 마부가 자리에 있어야 한다.

그런데 짐마차를 끌던 말만 덩그러니 남겨져 있을 뿐 마부는 온데간데없어서 묘한 불쾌감이 뱃속에 쌓여 갔다.

"마녀님, 이거 봐요."

"테토, 이건……."

정면을 향해 짐마차를 견인하던 마구를 확인하니, 낡거나 무거운 짐을 끌다 끊어진 게 아니라, 단면이 예리한 날붙이로 끊어 둔 모양이었다.

어쩌면 이 마차 사고는 인위적으로 일으킨 게 아닐까 하는 의문이 들었다.

"치세 씨! 테토 씨! 위병분들과 길드 직원분들을 모셔 왔어요!"

그리고 마침 타이밍 좋게 유이시아가 위병과 길드 직원을 데리고 와 줘서 현장 검증이 이루어졌다.

보기에는 언덕길을 오르던 과적재 짐마차가 마구 고장으로 폭주한 마차 사고지만, 수상쩍은 점이 많다.

마차에 실린 짐 또한 어느 상점으로 가야 하는 물품인지 알 수 없었고 상자에는 그저 잡다한 물건들이 꽉 채워져 있었다.

이런 게 충돌의 충격으로 거리에 흩어졌다면 이 일대가 혼란스러워졌으리라.

"후우, 뭔가 이상한 일을 겪었네. 이만 돌아갈까."

"왠지 피곤해요. 마녀님, 나중에 개운하게 해 줘요."

"……치세 씨, 테토 씨. 고생하셨어요."

우리를 위로해 주는 유이시아와 함께 집으로 돌아와, 시장에서 산 식재료로 유이시아가 좋아하는 요리를 만들었다.

하지만 뒷맛은 썼다.

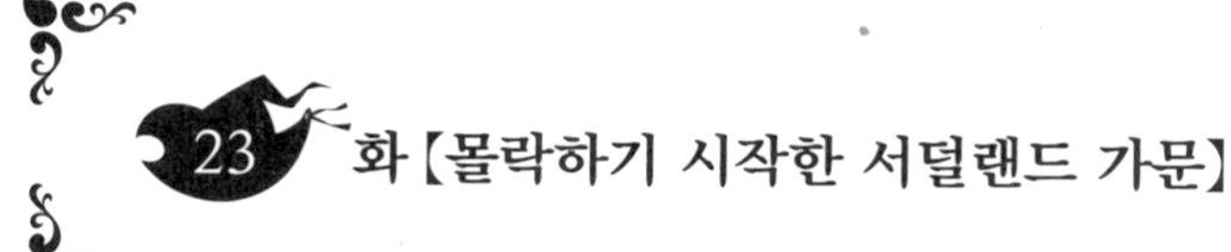

23 화【몰락하기 시작한 서덜랜드 가문】

"그 사고, 발생 시점이 너무 얄궂었지."

내가 서덜랜드 가문의【하늘을 나는 양탄자】를 사겠다는 제안을 거절한 직후에 시장에서 짐마차 폭주 사고가 일어났다.

마구가 끊어진 단면을 미루어 보아 나와 테토를 노리고 인위적으로 일으켰다고 생각한다.

눈앞에서 마차 사고를 일으켜 혼란스럽게 만들고 그 틈을 타【하늘을 나는 양탄자】가 들어 있는 마법 가방을 탈취하려는 속셈이었을지 모른다.

원래 이런 마도구는 아무나 사용할 수 있는 상태로 발견되고 나중에 사용자가 부여 마법으로【사용자 제한】등의 보안 기능을 건다.

그러나 사용자가 사망한 마도구와 마법 가방을 쓰지 못하는 건 매우 난감하다.

그래서 실력 있는 마법사가 시간을 들여【사용자 제한】부여 마법을 해제하면 사용자를 새롭게 설정할 수 있게 된다.

그런 심산으로【하늘을 나는 양탄자】를 손에 넣으려 했는지도 모른다.

참고로 파우치형의 내 마법 가방은 시간 지연 효과가 있다.

원래는 용량이 그렇게 크지 않았지만, 언제부턴가 마법 가방의 용량을 늘릴 수 없을까 하고 시행착오를 겪은 결과, 내부의 아공간에 마력을 주입하면 용량을 확장할 수 있게 되었다. 지금은 용량이 꽤 커졌다는 건 여담이다.

애초에 보통 사람은 마법 가방 내부를 확장할 수 있을 만큼 마력을 주입하지 못할 거다.

아무튼 생각에 잠겨 밤 시간을 보내고 있는데 유이시아가 말을 걸었다.

"저기, 치세 씨. ……치세 씨!"

"응? 유이시아, 왜?"

"왜긴요. 아까부터 표정이 어두우시잖아요. 왜 그러세요?"

아무래도 서덜랜드 가문이 【하늘을 나는 양탄자】를 노린다는 생각에 정신이 팔렸던 모양이다.

유이시아와 쿠로가 걱정스러운 얼굴로 쳐다봤다.

"미안해. 걱정을 끼쳤네. 근데……."

괜찮다고 해 주고 싶지만, 문득 어떤 가능성을 알아차렸다.

어쩌면 【하늘을 나는 양탄자】의 소유자인 나와 테토 말고도 같이 사는 유이시아도 서덜랜드 가문이 눈여겨보다가 노릴 가능성이 크다는 것을.

그렇다면 유이시아에게도 일러둬야 할 필요가 있을지도 모른다.

"유이시아. 실은 우리에게 마도구를 팔지 않겠냐는 얘기가 있었어……."

그렇게 운을 띄우며, 【하늘을 나는 양탄자】를 팔라는 서덜랜드 가문의 제안을 거부했다는 것.

거부한 직후에 수상한 마차 사고가 일어났다는 것.

그리고 이렇게까지 강공책으로 나오는 걸 보니, 그렇게 간단히 포기하지 않을 가능성이 크다는 걸 전했다.

"그래서 어쩌면 네 신변에도 위험이 닥칠 수 있어."

"그, 그럴 수가……. 제 걱정을 하실 게 아니라, 셋이 어서 도망쳐야 해요! 【하늘을 나는 양탄자】는 굉장한 마도구니까 그걸 타고 멀리 도망치면 괜찮을 거예요!"

유이시아가 호소하지만, 나는 고개를 부드럽게 저었다.

"우리는 언젠가 올지 안 올지 모르는 부유도를 기다려야만 해."

내가 로바일 왕도에 머물러야 하는 이유를 말하자, 이해가 안 간다는 표정으로 얼굴을 구긴다.

"왜, 그렇게까지 부유도에 연연하세요?"

"그건, 비밀이야."

"하지만 마녀님과 테토와 쿠로에게는 중요한 일이에요!"

「냐~.」

우리가 그렇게 답하자, 유이시아는 우리가 절대로 의견을 굽히지 않으리라고 생각했는지 약간 울상이 되었다.

"뭐, 우리 곁에 남을지 아니면 떠날지, 어떤 결단을 내릴지는 다음에 다시 물어볼게."

"네?"

어리둥절해하며 묻는 유이시아를 두고 테토가 마검을 들고 일어선다.

"마녀님, 부지로 들어왔어요."
"인원은 약 열 명……. 암살자인가?"
나와 테토의 마력 감지가 임시 주택 부지로 누군가 침입한 것을 감지했다.
"치세 씨, 테토 씨, 큰일 난 거 아니에요?!"
"아니, 이미 끝났어."
"모두 지면에 쓰러져서 늘 하던 대로 잡았어요!"
"네?! 어, 어떻게 된 거예요?"
「냐~.」
암살자가 왔다는 이야기를 들은 직후, 이미 정리됐다는 말에 혼란스러워하는 유이시아를 두고 쿠로가 가장 먼저 마당으로 뛰어나간다.
"미리 장치한 방범용 마법이 발동해서 지금은 마당에 누워 있어."
우리도 쿠로를 쫓아 마당으로 나가니, 침입자 여럿이 마당에 쓰러져 있었다.
이 집에는 우리가 들어와 살기 시작했을 때부터 침입자 방비용 결계를 쳐 두었다.
해의나 악의에 반응하는 결계에 걸려 벼락 마법 《스턴》을 맞은 침입자들은 움직임이 둔해졌을 터다. 그런 그들을 테토가 멀리서 땅의 마법으로 지면을 조작해 구속한다.
"어, 괜찮은 건가요?"
"괜찮아. 내 포박 마법과 테토의 구속이 있으니까."

예전부터 모험가들과 한 모의 전투와 도적 퇴치, 현상범 포박 등으로 우리는 상대를 무력화하는 데 그런대로 익숙하다.

게다가 포박용 벼락 마법인 《스턴》을 썼으므로 육체적으로 마비되어 움직이지 못하는 상태일 것이다.

심지어 땅의 마법으로 조작한 토석은 테토의 마력으로 강화되어서 그냥 토석이라도【신체 강화(強化)】로 부수기는 어렵다.

밖으로 나가 보니 남자 열 명이 흙의 손에 눌려 지면에서 발버둥 치고 있다.

"우선 침입한 이유와 목적, 고용주가 누군지 알려 주겠어?"

지면에 눌린 암살자 중 한 명을 내려다보며 묻지만, 무표정으로 대답하려 하지 않는다.

오히려 자기 어금니에 심어 둔 독을 먹어 자결하려 하길래――.

"――《애널라이즈》. 어디 보자, 독 종류가, 그렇군. ――《안티도트》."

암살자들이 쓴 독을 감정 마법의 고도 해석 마법을 사용해 독 성분을 이해한 후, 회복 마법을 걸어 해독한다.

즉효성 독의 고통이 한순간에 가시자, 남자들이 당황한다. 그런 그들에게 나는 담담한 표정으로 고했다.

"이래 봬도 치료사와 조합사 흉내를 좀 내거든. 그러니까 내 앞에서 간단히 죽을 생각은 하지 않는 게 좋아."

내가 그렇게 말하자, 이번에야말로 도망치지도 못하고 죽지도 못한다는 것을 이해한 남자들이 힘없이 고개를 숙이고는 침묵한다.

설령 혀를 깨물어 자결해도 재생 마법으로 혀를 재생시키면 된다.

그러면 그다음에는 자결을 못 하게끔 테토가 입에 흙을 채우겠지.

"자, 다시 물을게. 이유와 목적, 고용주를 알려 줄래?"

"……말할 수 없다."

그저 한마디, 질문에 대한 답만 듣는다면 만족한다.

"……그래, 알겠어. 당신들은 내일 아침까지 이대로 있어 줘야겠어. 오늘은 너무 늦었으니 우리도 자러 가자."

"그래요, 마녀님!"

"네? 치세 씨, 그냥 두고 들어가도 돼요?! 사람을 죽이러 온 암살자라고요!"

암살자들을 방치하는 나와 테토의 행위에 유이시아가 당황스러워하길래 내가 답했다.

"나는 신문이나 고문을 별로 좋아하지 않으니까 정보를 알아내는 건 위병과 기사단 같은 전문가에게 맡길 거야."

"마녀님은 착해서 사람을 다치게 하는 걸 안 좋아해요."

테토 말을 듣고 그건 아니라며 고개를 돌렸지만, 조금 전까지 긴장해서 굳어 있던 유이시아는 표정이 살짝 풀렸다.

"치세 씨는 착해요. 착한 정도가 아니라 아주 물러요."

"나는 무른 게 아니라, 겁이 많고 신중할 뿐이야. 그래서 이렇게 방범 마법으로 집 주변을 똘똘 에워싸 놓고 신문도 남에게 떠넘기는 거고."

유이시아의 말에 내가 자조하듯 웃었다.

그래서 누군가를 다치게 하기보다 치료하고, 지키고, 키우는 쪽을 선택하는지도 모르겠다는 생각을 한다.

물론 적의나 해의를 품고 접근한다면 응전할 테지만, 결국은 암살자를 신문하는 역할을 다른 사람에게 떠맡기는 거다.

집으로 들어온 내가 '흐아~암' 하고 크게 하품을 하자 유이시아가——.

"치세 씨는, 정말 정체가 뭐예요?"

"후훗, 그건 아직 비밀인데?"

"아직 비밀, 입니다~."

나와 테토 둘이 장난기 어리게 웃자, 암살자가 습격해 온 직후인데도 뜻밖의 태도를 보이는 우리에게 놀란 유이시아가 제안한다.

"습격자들 때문에 무서우니까 오늘은 치세 씨와 테토 씨의 방에서 잘래요."

"좋아. 셋이 내 천 자로 자자."

"같이 자면 즐거워요!"

「냐~.」

구속한 암살자들을 내버려 두고 우리는 한 방에서 나란히 누워 잠에 들었다.

SIDE: 서덜랜드 차기 가주, 오르바르트

"빌어먹을, 새파랗게 어린 모험가 주제에 짜증 나게……. 비행 마도구뿐만 아니라, 그런 지팡이까지 숨기고 있었을 줄이야! 지금 당장 손에 넣도록 해!"

"오르바르트 님, 고정하십시오. 지금쯤이면 분명 저희가 키운 암살자들이 입수했을 겁니다."

"가엾어라. 아직 어린데 나이 먹은 놈이 죽이고 제 물건을 가로채려 한다니. 크크크큭……."

오르바르트의 연구를 위해 지은 저택에는 오르바르트 외에 남자 두 명이 더 있었다.

두 사람은 서덜랜드 백작에게 재능을 인정받아 오르바르트의 시중을 들게 된 자들이다.

"그나저나 저도 놀랐습니다. 비행 마도구 말고도 그런 성능을 지닌 지팡이를 가지고 있다니……. 그야말로 바람의 서덜랜드를 위한 것이 아니겠습니까."

시중꾼 중 한 사람이 감탄한 듯 말한다.

【하늘을 나는 양탄자】의 거래 제안을 거부당하자, 곧바로 사고로 위장하여 빼앗을 셈으로 마차 사고를 일으켰다.

그때 꺼낸 마법 지팡이는 능력 일부가 봉인되어 있었으나 틀림없이 상식을 벗어난 성능을 보였다.

"비행 마도구에 규격 외 지팡이라……. 서덜랜드에도 없는 지팡이와 마도구지? 왜 그런 여자애가 가졌는지 의문이군. 게다가 쳐 죽이려고 일으킨 마차 사고도 마법으로 막았다고 하고, 뭐 하는 놈이지?"

그리고 나머지 남자는 오르바르트의 시중꾼이지만, 감춰진 또 하나의 얼굴은 서덜랜드 가문이 키운 암살자다.

돈만 주면 온갖 더러운 일을 청부 맡으며 거슬리는 이를 암살하여 원하는 것을 갈취해 왔다.

"흥, 정체야 뭐가 됐든 상관없지. 어차피 궁정 마술사도 되지 못해서 지팡이나 마도구에 의지하는 떠돌이 마법사이니……. 그저 그뿐이야!"

궁정 마술사야말로 최고라고 여기는 권위주의적 사상을 지닌 오르바르트에게 암살자 남자가 어깨를 으쓱한다.

"나는 돈만 주면 아무래도 좋아. 부하 암살자 열 명을 보냈어. 아무리 실력이 뛰어난 마법사라도 잠든 사이에 목을 베이면 저세상행이지."

이제껏 해 와서 익숙한 일이라는 듯이 암살자가 말한다.

그들은 믿고 싶은 것만 믿고, 자신들 입맛대로만 생각하면서 아직 손에 들어오지 않은【하늘을 나는 양탄자】와【마법 지팡이 비취】를 갖는 꿈과 야망을 부풀렸다.

자신들이 건드린 상대가 어떤 사람인지 시간을 들여 알아보지 않았다.

또한 자신들의 눈으로 판단하지 않고 단시간에 수집한 정보만으로 쉬운 상대이리라 속단했다.

아니, 그들은 치세 일행이 마차 사고를 마법으로 막은 순간을 목격했다.

그런데【마법 지팡이 비취】의 존재감에 더욱더 판단력이 둔해져 그날로 암살자를 직접 보냈다.

만약 눈으로 치세 일행을 확인했어도 완벽에 가깝게 마력을 제어하는 치세와 테토의 실력을 정확히 감지할 수 있었는가 하면, 어려웠을지도 모른다.

밤이 깊어져 가는데도 여태 돌아오지 않는 암살자들 탓에 불안이 가중된다.

“에에잇! 도대체 언제 오는 거야!”

“후, 너무 늦는군요. 오늘은 이만 쉬시는 게 어떠십니까. 내일은 좋은 소식이 들릴 겁니다.”

“하여간, 뭘 꾸물대는 거야. 돌아오면 벌을 주어야겠어.”

오르바르트와 그의 시중들은 안달복달하면서도 그날은 잠자리에 들었다.

그리고 다음 날 아침, 그들 앞으로 도착한 소식은 암살자 전원이 모험가에게 잡혀 위병에게 넘겨졌다는 내용이었다.

24화【정체를 밝힐 때】

다음 날 아침, 마당에 구속해 둔 암살자들을 위병에게 인계한 우리는 만일을 위해 집에서 쉬고 있었다.

"저, 저기…… 치세 씨. 중요한 때에 이렇게 느긋하게 있어도 되는 건가요?"

마법 귀족에게 찍혀 암살자까지 몰려온 게 불안한 유이시아가 물었다.

"지금은 우리가 움직여서 뭔가 행동할 수도 없는걸."

"편하게 있으면 돼요!"

"그건 그렇지만……."

그런데도 걱정되어 진정하지 못하는 유이시아를 달래듯 쿠로가 등을 비빈다.

"……불안해요. 지금 상황이 어떻게 돌아가는지도 모르겠고 애초에 치세 씨와 테토 씨에 관해서 아무것도 모르고 지냈어요."

이번에 저쪽이 노린 건 우리가 가진【하늘을 나는 양탄자】다.

그러나 마차 사고를 일으킨 그날 바로 암살자를 보낸 건 성급하지 않았나 생각하면 다른 무언가도 동시에 앗아 가려 왔는지도 모른다.

그리고 이제 그만 우리에 관해서 유이시아에게 털어놔도 되겠지.

마음먹고 입을 뗀 그 순간, 현관문을 노크하는 소리가 들려왔다.

"마녀님, 누가 왔나 봐요."

"마침 잘 왔네. 가자."

내가 문을 열자, 모험가 길드의 서브 마스터인 세릴 씨가 서 있었다.

"치세 님, 테토 님, 유이시아 님. 그랜드 마스터 젤리치 님께서 모험가 길드에서 기다리고 계십니다."

"알겠어. 유이시아에게는 가서 이야기해 줄게."

"네……."

그 말만 하고 우리는 세릴 씨가 마련한 마차를 타고 항구 모험가 길드로 향했다.

길드 응접실로 안내받아 들어가니, 왕의 아우이자 그랜드 마스터인 젤리치 씨가 침통해 보이는 표정으로 기다리고 있었다.

"치세 공, 테토 공, 기다렸네. 그리고 유이시아 군까지 이렇게 모이는 건 처음이군."

"네, 네! 처음 뵙겠습니다! 서덜랜드 유파 문하생인 유이시아입니다!"

모험가 길드에서 다양한 의뢰를 맡아 온 유이시아는 현재 D등급 모험가이기도 하다.

그래서 유이시아에게 로바일 왕국의 모험가 길드를 통괄하는 그랜드 마스터는 하늘같이 높은 사람이라고 할 수 있다.

"어제 일로 부른 거야? 아니면 오늘 아침 일로?"

서론은 그쯤 하자는 식으로 본론을 꺼내자, 젤리치 씨가 긴장한 낯으로 입을 연다.

"둘 다일세. 서덜랜드 백작가에서 모험가 길드로 항의와 배상 청구를 넣었어. 어제 사고가 있었던 짐마차에는 서덜랜드 유파에서 주문한 마법 약 소재가 들었는데 그걸 모험가가 파손했다고 하는군."

"그래……."

"어, 뭔가 이상해요! 어제 위병분이 마차 폭주 사고라고 그러셨는걸요!"

내가 작게 읊조리자, 유이시아가 이의를 제기한다.

그러나 젤리치 씨의 말은 계속 이어졌다.

"그에 관해서는 길드에서도 일축했네. 그리고 오늘 아침, 치세 공이 위병에게 인계한 암살자들에게 의뢰주가 서덜랜드 가문이라는 것과 그들의 목적을 실토하게 했고 여죄도 조사 중이야."

"그래서, 서덜랜드는 어떻게 돼?"

내가 앞으로의 전개를 묻자, 젤리치 씨가 고민스러운 표정으로 답해 준다.

"어느 사건에서도 명확한 피해자가 나오지는 않았지만, 타국에서도 신뢰가 두터운 모험가의 재산을 탈취하려 한 점, 암살 미수, 그에 더해 고의로 일으킨 마차 사고로 인한 살인 미수를 이유로 오르바르트 쪽은 현재 근신에 처했어. 형이 확정되면 궁정 마술사 자리에서 내쫓고 여죄를 추궁함과 동시에 서덜랜드의 권세를 꺾을 걸세."

모험가 길드에 소속된 모험가를 지키는 건 당연한 거라 치더라도 내가 활동한 가르드 수인국에서도 강한 반발이 일었고 국토가 직접적으로 접해 있지 않은 이스체어 왕국에서도 반발이 있겠지.

그 밖에도 모험가 길드처럼 대륙 전토에 뿌리를 내린 거대 조직인 오대신 교회에는 고아원 구제 활동을 하고 정기적으로 교회에 기부하는 우량 신자이기도 하다.

서덜랜드 백작 가문만 몰락시켜서 이웃 국가 가르드 수인국과 모험가 길드, 오대신 교회와 관계가 악화하는 걸 막을 수 있다면 싸게 먹힌 것이다.

"유이시아 군에게는 미안하지만, 앞으로 서덜랜드 유파의 권세를 축소해 나갈 거야. 그에 더해서 다른 마법 일파 간의 세력을 균등하게 해서 마법 기술 발전을 도모하려고 해."

그렇게 선언하는 젤리치 씨의 얼굴은 나라를 움직이는 위정자의 얼굴이었다.

"저기, 저는, 그…… 별로 서덜랜드 유파의 힘을 등에 업은 적이 없어서 권세를 축소한다고 하셔도…… 어떤 건지 잘 몰라요. 다만, 모험가와 같이 일할 때, 실례되는 사람이 줄면 좋을 것 같아요."

"알겠네. 자네의 바람을 이루기 위해서 조금은 환기가 잘되도록 노력하지."

유이시아가 어떻게 대답해야 좋을지 당황하다가 마지막에 진심을 털어놓자, 그를 들은 젤리치 씨의 표정이 부드러워진다.

"해군 국가로서 바람의 서덜랜드 백작가를 너무 우대한 폐해야. 다시 한번 사과하겠네."

비공식이지만, 왕제이자 그랜드 마스터가 고개를 숙여 사과한다는 사실에 유이시아가 눈이 휘둥그레지면서 또다시 예의 의문을 입 밖으로 낸다.

"저기……. 치세 씨와 테토 씨는, 정말로 정체가 뭐예요? 그랜드 마스터도 고개를 숙일 정도라니……."

"음? 두 사람, 설마 유이시아 군에게 안 알려 줬나? 5년 정도 같이 산 거로 아는데?"

그 말에 내가 살짝 눈을 피했다.

"그게…… 정체를 알게 되면 유이시아가 긴장할 것 같아서."

"긴장하는 것보다 평범하게 대하는 게 편해요~."

좀 민망해서 눈을 피한 채로 중얼거리는 나와 해맑게 대답하는 테토를 보고 젤리치 씨가 한숨을 내쉬며 유이시아에게 우리의 정체를 밝힌다.

"치세 공과 테토 공은 몇 안 되는 A등급 모험가로【하늘을 나는 양탄자】라는 파티일세."

"네, 네에?! 치세 씨, 테토 씨! A등급 모험가였어요?!"

역시 요 몇 년은【하늘을 나는 양탄자】로서 눈에 띄는 활동을 하지 않아서 술집에서 음유시인의 소재거리로도 쓰이지 않아 인지도가 낮아졌다.

그런데도 A등급 모험가라는 사실에 충격이 큰가 보다.

자기를 지금 집에 살게 해 준 사람들이 A등급 모험가인 것에 무척 놀란 유이시아가 멍해졌다.

“나, 나, A등급 모험가 같은 엄청나게 대단한 사람들에게 마법을 배우고 있었던 거야……?”

“뭐, 해산물을 먹고 싶어서 마음 편히 반 은거하는 기분으로 로바일로 와서 등급을 숨기고 잔일만 맡아 활동했으니까.”

“유이시아와 같이 지내는 거, 즐거워요!”

“반 은거라니 두 분, 몇 살이세요?!”

나이를 묻길래, 내 액면 연령이 바뀌지 않아 가끔 나이를 깜박해서 길드 카드를 확인하니까 마흔일곱이었다. 테토는 쉰두 살이 되었다.

뭐, 이세계에 전생한 지 어느덧 35년인 걸 생각하면 꽤 살았다.

“마, 마흔일곱에 쉰둘……. 5년 전과 달라진 게 전혀 없는데, 거, 거짓말……. 너무 젊잖아, 아니, 너무 어리잖아…….”

“뭐, 마력량이 늘면 수명도 늘어서 노화도 더디거든.”

“그걸 고려해도 안 변했다고요~! 숨기는 비밀이 더 있는 거 아니에요?”

“그건, 비밀이야.”

“치세 씨~!”

반쯤 울 것 같은 유이시아.

그때 젤리치 씨가 아직 할 얘기가 남았는지 군기침을 하여 이목을 저에게로 돌렸다.

“치세 공과 테토 공을 지키기 위해서 이미 서덜랜드 가문을 실각시킬 준비를 하고 있어. 자네들 주변이 좀 소란스러워질지도 모르지만, 최선을 다해 지키겠네."

"고마워. 일단 우리도 우리대로 몸을 지킬 수는 있지만, 부탁할게."

"잘 부탁해요, 입니다!"

이야기는 대략 마쳤으니, 뒷일은 젤리치 씨에게 전부 맡기기로 했다.

마법 귀족이 노린 것도, 암살자들을 붙잡아 위병에게 넘긴 것도 내게는 자질구레한 사건이다.

그러나 그 일의 여파는 예상보다 컸으며 주변의 움직임은 더욱 격렬했다.

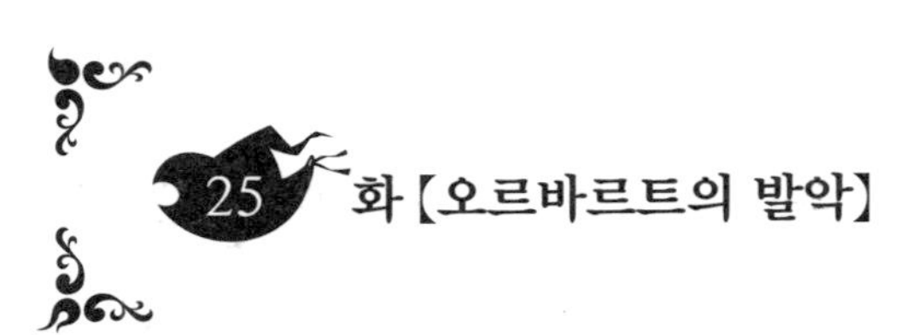

25화【오르바르트의 발악】

SIDE: 서덜랜드 차기 가주, 오르바르트

“제기라아알! 이럴 리가! 이럴 리 없어!”

서덜랜드의 본 저택에서는 오르바르트가 머리를 쥐어뜯으며 가구와 세간에 격하게 화풀이하고 있다.

모험가 소녀가 갖기에는 어울리지 않는 비행 마도구. 거기에 마차 사고를 막으며 썼던 마법 지팡이를 손에 넣고자 평소대로 행동했다.

하지만 이번에는 상대가 나빴다.

서덜랜드의 신분과 권력에 겁먹지 않고 거래를 거부하기에 가문의 암살자를 보냈지만, 도리어 당하기만 했다.

당한 것도 모자라서 위병들에게 넘어가 신문을 받았는데 그 자리에서 서덜랜드의 이름이 나왔다.

“고정하십시오! 오르바르트 님!”

“너라면 고정할 수 있겠어! 우리 서덜랜드가 벼랑 끝에 섰단 말이다!”

도구의 가치도 모르는 어린 계집 마법사라고 얕봤는데 사실은 타국과 교회와도 친분이 있는 고위급 모험가였다.

게다가 모험가 길드에서도 꼭 지켜야 할 우량 모험가이기도 했다.

위병에게 넘어간 암살자들은 서덜랜드의 귀중한 검은 전력이다.

여느 때라면 뇌물을 건네고 빈민굴에서 조달한 시체로 적당히 속인 뒤에 풀려날 터였다.

그런데 느닷없이 로바일 왕국의 기사단이 튀어나온 것이다.

"그 계집이 누군지 알았다면 손대지 않았을 텐데! 젠장! 이렇게 중요한 때에, 그 자식은 내빼기나 하고!"

오르바르트의 시중꾼이자 암살 청부업자는 암살에 실패하고 서덜랜드의 입장이 안 좋아지자, 기사단이 서덜랜드의 감시를 강화하기 전에 금품을 들고 왕도에서 도주해 버렸다.

"국왕의 골머리를 썩이던 고민 하나를 해소한 인물이라고?! 이 서덜랜드가 로바일 왕국에 얼마나 공헌했는지 모른단 말이야!"

그 모험가는 로바일 왕국의 치안을 지키는 기사단이 쫓던 범죄 조직을 괴멸할 단초를 제공한 공로자이자 은인이었다.

그런 인물이 암살자에게 습격당했으니, 범죄 조직의 살아남은 잔당이 앙심을 품고 습격했으리라고 판단한 기사단이 직접 신문해서 이 사태까지 이른 것이다.

"그리고 이번 일도 서덜랜드가 몇 대나 거쳐서 해 온 일이라고! 왜 나의 대에서 이런 일이!"

마치 자신의 불행을 한탄하는 듯 보이지만, 그들 일족이 벌인 행위를 반성하는 것이 아니다.

'국가의 발전을 위해서, 마법의 발전을 위해서'라는 대의명분하에 당주인 부친과 조부도 같은 일을 해 왔다.

그래서 차기 가주인 오르바르트 한 사람만 잘라 낼 수가 없었다.

지금은 서덜랜드 가문으로서, 모험가 길드에 '귀중한 마법 약의 소재가 파손됐다'라는 이유로 항의하고 귀족 재판 심의를 거부하여 시간을 벌어 두고 타개책을 찾고 있다.

"놈의, 그놈의 정보는 더 없는 거냐! 우리가 살아남을 만한 상대의 약점 말이다!"

"일단 급히 조사하게 한 정보가 여기——."

가르드 수인국에서 흘러 들어온 【하늘을 나는 양탄자】라는 이인조 A급 모험가의 이야기를 모은 자료를 험악한 표정으로 노려본다.

모험가 길드가 가진 정보부터 음유시인, 가르드 수인국에서 유입된 사람들의 이야기 등을 종합한 건데 너무 황당무계했다.

"모험가로 등록한 나이가 치세 열두 살, 테토 열일곱 살로, 올해로 등록한 지 35년이 됐다고?!"

고위 모험가와 마법사 등은 마력량이 커서 수명이 느는 경향이 있다는 걸 안다.

그러나 나이를 먹는 속도가 느린 거지 멈추는 게 아니다.

최고 궁정 마술사인 나의 아버지 서덜랜드 백작조차 마력량이 4만이 넘지만, 나이를 느리게 먹었을 뿐, 안 먹지는 않았다.

그리고 역대 최고 궁정 마술사들도 마력량이 커서 장수했으나 평균 수명은 150살 전후였다. 오래 살아 봤자 300살이 한계였다.

"이상해. 어째서 모험가 등록을 한 뒤로 외모가 전혀 바뀌지 않았지?"

마법 후진국인 가르드 수인국에서는 장수하는 이유가 엘프의 피가 섞였기 때문이며 어리지만 성인인 이유는 드워프의 피가 섞였기 때문이라는 속설이 있다.

하지만 엘프와 드워프 두 종족이 섞이고 마력량이 크다고 해도 바뀐 것이 너무 없다.

"혹시……. 아니, 설마…… 이건……."

"오르바르트 님, 왜 그러십니까?"

오르바르트는 오만하고 자신이 위에 있어야 직성이 풀리는 기질이지만, 마법 귀족으로 태어나 궁정 마술사 자리에 앉은 자로서 결코 머리가 나쁘지 않다.

궁정 마술사가 되기까지 쌓아 온 지식과 경험이 한 가능성을 도출해 낸다.

"그 계집, ──【불로자】일지도 몰라!"

"【불로자】……. 설마요!"

"열두 살 모습 그대로 계속 있는 건 일반적으로는 있을 수 없는 일이야. 하지만 본래 나이와 모습을 속일 수 있는【불로자】라면 얘기가 달라!"

자료에는 생김새와 어울리지 않게 대응이 차분한 인물이라고 적혀 있지만, 아이는 그럴 수 없다.

불로인 현자나 마법사들은 때때로 나타나, 그 시대의 권력자로부터 도망쳐 숨어 살다가 잊힐 즈음에 다시 속세에 나타나기도 한다.

그들이 회춘과 생김새를 바꾸는 미지의 마법 약을 사용하여 나타났다고 해도 이상하지 않다.

무엇보다 그런 인물이라면 방대한 마력을 가진 지팡이와【하늘을 나는 양탄자】같은 마도구를 소지한 것도 부자연스럽지 않다.

사실 치세는 전생자이며 꾸준히 성장한 결과【불로】스킬을 얻었으나 중요한 것은 과정이나 전제가 아니라, 치세의 비밀에 도달했다는 사실이다.

"나는 왕궁으로 가서 왕을 알현하겠다. 너는 계속 정보를 수집해!"

"아, 알겠습니다!"

오르바르트는 그 길로 왕궁으로 향해 알현을 신청했다.

지금은 물의를 빚은 서덜랜드의 권세를 추락시키려 하지만, 이제까지 마법 일파가 이룩한 실적 덕에 알현을 허가받았다.

"그래서, 무슨 일로 왔는가?"

로바일 국왕은 심드렁한 반응을 보이고 주변에 있는 기사와 문관은 명백히 경멸과 조소의 시선을 보낸다.

오르바르트는 자존심이 갈기갈기 찢기는 듯했지만, 꾹 참고 입을 열었다.

"왕이시여. 꼭 드려야 할 말이 있어 왔습니다."

"호오, 국가를 위험에 빠트리는 사건을 일으켜 재판을 앞둔 그대가 무슨 할 말이 있는고?"

나른해 보이는 로바일 국왕은 모든 것을 가졌으나, 무언가에 굶주렸다.

해군 국가로 부를 축적하고 진귀한 물건에 둘러싸여 권력자로서 여자와 보석, 식사에 부족함이 없었다.

왕적에서 빠진 그의 아우와 비교하면 평범한 왕이기에 주위에서 받쳐 주었다.

그래서 만사가 순조로워 보이지만, 유일한 것을 갖지 못한 늙은 왕은 그 유일함에 굶주려 있었다.

그 굶주림을 채우기 위해서 포식하고 향락에 빠진 결과 건강을 해쳐 지금은 죽음의 그림자가 어른거리고 있다는 것을 본인도 느끼고 있다.

오르바르트는 바로 그 점을 파고들었다.

"소신이, 그 모험가와 분규를 일으킨 것은 오직 왕과 왕가를 위한 충성 때문이었습니다!"

"그 무슨 망발인가! 그분들은 국민을 위협하는 범죄 조직을 괴멸할 단초를 제공하시었네! 말을 삼가게나!"

이 자리에 있는 근위 기사단장이 오르바르트를 질책했다. 오르바르트는 기사단장의 말을 덮듯이 이어 말했다.

"그 모험가는【불로자】입니다! 그가 소유한 마법 가방에는 불로인 현자가 가진 미지의 지식과 도구가 들었습니다. 그 가방을 손에 넣는다면 왕국의 발전으로 이어질 겁니다!"

"어리석기는……. 【불로자】는 있을 수 없다. 이제 와서 그런 허튼소리를 늘어놓다니! 게다가 그런 이유로 개인의 재산을 가로채려 하다니 도의에 어긋나는 일일세!"

기사도를 준수하는 기사단장이 분개하는 것도 아랑곳하지 않고 왕의 관심을 끌기 위해 불로에 관해 이야기했다.

"역사상 간혹 나타나는【불로자】들의 비밀! 그 머리를, 피를, 살덩이를 연구하면 불로불사의 생을 얻을 수 있을지도 모릅니다!"

"……호오."

나른해 보이던 왕이 처음으로 흥미를 보였다.

"저희 서덜랜드 가문은, 이제까지 연구해 쌓은 마법 지식과 조합 기술로【불로불사】의 비밀을 손에 넣어, 왕께 헌상할 것을 맹세합니다!"

황당무계한 이야기이다.

알현실에 있는 많은 이들이 부정하며 고개를 저었지만, 행인지 불행인지 이 나라 최고 권력자인 로바일 국왕이 흥미를 보이고 말았다.

어른거리는 죽음의 그림자로부터 도망치기 위해서인지, 혹은【불로불사】를 손에 넣은 위대한 왕이 되는 꿈을 꾸는 건지…….

"그렇다면 서덜랜드 가문에 대한 심문을 일단 중단하고, 그 불로불사의 비밀이라는 것을 알아 오라. 이 자리에서 나온 말은 누설하지 말지어다. 그리고 오르바르트여. 혹여 불로불사가 거짓이라면 짐을 속인 게 된다. 알고 있겠지."

"네, 제 목숨을 걸어서라도 불로불사의 비밀을 파헤쳐 보이겠습니다."

이 순간, 오르바르트의 발악은 성공하였다.

26화【접근한 부유도와 유이시아의 선택】

SIDE: 유이시아

서덜랜드 가문이 치세 씨와 테토 씨를 노리고 암살자를 보낸 뒤로 불안감을 품고 지냈는데 맥이 빠질 정도로 변함없는 날들이 이어졌다.

"지금은, 기사단원들이 서덜랜드 가문을 감시하고 있다니까 믿고 맡겨 보자."

"그건 그렇지만……."

"그보다 중요한 건, 오늘 밥을 뭘 먹느냐예요!"

「냐~.」

불안해하는 나와 달리 치세 씨와 테토 씨는 여전히 여느 때와 똑같다.

두 사람이 A등급 모험가라는 사실에 긴장돼서 대할 때 삐걱댔지만, 치세 씨와 테토 씨가 평소처럼 대해 줘서 긴장한 내가 바보 같아졌다.

"치세 씨! 테토 씨! 드디어 왔어요! 부유도예요!"

"정말이네. 문헌을 살펴본 바로는 사흘 걸려 왕도로 접근해서 다시 사흘 걸려 멀어진다고 해."

"그러면 오늘은 준비를 하고 내일 부유도로 출발해요!"

「냐~.」

집 창가에서 보기에는 조그마한 콩알 같은 큰 바윗덩어리의 부유도를 바라보며 치세 씨와 테토 씨가 이야기를 나눈다.

"두 분, 비행 마법으로 부유도까지 가시는 거죠? 저도 함께 가고 싶은데……. 힘들겠죠?"

"미안해, 유이시아. 뭐가 있을지 알 수 없는 곳이라서 경솔하게 데려갈 수가 없어."

"그래도 다녀와서 어땠는지 얘기해 줄게요! 기대해요!"

「냐~.」

나만 빼고 부유도로 가는 게 아쉽다. 아쉬움을 달래러 쿠로 씨의 등을 어루만지니, 애교를 부리듯 몸을 비벼 온다.

엄격한 쿠로 씨가 가끔 이렇게 애교를 부릴 때면 기쁘다.

그리고 내가 외출한 후에 치세 씨와 테토 씨는 부유도로 향할 준비를 하기 위해서 어딘가로 가는 모양이다.

배웅을 받은 나는 서덜랜드 유파의 시설에 가까이 가지 않게끔 주의하면서 모험가 길드로 포션을 납품하러 갔다.

"셰릴 씨, 안녕하세요. 오늘은 포션을 납품하러 왔어요."

"아, 유이시아, 안녕."

나는 항구 도시에 가까운 모험가 길드에 들러 접수처에 있던 서브 마스터 셰릴 씨에게 포션을 납품하였다.

"유이시아. 요즘 던전에 안 들어가던데, 어때요? 모험가 파티를 알선해 줄까요?"

셰릴 씨의 제안에 우리 대화에 귀를 기울이던 모험가들이 저마다 권유한다.

"유이시아, 다음에 우리와 파티를 맺지 않을래?"

"아, 치사한 놈! 우리 파티와 같이 의뢰를 수행하자!"

"우리 파티는 실력이 좋아. 고정으로 파티에 들어오지 않겠어?"

"아하하, 죄송해요. 상황이 좀 더 안정되면 부탁드릴 테니, 다음에 다시 말씀 나눠요——."

나는 사회생활 미소를 지으면서 가볍게 고개를 숙여 모험가들에게 거절의 뜻을 표했다.

서덜랜드 유파가 문제를 일으킨 뒤, 모험가 길드의 젤리치 님은 그 제재로서 서덜랜드 유파의 문하생에 대한 모험가 파티 알선을 정지하도록 조치했다.

마법 일파의 문하생에게는 마력량을 키우기 위해서 레벨을 올리고 마법 연구에 필요한 자금과 소재를 확보하기 위해서 던전 탐색을 장려한다.

이제까지 건방지게 행동한 서덜랜드 유파 문하생들은 파티 알선이 중지되는 바람에 던전에 들어갈 수 없게 되어서 레벨을 올리기도, 마법 연구를 위한 소재 수집 등도 어려워졌다.

유일하게 공손한 태도로 대한 나에게만 서덜랜드 유파 문하생인데도 개인으로 파티를 맺고 싶다고 말해 주는 사람들이 있었다.

지금도 이렇게 편하게 말을 걸어 주는 지인 모험가들을 거절하고는 의뢰 게시판에서 적당해 보이는 잡무 의뢰를 발견해 수주하였다.

마을에서 간단한 의뢰를 마치고 길드로 돌아오니, 길드 술집의 한구석에서 빨간 목걸이를 한 검은 고양이 쿠로 씨가 아양을 떨고 있었다.

"쿠로는 참 귀여워요. 보고 있으면 치유되는 기분이 든달까요."

"아, 아하하하……. 저기, 죄송합니다."

"귀여우니까 괜찮아요. 그리고 모험가들도 저래 봬도 위안을 얻고 싶을 때가 있거든요."

접수처에 있던 셰릴 씨가 미소 지으며 대답한다.

살벌한 마물과 싸우는 모험가 길드에는 마음의 위안을 얻고자 하는 사람이 많다고 한다.

"가끔 유이시아가 나가면 따라가거나 오늘처럼 길드로 돌아오기를 기다리는 모습을 보면 정말 사랑스럽다니까요."

셰릴 씨의 말을 듣고 쿠로 씨를 보니, 내가 잡무 의뢰를 마치고 돌아온 걸 알고는 놀아 주던 모험가들에게서 멀어져 내 쪽으로 온다.

"쿠로 씨, 이제 집으로 갈까요?"

「냐~.」

어깨로 올라타기 쉽게 무릎을 살짝 굽혀 몸을 앞으로 내미니, 쿠로 씨가 한 번 울고는 능숙하게 등으로 올라타서 어깨까지 올라온다.

어깨에 타는 것도 꽤 익숙해졌다고 생각하면서 어깨에 올라탄 쿠로 씨의 턱을 쓰다듬으니, 골골거리며 기분 좋은 울음소리를 낸다.

그리고 모험가 길드를 뒤로하려는 그때——.

"서덜랜드 유파의 유이시아 맞지?"

"?! 아, 기사단이시군요."

기척을 못 느껴 뒤돌아보니, 기사단 갑옷을 입은 남자가 서 있었다.

테토 씨에게 【신체 강화(強化)】와 상대와 근접했을 때 쓸 만한 호신술을 배웠는데도 눈치채지 못했다.

그에 나는 아직 멀었다면서 마음속으로 낙담하였다.

"A등급 모험가가 습격당한 암살 미수 건으로 자세한 이야기를 듣고 싶은데."

"아, 네. 알겠습니다."

모험가 길드 근처에 마차가 마련되어 있었다.

한 달 전 일인데 이제 와서 뭘 더 듣고 싶은 걸까 하는 의심을 하면서도 마차에 탔다.

그렇게 달리기 시작한 마차가 기사단 대기소로 향하는 줄 알았는데 창밖으로 흐르는 풍경이 대기소가 아니라, 귀족 거주지로 향한다는 걸 알아차렸다.

"저기……. 기사단 대기소와는 다른 방향 같은데요……."

"…………."

「냐——옹.」

내가 의문을 표했는데도 기사 갑옷을 입은 남자는 팔짱을 낀 채 가만히 있다.

마차를 탈 때, 어깨에서 내려와 무릎에 앉은 쿠로 씨도 털을 바짝 세워 위협하며 낮게 운다.

그 시점에서 역시 이상하다고 느꼈지만, 무슨 일이 일어나는지 확인하려면 가 봐야 한다.

그리하여 도착한 곳은 서덜랜드 백작가의 본 저택이었다.

"여, 여기는……."

"자, 걸어."

내게 슬쩍 보여 주듯 칼을 등에 댄 기사 갑옷을 입은 남자의 재촉에 나와 쿠로 씨는 저택 안으로 들어갔다.

안내받아 간 곳은 2층에 있는 한 방이었는데 거기서 우리를 기다리고 있던 건 본래 근신 처분을 받아 기사단의 감시를 받고 있어야 할 오르바르트였다.

"오르바르트 님……."

"기다렸네. 유이시아 맞지? 자, 어서 앉게."

기사 갑옷을 입은 남자는 발소리도 내지 않고 오르바르트의 뒤로 가서 서고 나는 마지못해 소파에 앉았다.

그리고 오르바르트가 내게 말을 건넸다.

"그 모험가하고 꽤 친하게 지내는 것 같던데."

"네, 네. 친밀하게 대해 주십니다."

떨릴 듯한 목소리를 억누르며 그렇게 답하자, 오르바르트의 표정이 징그러운 미소로 일그러진다.

"그것참 잘된 일이군. 그럼, 이 약과 수갑, 목걸이를 써서 녀석들을 무력화해라."

"네?!"

오르바르트가 어떤 약물과 죄인용 수갑과 목걸이를 꺼내며 말했다.

"이 약은, 강력한 수면제다. A등급 모험가가 날뛰면 곤란하니까 말이야. 확실하게 처리하도록."

"제, 제가 왜, 그분들께 그런 짓을 해야 하죠?!"

「하아아아악――!」

갑작스러운 요구에 반사적으로 소파에서 일어난 내가 소리치자, 쿠로 씨도 맹렬히 위협한다.

마차 사고를 일으키고 암살자를 보낸 다음에는 내게 접근해 치세 씨와 테토 씨를 노예로 전락시키라는 요구를 하다니.

그리고 그런 나와 쿠로 씨의 반응을 불쾌해하며 노려본다.

"예의범절 교육이 부족한 문하생과 사역마로군. 서덜랜드 문하생이라면 맹주인 내게 복종해라."

"도리에 어긋나는 짓을 따를 생각은 추호도 없습니다! 왜 이렇게까지 그분들을 노리시는 거죠?! 그 【하늘을 나는 양탄자】가 목적인가요!"

내가 그렇게 외치자, 오르바르트가 코웃음 친다.

"비행 마도구도, 그 여자의 지팡이도 이제 필요 없어! 그딴 것보다 더 가치 있는 것을 발견했으니까!"

"가치 있는…… 거라고요?"

미친 것처럼 일그러뜨린 웃음을 띤 오르바르트가 또랑또랑한 목소리로 자기의 계획을 말한다.

"그 치세라는 모험가는, 【불로】 스킬을 지녔다. 놈의 몸속에 있는 【불로불사의 비밀】을 조사하라는 왕명이 내려왔지. 그 몸을 조사하려면 우선 잡아야 하지 않겠나."

왕명……. 이제껏 께름칙할 정도로 평온했던 날의 이면에서는 서덜랜드 가문을 실각시키려는 준비가 진행되던 게 아니라, 국왕을 제 편으로 끌어들여 치세 씨와 테토 씨를 포획할 준비를 하고 있었다는 사실을 깨달았다.

"뭐, 맨입에 하라는 말은 아니야. 궁정 마술사가 되는 게 꿈이지? 성공하면, 궁정 마술사가 될 수 있도록 내가 말을 잘해 주지."

끈적한 목소리로 나를 유혹하는 오르바르트.

"만약 거절한다면 너를 서덜랜드 유파에서 파문하겠다. 마법 일파에서 파문당하면, 이 나라에서는 궁정 마술사가 되지 못하는 건 잘 알겠지……."

치세 씨를 배신하면 궁정 마술사가 될 수 있다.

하지만 오르바르트의 제안을 거절하면, 마법 일파에서 파문당하고 궁정 마술사가 되는 길도 막힌다.

나는 고개를 숙이고 주먹을 꽉 쥔 채, 목소리를 쥐어짰다.

"거절하겠습니다……."

"뭐라? 모험가 치세와 테토의 포박은 왕명이기도 하다."

"왕명이라고 해도 치세 씨와 테토 씨를 배신하는 짓 따위, 거절하겠어요!"

「냐아아아아악!」

나의 맹렬한 거절에 쿠로 씨가 동의하듯 크게 운다.

그리고 내게 거절당한 오르바르트의 얼굴이 분노로 붉으락푸

르락 물들어 갔다.

"어미 아비를 잃고 꾀죄죄한 고아를 거두어 준 서덜랜드의 은혜를 잊은 거냐?!"

"서덜랜드는, 저를 주운 게 다입니다! 매일 배를 곯게 하고! 마법 지도 같은 건 해 주지도 않고! 그저 잡일만 떠넘겼죠! 저를 마법사로 키워 준 사람은 치세 씨와 테토 씨입니다!"

나 또한 분노와 억울함에 눈물이 어리고 감정이 폭발했다.

"쳇, 계획을 변경하겠다! 이 녀석을 잡아서 그 모험가들의 인질로 삼아라!"

치세 씨가 붙잡은 암살자들과 오르바르트를 따르는 서덜랜드 유파의 궁정 마술사들이 잇달아 모습을 드러낸다.

"저는, 절대로 지지 않을 겁니다!"

나도 품에서 완드를 꺼내어 전투태세를 갖추었다.

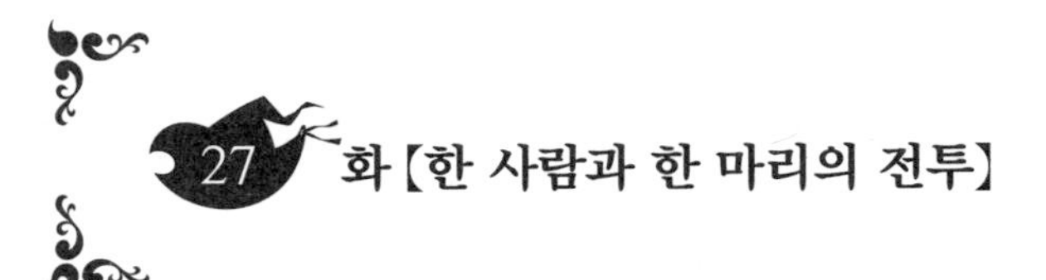

27화【한 사람과 한 마리의 전투】

내가 있는 방으로 암살자 다섯에 오르바르트에게 복종하는 궁정 마술사 셋이 우르르 밀어닥쳤다.

오르바르트의 지시로 나를 인질로 삼기 위해서 암살자들이 한꺼번에 덤벼든다.

"마법사 계집 하나가 이 인원을 상대할 수 있을까!"

"상대할 수 있게끔, 이제껏 열심히 노력했습니다!"

치세 씨와 테토 씨에게서 배운 것을 자연스럽게 할 수 있었다.

나에게【신체 강화(強化)】를 두르고 달려드는 적들로부터 물러나면서 처리할 수가 있다.

처리한다고 해도 맞붙을 생각은 없다.

우리의 승리 조건은, 붙잡히지 않는 것이다. 그러기 위해 움직였다.

"쿠로 씨! 도망치자고요! ──《아이스 랜스》!"

나는 벽으로 얼음 창을 쏘아 큰 구멍을 낸 뒤, 벽을 향해서 쿠로 씨와 달렸다.

"놓치지 마라! 쫓아가!"

"방해하지 마요! ──《아이스 바인드》!"

「냐!」

벽에 뚫린 구멍으로 도망치는 나를 잡으려 손을 뻗는 적들의 발치를 얼어붙게 하여 꼼짝 못 하게 했다.

쿠로 씨는 위협하듯 꼬리를 부풀려, 뇌격을 떨어뜨려 손을 뻗은 남자를 감전시켰다.

"벼락 마법을 쓰는 고양이라니……. 저것도 그냥 사역마 고양이가 아니었단 말인가?! 마물인가! 너, 너희들도 얼른 저 녀석을 잡아! 다소 다쳐도 상관없다!"

"──《윈드 애로》!"

도망치는 내 뒤를 노리는 궁정 마술사들이 무수한 바람 화살을 발사한다.

그러나 나는 쿠로 씨와 함께 방에서 빠져나와서 저택 복도를 달려 도망쳤다.

"쿠로 씨! 마법을 쓸 줄 아네요!"

「냣!」

설마 쿠로 씨가 마법을 쓸 줄은 꿈에도 몰랐는데 놀란 내게 뽐내듯 우는 쿠로 씨.

혼자만의 힘으로 빠져나가야 한다고 생각한 타이밍에 생각지도 못한 전력이 생겼다.

"──여자가 도망쳤다! 어서 잡아라!"

서덜랜드는 바람의 마법 명문가다.

저택 전체로 목소리를 전달하는 바람의 마법──《위스퍼》를 울린 직후, 다른 방에서 대기하던 전력이 속속 복도로 나왔다.

"이게 전부, 치세 씨와 테토 씨를 사로잡으려는 사람들이겠죠.

하지만 여기서 전부 쓰러뜨린다면…….”

「냐~.」

“쿠로 씨, 무리 안 해요! ──《워터》!”

나는 뛰면서 완드를 휘둘러 물 공을 무수히 만들어 내었다.

“하! 겨우 그딴 마법으로 저항하는 건가, 낙오자답군!”

나와 나이가 비슷한 서덜랜드의 마법사도 모았나 보다.

복도로 나와서 내가 마법으로 만들어 낸 물 공을 보고 비웃길래 나는 오히려 도발하듯 웃으며 받아쳤다.

“사람을 무력화하는 데는 물 한 잔이면 충분하거든요! 가라!”

완드를 휘둘러 물 공을 복도에 나타난 사람들에게 쏘았다.

상대방도 마법으로 상쇄하거나 대미지가 없다고 생각해 제 팔이나 걸친 망토를 방패 삼아서 물 공을 막으려 한다.

그러나 비껴가는 듯한 궤도를 그린 물 공이 복도에 있는 사람들의 머리를 잇달아 에워싼다.

“──콜록, 커헉…….”

“──콜록, 컥…….”

“──쿨럭, 커헉…….”

물 공에 머리가 갇힌 사람들이 갑자기 입과 코로 물이 들어와 당황하면서 물 공을 긁어 대며 몸부림친다.

그러나 머리를 감싼 물이 부서지지 않고 계속 엉겨 붙는다.

“무, 무슨 짓을 한 거냐?!”

“이상한 일도 아니잖아요. 공격 마법 중에는 마법을 발사한 후에도 마법사가 궤도를 수정할 수 있는 것도 있으니까…….”

그렇게 말하면서 물 공을 새로 만들어 방금 질문한 남자의 머리를 가두었다.

"이것도 치세 씨에게 배운【마력 제어】덕분이네요. 상대를 다치게 하는 것만이 공격 마법이 아니라는 것을──."

나는 이런 식으로 차례차례 나타나는 사람들을 무력화했다.

질식해서 죽기 직전 상태가 되면 머리를 에워싼 물이 사라지므로 공격당한 사람들을 무시하고 전진하는데, 물 공을 경계하는 건지 마법사 무리가 통로 안쪽에서 거리를 두고 매복하고 있었다.

"──《블래스트 봄》!"

거리를 두고 복도 끝에서 내 쪽을 향해 마력 덩어리를 던진다.

「냐냐?!」

"쿠로 씨, 이쪽이에요! ──《아이스 월》!"

얼음벽을 치고 마력 덩어리가 다가오는 것을 기다린다.

그리고 ──한꺼번에 해방된 압축 공기 폭탄이 복도 벽에 균열을 일게 하고 창문 유리를 날려 버린다.

"공기 폭탄의 풍압 여파만 맞아도 크게 다치고, 벽 파편까지 날아오면 그것만으로도 위험한데……."

더는 생포하라는 명령도, 뭣도 아니다.

어떻게 해서든 놓치지 않으려고 강력한 마법을 쓰는 모양이다.

연달아 공기 폭탄을 던져 대어 얼음벽이 삐걱거리는 와중, 타개책을 강구한다.

조금 전과 마찬가지로 마력을 정밀하게 제어하여 물 공을 조종해 복도 끝에 있는 마법사들의 머리를 감싸 무력화하는 작전은, 끊어졌다 이어졌다 하며 발사되는 공기 폭탄 풍압에 물 공이 부서지기에 유지할 수 없다.

그렇다면 나도 벽 너머로 마법을 써야 한다.

"──《워터 커터》."

얼음벽 너머로 만들어 낸 물 공이 초음속의 가는 물줄기를 쏜다.

쏘기는 하지만, 마법사들에게 직접 쏘는 건 위험하므로 물줄기를 천장으로 마구 쏘아 댔다.

그로 인해 조각조각 도려진 저택 천장이 무너져 내려 마법사들이 잔해에 깔렸다.

「냐!」

"아하하하, 저 복도를 뚫고 지나갈 수는 없으니, 벽을 부숴서 나가요."

나는 벽을 향해 《아이스 랜스》를 발사해 큰 구멍을 뚫어 저택을 나아갔다.

그리고 드디어 계단이 있는 현관홀에 도착해서 쿠로 씨와 함께 내려가는데──.

"젠장! 감히 서덜랜드의 저택을 파괴해! 이건 명백한 귀족 습격 행위다!"

벽을 부수고 저택에 매복해 있던 다른 마법사들도 쓰러뜨리고 또다시 벽을 부수어 탈출로를 만들어 도망친 나와 쿠로 씨를 쫓아온 오르바르트가 탁 트인 현관홀 2층에서 소리친다.

어쩐지 처음에 느꼈던 분노도, 마법사들과 싸우면서 점차 누그러져 냉정을 되찾았다.

A등급 모험가인 치세 씨, 테토 씨와 궁정 마술사는 글자 그대로 격이 다르다.

“이렇게 된 이상, 내가 직접 상대해 주마. ──《나의 마력으로 회오리바람을 일으켜, 적을 멸하라!》, ──《에어리얼 스톰》!”

저건 분명 서덜랜드 유파 내에서도 소수만 배운 상급 바람 마법이리라.

뻥 뚫린 홀이 휩쓸릴 만큼 강력한 회오리바람이 인다.

「냐?! 냐냙?!」

“?! 쿠로 씨! 꺅!”

회오리바람에 빨려들듯 가벼운 쿠로 씨가 들려 올라가서 나는 쿠로 씨를 구하려 손을 뻗었지만, 지면에서 발을 떼고 말아서 함께 빨려 들어간다.

그리고 나는 간신히 회오리에 삼켜지기 직전 공중에서 붙잡은 쿠로 씨를 지키려 끌어안았다.

“크하하하! 서덜랜드를 얕본 대가다! 이 회오리바람에 먹혀 속죄해라!”

비웃는 오르바르트의 웃음소리가 울려 퍼졌다. 홀에 장식된 가구와 세간살이가 회오리에 휘말리고, 그 안에서 조각조각 부서진 물건의 파편이 또 회오리에 휩쓸려 다른 물건과 부딪히는 파괴의 연쇄가 계속된다.

그런 회오리바람 속에서 쿠로 씨를 지키려고 품속에 품고 있는데 나와 쿠로 씨를 보호하듯이 얇고 둥그런 결계가 쳐져 있는 것을 보았다.

“이건…… 결계인가? 어? 쿠로 씨의 목걸이가 빛이 나네?”

「냐아.」

그렇게 한 번 우는 쿠로 씨를 보며, 분명 치세 씨 일행이 쿠로 씨가 다치지 않게 미리 준비해 둔 마도구일 것이라고 어렴풋이 생각했다.

그러나 회오리바람이 빨아들인 파편에 깎여 결계가 삐걱삐걱 소리를 내는 걸 보니, 버틸 수 있는 시간이 얼마 안 남았나 보다.

“쿠로 씨, 제가 마법으로 이 회오리를 한 번에 돌파할게요. 나가서 치세 씨와 테토 씨가 있는 곳으로 돌아가요.”

「냐!」

당연하다며 긍정하듯 우는 쿠로 씨에게 미소를 짓고는 진지한 표정으로 마법을 구축한다.

“——하아아아아앗!”

단전에서 마력을 다듬어, 한계까지 마법을 짠다.

그렇게 거대한 얼음을 만들어 냈다.

그저 압도적인 질량의 얼음을 만들어 안쪽에서 회오리바람을 무너트린다.

이름 같은 건 없는 즉석 마법이지만, 서서히 우리 주변을 보호하듯 얼음이 생겨난다.

하지만 그 얼음도 회오리에 섞여 있는 파편에 깎여 얼음 입자가 흩날린다.

“나에게 더, 더 큰 마력을——!”

감정은 고양하지만, 이성은 침착하게, 단전에서 한계의 한계까지 마력을 퍼 올려 거대한 얼음 마법을 구축한다.

「냐냣!」

쿠로 씨의 응원과 함께 얼음은 서서히 커져 흩날리는 파편조차 흡수하여 커지는 얼음을 유지하는 일부가 된다.

그리고 한계를 넘은 순간, 몸의 밑바닥에서부터 마력이 솟아나 단숨에 증폭되는 것을 느꼈다.

퍼내는 마력에 전능해진 듯한 감각을 느끼면서 그 마력을 한꺼번에 얼음 마법에 쏟아붓는다.

"가라아아아아아앗——!"

마력을 쏟아부은 얼음덩어리가 단숨에 성장하여 얼음 가시를 사방팔방으로 뻗어 회오리 벽을 뚫는다.

"마, 말도 안 돼! 서덜랜드의 마법이! 거기다 우리 가보인 지팡이까지?!"

얼음의 무게에 짓눌린 회오리가 안쪽에서부터 뚫려 소멸하였다. 그 반동이 이 마법을 발동한 술자인 오르바르트가 든 지팡이로 역류해 지팡이 앞쪽이 깨졌다.

"아직 안 끝났어——!"

마력을 한 번 더 쏟아부은 얼음덩어리의 끝부분이 나무처럼 갈라져 벽과 천장, 바닥에 박히면서 저택을 파괴하며 얼음 세계가 펼쳐진다.

"안 돼, 오지 마, 나한테 오지 마! 꿱……."

얼음덩어리에서 뻗어 나간 얼음 가지가 오르바르트를 벽으로 몰아붙이니, 개구리 울음소리를 내면서 몸으로 느껴지는 압박에 기절한다.

"후, 후우……. 끝난 건가?"

「냐!」

쿠로 씨를 보호하는 결계도 사라지고 우리는 회오리를 뚫은 얼음덩어리 안에 있다.

내가 만들어 낸 얼음은 마력으로 구현된 것이기에 마력을 제어하여 일부를 해제하니, 그 부분의 얼음이 사라졌다. 우리는 사라진 부분을 통해 밖으로 나왔다.

"자, 쿠로 씨, 집에 가요. 참, 그리고 이만 망토는 이제 필요 없죠."

「냐냣!」

저택 밖으로 나와 뒤를 돌아보니, 저택 내부부터 뚫고 얼음 가시들이 자라나 있다.

얼음 가시가 박힌 저택을 보며 너덜너덜해진 서덜랜드의 녹색 망토를 벗어 던진 나는, 쿠로 씨와 함께 치세 씨와 테토 씨가 기다리는 집으로 돌아갔다.

그날, 서덜랜드의 본 저택이 전부 파괴되었다.

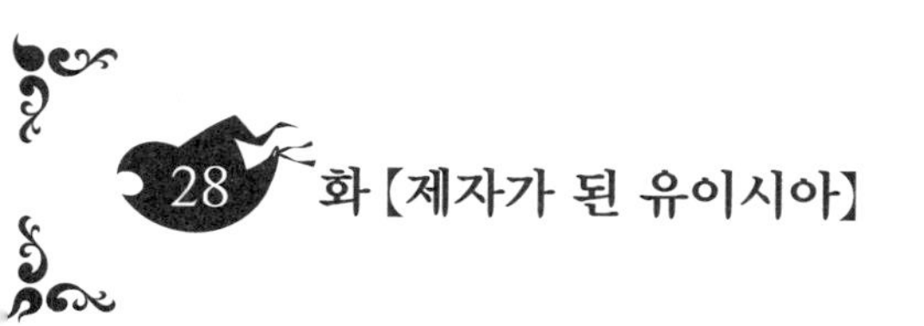

28화【제자가 된 유이시아】

캐트시 쿠로가 떨어진 부유도가 왕도에 모습을 드러낸 걸 목격한 나와 테토는, 부유도에 올라탈 준비를 하기 위해서【허무의 황야】로 돌아왔다.

「주인님. 저희 메이드 일동은 주인님의 행동을 방해할 마음은 없습니다만, 집을 이렇게 자주 오래 비우시면 섭섭합니다.」

부유도로 향할 준비를 마치고 다시 로바일의 집으로 돌아가려는데 베레타의 간절한 바람을 듣고 말았다.

"미안해, 베레타. 이번 일이 일단락되면 당분간은【허무의 황야】에 틀어박힐 예정이야."

"해산물 밥도 이제 좀 질려요."

「그러시다면 저희 모두 주인님과 테토 님께서 돌아오시기를 기다리고 있겠습니다.」

나와 테토의 말을 듣고, 평소와 다름없이 배웅해 주는 베레타를 보며 너무 신경을 안 썼나 하는 미안한 마음으로【전이문】을 통과했다.

로바일 왕국에서는 같이 사는 유이시아도 자립해도 될 정도로 성장했고 나와 테토는 마법 귀족 서덜랜드 가문에 찍힌 모양이다.

해변 마을에서 반 은거하는 생활도 슬슬 접을 때가 됐다.

나와 테토가 【전이문】으로 집에 돌아왔는데 유이시아와 쿠로가 아직 귀가하지 않았다.

"다녀왔어. 아, 아직 집에 안 왔나 보네."

"평소 같으면 맛있는 밥 냄새가 났을 텐데, 이상해요."

"뭐, 이런 날도——. 어?! 테토, 쿠로의 결계가 작동했어!"

우리가 의아해하며 집 안을 둘러보는데 쿠로 목걸이에 장치해둔 결계가 발동한 것을 감지했다.

발동된 장소는 로바일 왕도의 귀족 거주지 방향으로, 쿠로는 유이시아를 따라다닐 때가 많으니 둘 다 위험에 처했을 가능성이 높다.

"유이시아와 쿠로를 찾으러 가자!"

"네!"

나와 테토가 집에서 뛰쳐나와 【마법 지팡이 비취】에 올라타 왕도의 하늘로 날아올랐다.

귀족 거주지 쪽을 향해서 날아가면서 【마력 감지】로 유이시아와 쿠로를 찾다가 둘을 발견했다.

발견한 유이시아는 머리는 강풍을 맞은 듯 부스스하고 평소 걸치고 다니던 서덜랜드의 녹색 망토도 없었으며 하의마저 먼지가 붙어 지저분했다.

쿠로도 검은 털에 약간 하얀 먼지가 다닥다닥 붙어 회색 고양이가 되었다.

둘 다 지저분하기는 해도 크게 다친 곳이 없어 안도했다.

"아, 치세 씨다! 치세 씨!"

「냐아아아!」

유이시아는 걸음걸이는 휘청거려도 표정은 무언가 해냈다는 듯이 후련한 미소를 짓고 있었다.

"치세 씨, 테토 씨. 다녀왔어요."

"어서 와. 아니, 지금 인사할 때야?! 무슨 일이 있었던 거야?!"

"옷이 너덜너덜해요!"

우리가 유이시아와 쿠로를 걱정하며 묻자, 난처하게 웃는다.

"에헤헤……. 실은, 오르바르트에게, 서덜랜드 유파에서 파문 당했어요."

"파문당했다니! 근데 마녀님, 파문이 뭐예요?"

일단 한 번 놀라 본 테토가 파문의 의미를 몰라 내게 물어 와서 조금 초조했던 기분을 가라앉힐 수 있었다.

"파문이라는 건, 마법 일파에서 추방……. 쫓겨났다는 뜻이야."

"어떡해요, 큰일…… 큰일인가요? 유이시아는 어디서든 살아갈 수 있는데요."

"네, 그래서 파문하라고 했어요!"

칭찬해 달라는 듯 가슴을 펴고 당당하게 말하는 유이시아. 나는 어이없어하면서도 물을 건 물었다.

"일단, 돌아가면서 어떻게 된 건지 들려줘. 파문은 그렇다 치고, 오르바르트를 만났다니 어쩌다 만난 거야?"

나는【하늘을 나는 양탄자】에 유이시아를 태우고 집으로 가며 이야기를 들었다.

"실은요――."

듣자 하니, 나의【불로】스킬을 눈치챈 오르바르트가 국왕을 자기편으로 끌어들여서 불로불사의 비밀을 파헤치려 했단다.

그러면서 궁정 마술사가 되게 해 주겠다는 감언이설로 유이시아에게 나와 테토를 포획하라고 했다고.

하지만 유이시아가 명령을 거절하자, 유이시아를 생포해 우리를 유인할 인질로 쓰려 한 모양이다.

"하여간, 누가 그렇게 수상한 사람을 쉽게 따라가래. 그러면 못써."

"저를 무슨 애처럼……. 기사 갑옷을 입고 있어서 마음을 놓을 수밖에 없었단 말이에요! 그리고 설마 왕까지 포섭해서 치세씨를 노릴 줄 어떻게 알았겠어요!"

"뭐, 그건 그렇지……."

유의시아에게 주의를 주는 내 옆으로는 테토가 쿠로와 눈을 맞추며 고개를 끄덕거리고 있다.

"쿠로. 테토는 지금부터 마녀님을 노리고 유이시아를 아프게 한 사람을 무찌르러 갈 거예요! 같이 갈래요?"

「냐!」

"이 녀석들이, 둘이 쳐들어갈 생각 하지 마!"

테토와 쿠로를 진정시키고 유이시아의 몸을 살펴봤지만, 역시 다친 곳은 없었다. 자력으로 위기를 모면했나 보다.

그리고 신체검사를 한 결과, 놀라운 변화가 일어나 있었다.

"그건 그렇고 도망치던 도중에 몸 안쪽에서부터 마력이 끓어오르는 걸 느꼈어요……. 엄청났어요. 뭐든 할 수 있을 것 같은 느낌이 들더라니까요."

"유이시아, 네 마력이 실제로 늘어 있어. 한 5만 정도로."

"엥?"

서덜랜드 저택에서의 전투로 마력이 줄어 자각하지 못했지만, 유이시아의 마력량이 큰 폭으로 커져 있었다.

이야기의 주인공이 궁지에 몰리면 잠재 능력을 각성하는 장면이 많은데, 유이시아도 서덜랜드 저택에서 치른 전투로 각성하여 마력량이 단숨에 늘어난 모양이다.

"에, 거짓말——. 아, 정말이다. 어어어어?!【노화 지연】스킬?!"

본인의 상태창을 확인한 유이시아에게 축하한다고 해야 할지, 잠시 고민에 빠졌다.

처음에 유이시아를 주운 이유는 나와 같은 불로 인자를 감지했기 때문이다.

그리고 지금【불로】스킬을 얻기 직전인【노화 지연】스킬이 발현했으니, 홀로서기를 시켜야 맞겠지만——.

"그렇지! 치세 씨! 부탁이 있어요!"

"새삼스럽게 웬 부탁?"

"치세 씨, 저를 마법사의! 아니, 마녀의 제자로 받아 주세요! 부탁드립니다!"

이미 파문당한 유이시아의 간절한 청은 처음 만났을 때를 떠올리게 했다.

"좋아. 나의 제자 1호가 되겠네. 잘 부탁해, 유이시아."

"또 잘 부탁해요, 입니다."

"치세 씨, 또 쉽게 허락하신다~."

「냐~.」

테토가 제자가 된 유이시아를 축복하고 쿠로는 기뻐서 우는 유이시아의 눈물을 핥아 주었다.

"원래는 빌린 집을 너에게 주고 부유도로 가려고 했는데 유이시아가 서덜랜드 가문의 저택에서 한바탕했으니, 왕도에 있기는 좀 거북하겠지."

"네, 네……. 죄송해요."

죄송스러워하며 고개를 숙인 유이시아를 달랜다.

"괜찮아. 국왕에게 찍히면 흰색도 검은색이 되고 마니까."

"마녀님, 흰색은 검은색이 될 수 없어요. 언제까지나 흰색이에요."

"테토, 비유하자면 그렇다는 거야……."

그렇게 달래는 내가 테토와 나누는 대화가 웃겼는지 유이시아는 아주 살짝 웃었다.

그리고 【하늘을 나는 양탄자】로 집에 도착했을 때, 유이시아가 문득 뭔가 생각났는지 우리에게 물었다.

"그러고 보니 말이에요. 저희가 공격당했을 때, 쿠로 씨가 마법을 쓰던데 정체가 뭐예요? 무슨 마물이에요?"

「냐.」

"아야, 아파요! 마물 취급한 게 싫어요? 미안해요!"

"쿠로, 이리 와."

유이시아와 장난치는 쿠로를 부르니, 내게로 온다.

"착하지. 잠깐 목걸이 좀 뺄게."

쿠로를 쓰다듬으며 빨간 목걸이를 푸니, 은폐 효과가 사라져 쿠로의 등에 요정 날개가 나타났다.

예전에는 날개가 작고 연약했는데 지금은 성장했는지 꽤 커져 있었고 강력한 마력 인광을 흩뿌렸다.

"예쁘라……. 이게, 쿠로의 진짜 모습이구나……."

"쿠로는 마물이 아니라, 환수 캐트시야. 이 아이는 부유도에서 떨어졌어. 그래서 부유도가 왕도로 접근하면, 올라타서 캐트시 무리로 돌려보낼 거야."

"치세 씨와 테토 씨가 부유도를 기다린 이유가 쿠로 씨를 위해서였군요."

「냐~.」

내가 그렇게 답하자, 유이시아가 납득이 간 듯 중얼거리며 본래 모습을 보여 준 쿠로를 쓰다듬었다.

그 후, 유이시아와 쿠로가 목욕하며 한숨 돌린 뒤에 옷을 갈아입고 나왔을 때 앞으로의 예정에 관해 말했다.

"우리도 그렇고 유이시아까지 노린다는 걸 알았으니, 다 같이 로바일 왕국을 떠나 부유도에 올라타자."

"쿠로의 고향에 놀러 가는 거예요!"

"네, 네에?! 저도 부유도에 가요?!"

유이시아가 놀라 외쳤다. 유이시아도 같은 처지이니 이곳에 남겨 둘 수는 없다.

"당연하지. 자, 집 안 물건을 전부 마법 가방에 담고 새벽이 밝으면 부유도로 날아오르는 거야."

"잠깐만요, 치세 씨! 방금 굉장한 말을 들었는데요! 아니, 뭔가 성격이 바뀌지 않았어요?!"

매우 당황한 유이시아에게 내가 말한다.

"이제까지는 동거인 유이시아를 배려해서 비밀을 숨겼지만, 지금은 내 제자니까 숨길 건 아무것도 없어."

"마녀님, 활기차고 즐거워 보여요!"

테토는 그렇게 말하며 생글생글 웃는데 유이시아는 약간 먼 곳을 보며 경솔했는지도 모른다며 중얼거린다.

그리하여 로바일 왕도에서 보낸 마지막 밤에는 셋이 밤새도록 집 안에 있던 물건을 닥치는 대로 마법 가방에 쑤셔 넣었다.

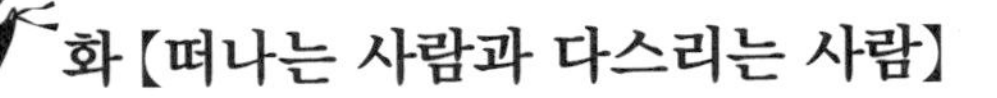

29화【떠나는 사람과 다스리는 사람】

"으음……. 아침이네. 근데 오늘은 왜 이리 시끄럽지."

"음냐, 좀 더 느긋하게 자고파요……."

밤새워 집을 정리하고 부유도로 올라탈 준비를 마친 뒤, 잠깐 눈을 붙이던 우리는 밝아 온 새벽과 함께 들리는 소란스러움에 잠에서 깼다.

우리가 있는 곳은 마을 중심지에서 거리가 떨어진지라 평소에는 이렇게 시끄럽지 않다.

시끄러워도 왜 하필 오늘이냐고 생각하면서 유이시아를 찾으니, 긴장해서 못 잤는지 깨어 있던 유이시아가 창문을 열고 바깥 상황을 확인했다.

"저, 저기, 치세 씨……. 집 앞에 기사단과 궁정 마술사, 모험가분들이 진을 치고 있는데요……."

"우리를 잡으러 왔구나. 근데 시가지인 점을 배려해서 마법을 조절해서 쓰느라 내 결계를 부수지 못했나 봐."

어제 서덜랜드 가문의 저택에서 일어난 소동을 듣고 사태를 파악한 왕국과 모험가 길드가 우리 집 앞에 모여서 쌍방 대치 중인 모양이다.

주변에 사는 이웃집들도 이 살벌한 사태에 겁을 집어먹고 있어서 얼른 짐 챙겨 떠나는 게 상책이다.

"유이시아, 갑작스럽기는 한데 준비됐어?"

"네, 네! 언제든지 출발 가능해요!"

내 예비 망토를 두른 유이시아가 긴장한 표정으로 2층으로 올라온다.

그리하여 2층 창문으로 나가 지붕으로 올라간 우리는 부유도를 올려다보았다.

날씨는 맑다. 부유도는 어제보다도 육지에 가까워졌다.

이 거리라면 내가 【하늘을 나는 양탄자】로 테토와 유이시아를 데리고 갈 수 있을 것이다.

"셋 다 【하늘을 나는 양탄자】에 타. 유이시아는 쿠로를 안고."

"알겠어요!"

"저, 정말 저 높이까지 날아가는 건가요? 아니, 날 수 있는 건가요?!"

원래는 나와 테토가 쿠로를 안고 【마법 지팡이 비취】를 타고 갈 예정이었다.

하지만 갑자기 유이시아도 함께 가게 됐기에 이동 수단을 【하늘을 나는 양탄자】로 변경했다.

펼친 【하늘을 나는 양탄자】에 탄 내 옆에는 테토가 앉고, 그 뒤로 탄 유이시아도 한 손으로는 테토의 옷자락을 붙잡은 채 망토 안쪽으로 쿠로를 안았다.

"그럼, 출발한다!"

"부유도로 가요!"

"와, 와햐아아——!"

우리를 태운 【하늘을 나는 양탄자】가 둥실 떠오르고 지상에서 우리를 포박하려 집 밖에서 대기하던 사람들이 우리를 발견해 올려다본다.

"치세 씨, 밑에서 공격하고 있어요!"

"괜찮아. 결계를 쳤으니, 공격은 닿지 않아."

"다들~, 잘 있어요~!"

테토가 밑에 있는 사람들을 내려다보면서 이웃들에게 인사한다.

테토의 인사를 우리를 붙잡으러 온 자기들을 약 올리는 줄 오해했는지 공격이 한층 더 거세졌으나 금세 공격의 사정거리를 벗어나 그대로 부유도를 향해 고도를 높였다.

"흐아아, 땅은 저 멀리 있고 부유도는 이렇게 가까이 있다니."

「냐아앗!」

지근거리에서 보는 부유도에 감탄이 흘러나온 유이시아와 오랜만에 고향에 돌아와 흥분한 쿠로.

마력을 눈에 집중하니, 부유도 주변이 【허무의 황야】와 마찬가지로 마력 유출을 저해하는 결계로 둘러싸인 게 보였다.

"단숨에 올라서 부유도로 들어갈 거야!"

"알겠어요!"

나는 그대로 구름을 뚫고 나가 부유도를 에워싼 결계를 넘어서 섬의 상부로 들어왔다.

"이곳이…… 쿠로 씨의 고향."

부유도 상부에서는 나무가 우거지고 개울과 산봉우리의 흔적

따위가 보였다.

큰 비오톱*같은 부유도에 접근해, 우리는 천천히 【하늘을 나는 양탄자】에서 내려섰다.

SIDE: 모험가 길드, 젤리치

나는 왕의 동생이지만, 왕족에서 신만의 신분으로 내려와 벤토니 공작의 지위를 얻었다.

내 입장과 사무 능력으로 나라를 위해 일해 왔으나 그것이 문제 한 가지를 초래했다.

——평범한 형 왕과 우수한 동생 공작.

귀족들의 평가가 그렇게 정해지고 말았다.

근래 들어서는 점차 개선되는 중이지만, 십수 년 전부터 내륙에서 이어진 흉작을 개선하지 못한 형 왕의 평가가 안 좋아지고 줄어든 세수를 메꾸기 위해서 교역에 전력하게 됐다.

그 결과, 교역이 원활하게 이루어지게끔 돕는 바람의 마법을 사용하는 서덜랜드 백작가를 너무 우대해 온 것이다.

"이런 식의 대처는 좋지 않지만, 그래도 조금은 개선되려나."

왕도에서 영향력이 큰 서덜랜드 유파를 견제할 권위를 생각하면, 로바일 왕국의 그랜드 마스터를 벼락출세한 모험가가 맡을 수는 없었다.

본래, 모험가 길드와 각국 귀족이 밀접한 관계를 맺는 건 안

* Biotope. 특정한 식물과 동물이 하나의 생활공동체를 이루어 지표상에서 다른 곳과 명확히 구분되는 생물서식지.

좋지만, 독으로 독을 치고자 전임 그랜드 마스터에게 후임 자리를 제안받았다.

당시에는 형과 거리를 두고 싶었으므로 마침 괜찮은 기회라고 여겨, B등급 모험가였던 셰릴을 서브 마스터로 임명했다. 그렇게 나는 로바일 왕국에 있는 모험가 길드를 통괄하는 그랜드 마스터의 지위에 앉았다.

그 뒤로 서덜랜드 유파와는 주도권 다툼을 해 왔는데 어느 날, 서덜랜드의 차기 가주가 반 은거 생활을 하는 A등급 모험가인 치세 공, 테토 공의 재산을 노리고 살인 미수 사건을 벌였다.

그때 서덜랜드 유파의 세력을 쫓아 버리고 이제야 원래의 건전한 나라로 되돌아가려나 했는데 경악스러운 보고가 날아들었다.

서덜랜드의 차기 가주가 【불로불사의 비밀】이라는 황당무계한 이야기로 형 왕을 포섭하여 죄 없는 치세 공 일행을 잡아들이려 발 벗고 나섰다는 소식이었다.

왕명이긴 하지만 자신의 정의와 갈등 사이에서 헤매는 기사들과 함께 내 지시를 받은 모험가들이 치세 공이 사는 집 앞에서 뒤섞여 있다.

그리고 치세 공 일행이 하늘로 날아올라 사라지고 소동이 진정됐을 때 깨달았다.

"——왕이, 미쳤다."

이유야 어찌 되었든 국가로서 심히 불미스러운 일이다.

형을 계속 왕의 자리에 앉혀 두면 국내외 정세가 혼란에 빠질 것이다.

나는 곧바로 움직였다.

그로부터 1년 후, 제후와 힘을 합쳐 불로불사의 망상에 사로잡힌 형을 왕위에서 끌어내리고 유폐하였다.

악의 근원인 서덜랜드 백작 가문의 오르바르트는 불법 행위를 여럿 저지른 것 외에도 국왕을 부추겨 왕국을 어지럽힌 죄로 처형되었다. 서덜랜드라는 이름은 마법 일파의 한 유파로만 남게 되었다.

나는 이미 왕적에서 빠진 몸이기에 왕이 될 마음이 없었고, 작금의 사태는 왕이 한 세력에만 치우쳐서 벌어진 것으로 생각했다.

그래서 로바일 왕국의 정치를 제후의 의회 정치에 일임하였으며 의회의 초대 의장으로서 내가 취임하였다.

후세의 역사가는 이렇게 이야기한다――.

이 정변의 진상은【창조의 마녀】를 건드려 초래된 파멸이다.

역사의 중심에서 여러 번 등장하는【창조의 마녀】에게 부당하게 행동한 결과는 파멸이었다. ――'선의에는 선의로, 악의는 악의로 돌아오는, 마치 거울 같은 존재이다'.

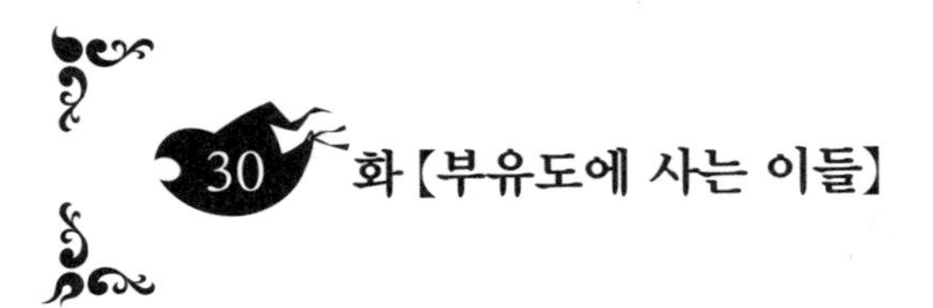

30화【부유도에 사는 이들】

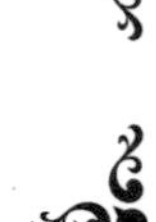

부유도에 내려선 나는 심호흡을 크게 했다.

"후~, 잘 도착했네."

멀리 보인 부유도까지 셋을 옮기느라 상당한 마력을 소비했다.

【마법 지팡이 비취】라면 촉매로 쓰인 부유석 덕에 비행 마법이 효율적으로 증폭되어 부유도까지 편하게 올 수 있었으리라.

그러나 우리가 타고 온【하늘을 나는 양탄자】는 부유도가 있는 고도까지 억지로 끌어 올리는 데 10만 마력 정도를 소모했다.

"여기가 쿠로의 고향인가요? 좋은 곳이에요!"

「냐아~.」

우리가 주변을 둘러보는데 유이시아의 망토에 숨어 있던 쿠로가 나와서 부유도로 깡총 내려와 걷기 시작한다.

그리고 조금 나아가다 뒤돌아서는 꼬리를 흔들며 한 번 운다.

"쿠로 씨가 이쪽으로 오라고 하는 것 같아요."

"가 볼까. 테토는 일단 계속 경계해."

"알겠어요!"

쿠로의 안내를 받으며 부유도를 걷는데 우리 주위로 금세 다양한 환수들이 모여들었다.

"말의 몸에 날개가 달린 걸 보니…… 페가수스구나."

“마녀님, 마녀님. 쿠로의 친구들도 왔어요!”

“치세 씨. 이쪽에는 뿔이 있는 다람쥐와 요정 날개가 달린 개가 있어요!”

환수 페가수스, 요정 고양이 캐트시, 세계수에 사는 뿔이 난 다람쥐 라타토스크, 요정 개 쿠시.

이들 외에도 이리 펜리르, 참수리 아퀼라, 토끼 알 미라지, 뱀 거북 아스피도켈론, 수리와 사자의 혼합 생물인 그리폰, 이마에 보석이 박힌 쥐 카방클 등—— 다양한 환수들이 내 앞에 나타나 그 몸을 내게 비빈다.

“잠깐만, 다 같이 그러면, 무거워……. 답답해…….”

“마녀님, 인기쟁이네요~.”

“근데 치세 씨한테만 엄청나게 몰려드는데요, 왜지……?”

아마 직전까지 【하늘을 나는 양탄자】를 끌며 마법을 대량으로 써서 그 잔향 같은 걸 맡은 것이리라.

그러니까 내 몸에서 새어 나오는 마력을 흡수하려는 거다.

복슬복슬한 감촉을 싫어하지는 않지만, 아무리 그래도 이 정도로 많으면 숨이 막힌다.

“못 움직이겠으니까, 좀 진정해!”

성이 난 내가 마력을 한꺼번에 방출하자, 방출된 마력을 흡수하고 만족한 환수들이 약간 진정을 되찾는다.

그런데도 내 마력이 마음에 든 환수들이 숲으로 돌아가지 않고 따라온다.

“익, 환수들이 마녀님의 마력을 받았어요. 부러워요.”

"그래, 그래. 테토도 이따가 보충해 줄게."
"보충요?"
유이시아가 나와 테토의 대화에 고개를 갸웃한다.
그 모습에 테토가 골렘인 마족이라는 사실을 말해야 한다는 게 생각이 났다.
"그나저나 쿠로 씨는 어디로 가고 있는 걸까요?"
부유도가 예전에 반도였을 때 있었던 산 쪽으로 직선으로 나아가는 중이다.
도중에 동물들이 지나다니는 길을 빠져나와 걷는데 각종 환수가 몇 번이나 내 마력을 바라며 접근한다.
그때마다 맨 처음에 모여든 환수들이 위협하여 진정시키니, 어째선지 환수 행렬이 생겼다.
내가 그런 환수 아이들의 이마를 어루만지면서 마력을 보충하는 《차지》 주문을 외자 환수들이 흡족해하며 갔다.
"마녀님~, 테토도 쓰다듬어 줘요."
"그래, 그래. 테토 착하지, 착하다, 우리 테토."
그러기에 가는 길에 테토 머리를 대충 쓰다듬어 줬더니, 대충이래도 테토가 만족하며 웃는다.
"환수들이 좋아해 주는 건 기쁜데 이래서는 앞으로 나아갈 수가 없겠어."
테토와 열을 이룬 환수들의 머리를 어루만지면서 마력을 주며 중얼거린다.
해의를 품고 습격해 오는 마물보다 호의를 품고 다가온 환수

들의 시선이 내 발목을 붙든다.

"저는 서덜랜드 저택에서 싸우고 밤새도록 집을 정리하고 그대로 부유도로 와서…… 좀 피곤해요."

"나는 눈이라도 붙였지만, 유이시아는 계속 긴장 상태로 있었지. 좀 쉴까?"

근처에 있는 쓰러진 나무와 바위 위에 걸터앉은 우리가 마법 가방에 넣어 둔 과일을 꺼냈다. 그러자 가까이 온 환수들도 먹고 싶어 하는 듯해 나눠 주었다.

환수들과 함께 과일을 먹으며 멍하니 쉬는데 상공에서 마력 반응을 느껴, 머리 위를 올려다보았다.

태양을 등진 탓에 모습이 잘은 안 보이지만, 날개가 달린 사람이 우리 쪽을 내려다보고 있었다.

"읏! 새 수인?!"

사람에게 날개가 달렸길래 새 수인인 줄 알고 지팡이를 들어 경계 태세를 취하는데 풀숲에서도 내 마력 감지에 잡히지 않은 인영이 모습을 드러낸다.

"치세 씨, 리저드 맨의 아종도 있어요!"

풀숲에서 나타난 건 녹색과 청색 비늘로 뒤덮이고 뿔이 난 파충류 머리를 가진 사람이었다.

그 모습은 리저드 맨이라 하는 아인(亞人) 계열 마물보다는 용인 종족이 습득할 수 있는 고유 스킬 【용화(竜化)】로 변신한 것에 가까웠다.

환수만 있는 부유도인 줄 알았건만 인간들도 사는 건가 하여 경계한다. 그때 테토가 망토 자락을 당겨——.

"마녀님……. 저 사람들, 테토와 같아요……."

"테토와 같다니, 마족이라고?"

"네? 테토 씨! 마족이었어요?!"

의문의 마족 무리에게 에워싸인 상황에서 테토의 정체를 듣고 놀란 유이시아를 보며 머리 한구석에서 '의외로 여유가 있네'라고 생각했다.

"인간! 정정을 요구한다! 고귀한 우리더러 새 수인이라고 한 것, 심히 죄가 무겁도다!"

하늘에서 훨훨 내려앉은 소녀의 등에는 한 쌍의 하얀 날개가 돋아 있고 머리에는 천사의 광배가 빛나고 있었다.

"천사……?"

"그러하다! 우리는 여신의 권속인 신족, 이름하여 천사 샤엘!"

유이시아의 말에 자신을 샤엘이라고 소개한 천사 소녀가 가슴을 펴고 거만하게 대답한다.

마족이 아니라 신족이라니, 뭘까.

리리엘과 다른 오대신을 따르는 천사는 악마와 마찬가지로 정신 생명체이다.

그중에는 세상에 현현할 힘을 지닌 천사도 있다고 알고 있지만, 이들은 정신 생명체인 천사와는 명백히 별개의 존재이다.

"샤엘이 이름을 밝혔으니, 소생도 밝혀야겠군. 소생은 자하드! 고룡의 권속으로 용의 전사이다!"

무인 같은 자하드라는 용의 전사는 연무하듯 창을 크게 휘두르며 지면을 밟았다.

그 밖에도 그들 뒤로 다른 천사들과 용의 전사들이 모여 우리를 빙 둘러쌌다.

"환수들이여! 어째서 우리 섬에 침입한 자들을 비호하는가!"

그런 상황 속에서 낮게 운 환수들이 우리와 천사, 용의 전사들 사이로 비집고 들어와 벽을 쌓아서 나와 부유도의 사람들이 싸우지 않게 해 주고 있다.

그래서 나는 환수들의 뜻을 존중하여 지팡이를 내렸다.

"나는 마녀 치세. 부유도에는 이 섬에서 추락한 캐트시를 원래 무리로 돌려보내 주기 위해서 방문했어. 적대할 의사는 없어. 그리고 종족을 알아보지 못해서 미안해. 사과할게."

"미안해요."

내가 고개를 깊숙이 숙이자, 테토도 머리를 숙여 사과한다.

그리고 유이시아도 한 박자 늦게 용의 전사들을 마물로 착각한 것을 사죄하고자 고개를 숙였다.

천사 샤엘과 용의 전사 자하드가 무리 앞으로 튀어나온 캐트시 쿠로를 보고 눈이 휘둥그레진다.

"너! 살아 있었어?! 폭풍우 치던 날에 날아가서 죽은 줄 알았는데!"

"경사로다! 행방을 알 수 없었던 친구가 돌아왔다! 마을에 기별하라!"

그들은 쿠로를 보고 바로 5년 전에 섬에서 떨어진 캐트시라는 걸 알아보았다.

천사 샤엘이 쿠로에게 손을 뻗으려 하자, 뚱한 표정으로 손길을 피해 도망쳐 유이시아의 발치로 가서 목덜미를 비비며 애교를 부린다.

그런 쿠로의 모습에 샤엘이 분하다는 표정을 보이며 유이시아를 확 노려본다.

노려보는 샤엘의 눈빛에 유이시아가 쩔쩔매는 가운데, 표정을 읽기가 어려운 용 머리의 자하드가 입을 일그러뜨리며 웃으며 자기 동료를 전령으로 보냈다.

“귀공들의 목적은, 잘 알았다! 지금 당장 큰할아버지께 판단을 구해, 대응을 결정하겠다. 외부에서 인간이 들어온 적은 1,200년 동안 한 번도 없었어.”

그렇게 말하는 샤엘과 자하드는 전령이 돌아올 때까지 우리를 경계했다.

하지만 환수들이 몸을 던져 벽을 만들어 주어서 싸우지는 않았다. 얼마 뒤에 ‘큰할아버지’라 불리는 인물로부터 손님으로 대접하여 맞으라는 결정을 들었다.

우리는 천사와 용의 전사들에게 에워싸여 걸으며 이동하기 시작했다.

이동할 때마다 내게 인사하듯 나타나서 마력을 흡수해 떠나는 환수들의 모습에 천사와 용의 전사들도 놀라워한다.

“너, 정체가 뭐야……. 환수들이 네 녀석을 맞아들이고 있어.”

“마녀님은, 마녀님이에요!”

“그저 내 마력을 원할 뿐이야.”

생물마다 선호하는 마력의 성질이 있다고 한다. 그걸 테토는 맛있다고 표현한다.

부유도의 환수들도 평소 환경과 다른 성질의 마력이 느껴져 맛보러 온 것이리라고 생각하는 중이다.

그렇게 나아가니 산기슭에 작은 마을이 있었고, 그곳에는 샤엘과 자하드와 같은 종족의 사람들이 살고 있었다.

생활 양식이 꽤 검소했는데 수명이 다하거나 사고로 죽은 환수의 사체에서 얻은 거로 보이는 체모와 모피, 뼈 등의 소재가 곳곳에 쓰인 게 보였다.

환수의 소재임을 고려하면 지상에서는 궁전이 들어설 만큼의 가치가 이 부유도에 있으리라.

그런 생각을 하는데 마을을 빠져나와 산기슭의 한구석에 도착했다.

"큰할아버지께서 오신다! 무례한 행동은 삼가라!"

샤엘이 그렇게 못 박은 직후, 지면이 흔들렸다.

거대한 생물이 걷는 듯한 진동이었다.

게다가 나보다 더 마력이 방대한 존재가 가까워지고 있다.

굳은 표정으로 긴장한 유이시아에 비해 쿠로가 기쁜 울음소리를 내는 것을 보고 두려워할 상대는 아니라는 것을 알았다.

그리고 마침내 큰할아버지라 불린 존재가 눈앞으로 다가왔다.

「반갑네, 지상에서 미아가 된 아이를 구해 준 은인이여.」

거대한 용이 온화한 노인 말투의 염화를 보내었다.

"요, 용……. 흐어어……."

「오, 이런. 내 존재가 그쪽에 있는 아가씨에게는 너무 자극이 강렬했나 보구먼…….」

거대한 용의 존재를 눈앞에 두고 기절한 유이시아. 몸집이 큰 환수가 옆구리로 유이시아의 등을 받쳐 지탱하면서 자기 몸에 기대어 그대로 재운다.

「그대들이 이 섬에 오는 건 여신 루리엘 님이 내리신 신탁으로 알고 있네. 부유도에 온 걸 환영하지, 여신 리리엘 님의 사도와 그 친구들이여.」

여신 루리엘을 통해 이미 우리가 올 것을 알고 있었나 보다.

그리고 여신 리리엘의 사도라는 것에 샤엘과 다른 천사들이 놀란다.

「냐~.」

거대한 용 앞으로 튀어 나간 쿠로가 아양을 떨 듯이 울자, 용이 부드러운 눈빛으로 쿠로를 내려다본다.

「하하하, 캐트시의 개구쟁이가 무사히 돌아와서 다행이구나. 잘 왔다. 그리고 나의 희망도 같이 데리고 와 주었군.」

희망이라는 게 무슨 소리지.

의문에 고개를 작게 기울이는 우리에게 거대한 용이 천천히 머리를 숙인다.

「여신 리리엘 님의 사도여. 부디 이 부유도에 사는 나의 아이들을 구해 주지 않겠나?」

용의 말에 나는 더더욱 당혹스러워하면서도 귀를 기울였다.

31 【부유도의 역사와 고룡(古竜)의 부탁】

「여신 리리엘 님의 사도여. 부디 이 부유도에 사는 나의 아이들을 구해 주지 않겠나?」

“잠시만요, 큰할아버지! 큰할아버지의 원은 저희가 이뤄 드릴 겁니다! 어째서 외부인에게 부탁하십니까?!”

“맞습니다. 실력도 알 수 없는 자에게 맡겨야만 하는 일인가요?”

고룡의 말에 당혹스러워하는 나. 그와 동시에 천사 샤엘과 용의 전사 자하드가 소리친다.

「지금부터 긴히 할 얘기가 있다. 샤엘, 자하드, 물러가라.」

“……네.”

“……알겠습니다.”

큰할아버지라 하는 용이 두 사람의 말을 무시한 채, 우리만 두고 자리를 비키라고 명령한다.

명령을 받든 샤엘과 자하드는 떨떠름한 표정으로 다른 이들을 데리고 도중에 지나쳐 온 마을로 돌아갔다.

「자, 객들이여. 편히 앉게나.」

“응, 고마워.”

“앉을게요!”

땅에 앉으니, 여기까지 따라온 환수들이 따뜻하고 부드러운

배로 우리 등을 받쳐 준다.

그뿐만 아니라, 숨어서 뒤따랐던 환수들이 나와 테토, 기절한 유이시아의 무릎과 팔에 엉겨 붙는 모습을 보고는 거대한 용이 사랑스럽다는 듯 바라본다.

「인간보다 본능과 직감이 뛰어난 환수들이 호의적이구나. 역시 나의 청을 맡길 상대로 알맞아 보여. 그러고 보니 내 소개를 아직 안 했군. 나는 녹청(綠靑)의 고룡——만 년을 산 늙은 용이지. 부유도의 아이들은 '고룡 큰할아버지'라고 부른다네.」

"반가워. 나는 마녀 치세. 그리고 여신 리리엘의 사도이기도 해."

"테토는 테토예요! 마녀님을 지키는, 검사? 입니다!"

녹청의 고룡이라 자기를 소개한 눈앞의 용은 우리 이름을 듣고 고개를 끄덕였다.

「그러면 마녀 공과 검사 공이라고 부르지. 내 청을 맡기기에 앞서 이 부유도의 역사를 알아주었으면 하는데 얼마나 아는가?」

"한 1,200년 전에 도망친 환수들을 데리고 섬이 공중으로 떠올랐다는 전설은 들었지만, 그 이상은……."

내가 답하자, 고룡 큰할아버지가 고개를 끄덕한다.

「맞네. 먼저 모든 일이 시작된 2,000년 전 마력 대량 소실에 관해 이야기해야겠군.」

나는 리리엘과 다른 오대신들과의 【꿈속 신탁】으로 종종 들어 익숙한 이야기를 이번엔 고룡 큰할아버지의 시점에서 듣게 되었다.

「고대 마법 문명의 폭주로 마력이 대량 소실된 사상 초유의 위기가 세계를 덮쳐, 마력에 의존하던 수많은 생물이 멸종했네. 원초 세계 때부터 산 궁극 생물인 우리 고룡들은, 마력에 의존하지 않는 데다 강인한 육체를 지녔지. 그래서 세계를 유지하기 위해서 신들과 협력하여 산과 골짜기, 숲에 살면서 내 영혼에서 생겨나는 마력을 세상에 환원해 왔어.」

여신 리리엘과 다른 오대신이 마력이 옅은 지역을 결계로 격리하는 것 외에 고룡들도 신들을 도와 자기 몸에 지닌 마력을 세계로 방출해 온 모양이다.

「처음 500년까지는 순조로웠어. 그런데 문명을 어느 정도 회복한 인간들이 어리석게도 한계에 다다르도록 세계에 마력을 환원하여 약해진 고룡들을 찾아내, 공격했다네.」

“그런…….”

「그를 계기로 죽거나 신을 돕길 포기하고 떠나기도 한 고룡도 생겼지. 그로 인해서 세계에 마력을 공급하는 일각이 붕괴한 것이야.」

우리는 그저 조용히 고룡 큰할아버지의 이야기에 귀를 기울였다.

「그러면서 고룡의 동포들이 사는 곳에서 환수와 숨어 사는 인간들도 있고, 살던 곳에서 쫓겨난 자들이 조금씩 우리 곁으로 모여들었어.」

당시를 회상하듯 말하는 고룡 동포들에게 나와 테토는 동정심이 들었다.

“여러 지역에 용살자의 전설이 있지만, 이면에는 그런 사정이 있었구나…….”

“열심히 노력했는데 죽이거나 쫓아내다니, 가엾어요.”

「우리 고룡들은 인간을 원망하지 않네. 그리고 더 먼 옛날에는 고룡들도 제멋대로 굴었으니 비긴 거야. 게다가 토지를 떠난 용들도 어딘가 살아 있을 테고, 고룡은 원초에 탄생한 궁극 생물. 그 몸이 썩어 가더라도 세계 어딘가에서 알로 새로이 태어나 지식을 계승하여 환생하는【불멸】의 존재지.」

‘새롭게 다시 태어나려면 상응하는 마력을 외부로부터 얻어야 하지만’이라고 덧붙인다.

나는【불로】의 존재가 되고 말았지만, 그보다 더한 불멸의 고룡이 나타나다니, 판타지 세계는 정말 놀라움의 연속이다.

「하던 얘기로 돌아올까. 인간의 욕망은, 우리가 사는 토지에로도 손을 뻗치려 했어. 나의 토지에는 다른 고룡의 영역에서 무사히 도망쳐 온 수많은 환수와 인간들이 모였지. 내가 죽으면 도망친 환수와 인간들은 갈 곳을 잃고 침략자의 손에 사냥당하거나 마력을 얻지 못하고 절명할 운명이었어.」

“그게 부유도의 탄생으로 이어진 거구나.”

「그러하네. 도망쳐 온 인간 중에는 해모신 루리엘 님의 사도가 있었어. 그래서 여신님의 힘을 빌려 부유석을 만들어 내어 나의 마력으로 토지를 띄워서 다 함께 하늘로 달아난 것이야.」

이것이 부유도가 탄생하게 된 흐름인 듯하다…….

“그럼, 샤엘처럼 천사라는 사람과 자하드 같은 용의 전사들이 도망쳐 왔다는 사람들이야?”

「음. 샤엘은 자신들이 천사라느니 신족이라느니 하지만, 그 본질은 그대들이 말하는 마족과 다르지 않다네.」

고룡은 이어서 두 종족이 탄생하게 된 경위를 이야기해 주었다.

샤엘을 비롯한 천사—— 아니, 천사족의 선조는 그 몸에 천사를 빙의시키고 동화시키는 【사자(使者) 강림】 상태에서 아이를 가진 결과라고 한다.

이 천사의 【사자 강림】은 【악마 빙의】와 굉장히 흡사한 강화 수단이다.

술자에게 정신 생명체를 빙의 · 동화시켜 정신 생명체의 마력을 술자에게 가산시키는 행위다.

다만 【악마 빙의】는 악마의 영향으로 정신 오염이 발생해, 때에 따라서는 주종 관계가 역전되어 육체를 빼앗길 수 있어서 금술(禁術)로 지정되었다.

천사의 【사자 강림】은 인간이 주인이고 천사가 종이 되는 경우가 많다.

또한 천사와의 빙의 상태를 임의로 해제할 수 있다는 점이 아직도 오대신 교회의 마법서에도 남아 있는 이유다.

그리고 그 상태로 아이를 낳은 결과, 빙의한 천사의 인자가 태아와 융합하여 천사의 특징인 하얀 날개와 머리의 광배를 가지고 태어났다고 한다.

"신들을 섬기는 천사가 기원이라서 천사라고 하는 거구나. 근데 그런 일이 왜 일어나는 거야?"

「2,000년 전에는 일어나지 않았던 현상이라네. 능력치가 세계에 도입되어 탄생한 천사족이라는 새로운 종족이겠지. 뭐, 단순히 【사자 강림】 상태에서 아이를 만든다고 천사족으로 탄생하지는 않으니까 어떤 조건이 필요하겠지만.」

그리고 조건만 갖춘다면 【악마 빙의】 인간이 변이해서 마족이 되는 것 말고도 실체화한 악마나 【악마 빙의】 인간이 아이를 가져, 악마 인자가 깃든 악마족 아이가 탄생할 가능성이――, 아니, 이미 하나의 종족으로서 세상에 존재하고 있을지도 모른다.

「천사족들의 부모인 루리엘 님의 사도들은 그 아이들의 생김새를 보고 종교적 도구로 쓰일 수 있다고 판단해서 루리엘 님의 인도로 내 곁으로 도망쳐 온 것이야.」

"그러면 자하드 씨 같은 용의 전사도 비슷한 이유로 도망친 마족이야?"

내가 이어서 질문을 던지자, 고룡이 약간 말하기를 꺼리듯 시선을 피한다.

「아, 그 아이들은…… 원래 평범한 인간이었는데 말일세. 부유도에서 오래 살다 보면 남자가 적은 시기가 있거든. 피가 짙어지는 걸 막고자 희망한 자에게만 내 씨를 썼지. 원초 시대에는 고룡과 인간이 아이를 만들어서 용인이 태어났으니 성공할 줄 알았는데 웬걸, 나를 많이 닮은 용의 마족, 그러니까 용마족이 되어 버렸네.」

고룡은 자신의 교미 사정에 관해 얘기해서 부끄러운 듯했다.

뭐라고 해야 하나, 정리하면 신화를 재현해 봤더니――용마족이 태어난 듯하다.

용마족들의 모습이 【용화】한 용인에 가까운 이유는 고룡의 피를 진하게 이어받았기 때문인 모양이다.

"그럼, 이 섬에는 종족이 천사족과 용마족밖에 없어?"

「그렇다네. 부유도의 특수한 환경 때문인지, 1세대뿐인 신종족의 절멸을 피하기 위한 개체 수 증가인지……. 점점 보통 인간 아이가 태어나지 않고 천사족과 용마족만 태어나게 되었지.」

이 부유도에는 350명 정도의 마족들이 마을을 이뤄 살고 있다고 한다.

"냥냥, 이에요."

「냐~.」

테토는 도중부터 이야기에 질려 쿠로나 장난을 거는 환수들과 놀고 있다.

그런 테토의 모습을 보고 나와 고룡 할아버지는 평온함을 되찾고 다시 본론으로 들어갔다.

「자, 두 종족에 관한 설명을 마쳤으니, 본론으로 들어가 볼까.」

이야기 규모가 너무 커서 꽤 만족스러워했는데 아직 본론에조차 들어가지 않을 것을 깨닫는다.

"이 부유도의 아이들을 구해 달라는 것은 환수들과 천사족, 용마족을 도와 달라는 뜻이지? 우리가 뭘 해 주길 원해?"

「번거로운 지상의 일로부터 벗어나기 위해서 하늘로 도망친지 1,200년이 되었어. 한데 이 섬은 오랜 세월 속에서 닳아서 서서히 작아지고 있지. 이렇게 좁고 불안정한 부유도에서는 더 이상의 종의 발전을 기대하기가 어려워. 그래서 우리 아이들을 지상으로 돌려보내 주길 바란다네.」

그러나 단순히 지상으로 보내기만 해서는 박해와 수렵의 대상이 되고 만다.

부유도 대신 보호하고 종이 발전할 여지가 있는 곳을 제공해 주기를 바라는 것이겠지.

그리고 내게는【허무의 황야】라는 작은 나라와 맞먹는 토지가 있다.

게다가 내게도 이득이 있다.

어린 개체의 환수들이 자라려면 마력이 필요하지만, 성체로 성장하면 반대로 마력을 생성해 낸다.

마력 생산 대부분을 세계수에 의존하는【허무의 황야】에 환수들이 새로운 마력을 만들어 낼 존재로서 동참하는 것이다.

"알겠어.【전이문】을 설치해서 이주 형태로 환수와 주민들을 조금씩【허무의 황야】에서 수용할게."

"마녀님? 앞으로는 쿠로뿐만이 아니라, 쿠로의 친구들도 같이 사는 건가요?"

"응, 그렇게 되나?"

내게 승낙의 말을 들은 고룡 큰할아버지가 고개를 숙인다.

「고맙네. 루리엘 님의 신탁대로구먼. 이제 나의 아이들을 이 방주에서 내려 줄 수 있겠어.」

이리하여 평온하게, 어깨의 짐을 내려놓은 듯 안도하는 고룡과의 첫 만남이 끝났다.

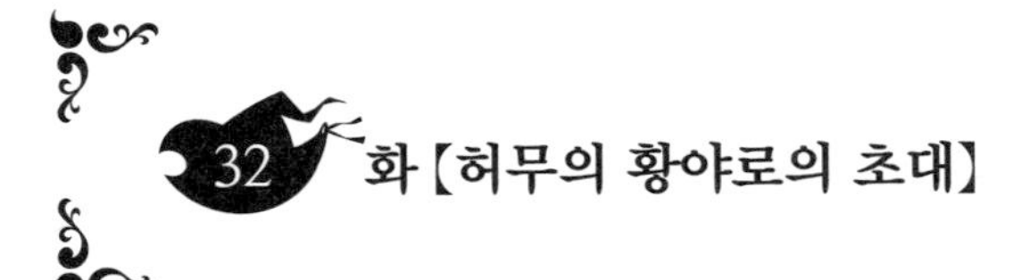

32화【허무의 황야로의 초대】

고룡 큰할아버지의 부탁을 받아들이긴 했으나 하루 이틀에 가능한 일이 아니다.

우선, 동굴로 돌아가는 고룡 큰할아버지를 배웅한 나와 테토는 정신을 잃은 유이시아를 깨웠다.

"헉?! 큰 용이……. 치세 씨, 저 살아 있어요?!"

"살아 있어. 아주 이성적인 용이라, 이야기를 좋게 마쳤어."

"다정한 용 할아버지였어요!"

우리가 정신을 차린 유이시아를 달래자, 울상이 되어서는 나와 테토에게 안긴다.

"다행이다~. 여기서 죽는 건가 했어요~."

아직 열일곱 살인 유이시아에게는 충격이 셌다는 걸 반성하면서 천사족과 용마족이 사는 마을로 향했다.

"……큰할아버지와 얘기는 잘 했나?"

마을로 가니, 우리를 기다리던 샤엘이 불만스러운 목소리로 묻는다.

"응, 옛날이야기도 듣고 큰할아버지의 부탁을 들어 드리기로 했어. 자세한 이야기는 큰할아버지께 듣는 게 좋겠어."

"당장 가서 듣고 오지!"

"기다려, 샤엘! 나 원, 손님을 내팽개치고 큰할아버지께 가 버렸군."

자하드가 뛰쳐나가는 샤엘을 제지해 보지만, 말릴 수 없었던 샤엘을 보내며 한숨을 내쉰다.

"소생도 내일이라도 큰할아버지께 가서 확인하겠어. 그런데 치세 공 일행은, 오늘 밤에 어디서 묵지?"

부유도의 마을에는 여관 시설이 없어서 앞으로 어디서 지낼 거냐고 자하드가 묻는다.

우리는 【전이문】으로 【허무의 황야】로 돌아갈 예정이기에 작은 공간 한 곳을 빌리기로 했다.

"좁아도 좋으니까 장소만 빌릴 수 있을까? 마법으로 오두막집을 만들려고."

"그러면 마을 밖의 빈터로 안내하겠네."

우리는 자하드의 안내로 마을 바깥에 있는 빈터를 빌려, 그 자리에 【땅의 마법】으로 오두막집을 짓는다.

"치세 씨, 집이 상당히 좁아 보이는데요. 여기서 지내기는 좀 힘들지 않을까요……?"

테토가 마법으로 만든 돌 오두막집을 보고 유이시아가 당황한다.

"걱정하지 마, 우리가 실제로 지낼 곳은 다른 장소니까——. 테토, 꺼낼게."

"네!"

걱정하는 유이시아를 안심시키듯 운을 뗀 나는 마법 가방에서

【전이문】을 꺼냈다.

"치세 씨, 테토 씨? 이 오브제는 분명 전에 살던 집에서 중요한 방에 두었던 거잖아요. 이게 뭐예요?"

유이시아가 마법 가방에서 꺼낸【전이문】을 올려다보며 물었다.

"【전이문】이라고 해. ――한 쌍이 되는 문으로 전이할 수 있는 마도구야."

"이 문을 통과하면 경치가 확 바뀌어요."

"【전이 마법】은 고도 마법이잖아요?!【전이 마법】사용자는 각국에 한두 명 있을까 말까라던데. 그 마법의 마도구라니……."

「냐!」

"――아, 쿠로 씨!"

유이시아가 말하는 사이에 유이시아의 발밑을 빠져나온 쿠로가【전이문】으로 뛰어들어 사라지는 것을 보고 놀란다.

"쿠로 씨가 사라졌어요!"

예상 밖의 광경에 놀란 유이시아가 돌 오두막집에 설치한【전이문】뒤편으로 돌아가 캐트시 쿠로가 없나 확인한다.

"자, 유이시아의 마력을 등록하고 가자."

"얼른 돌아가서 밥 먹어요!"

나와 테토는 유이시아의 손을 끌어【전이문】을 만져 마력을 등록했다.

이로써 유이시아는 언제든 이【전이문】을 사용할 수 있다.

"그럼, 가자."

"후~, 하~. ……갑니다!"

눈을 질끈 감고 심호흡한 유이시아의 손을 나와 테토가 잡고 이끌어【전이문】을 통과해【허무의 황야】의 저택으로 돌아간다.

「――다녀오셨습니까, 주인님, 테토 님. 그리고 어서 오세요, 손님.」

「――다녀오셨습니까, 주인님, 테토 님. 그리고 어서 오세요, 손님.」

「――다녀오셨습니까, 주인님, 테토 님. 그리고 어서 오세요, 손님.」

"베레타, 다들, 마중 왔구나. 다녀왔어."

"다녀왔어요~!"

감고 있던 눈을 머뭇머뭇 뜬 유이시아가 눈앞에 즐비하게 늘어선 메이드들이 인사하는 광경을 맞닥뜨리고 예상 밖의 전개에 놀라 굳었다.

"다녀왔어, 베레타. 이 아이는 내 제자가 된 유이시아야."

"……아, 네! 잘 부탁합니다!"

정신을 차린 유이시아가 허리를 깊이 숙이자, 베레타도 공손하고 정중하게 인사한다.

「주인님의 제자가 된 유이시아 님이시군요. 저택에서 메이드장으로 일하는 베레타라고 합니다. 기억해 주시면 감사하겠습니다.」

나를 마치 귀족 주인님처럼 대하는 것에 유이시아가 놀라다가 저택이라는 단어에 주변을 둘러본다.

자기가 서 있는 곳이 처음 보는 방이라는 걸 깨닫고 창문 밖으로 보이는 경치로 다른 장소임을 이해했다.

"우와, 전이했어요! 치세 씨, 굉장해요! 구름이 위에 있어요!"

부유도는 구름보다 높은 곳에 있었기에 하늘에 뜬 구름을 보고 전이했다는 실감이 가장 잘 느껴지나 보다.

"뭐랄까, 이런 반응은 좀 신선하네."

나는 숨기고 있던 능력과 마도구를 공개했을 때 놀라는 유이시아의 모습을 많이 봤기에 이렇게 솔직하게 감동하니 왠지 새롭다.

셀레네와 살 때는 '엄마는 원래 그런 사람이니까~'라는 분위기가 있었는데 일반적인 상식으로는 충분히 경악하고 감격할 만한 일이라고 이해할 수 있었다.

【전이문】을 사용해 부유도에서 환수와 주민들을 이주시키게 되면 이런 반응을 자주 보게 되겠지.

그리고 베레타와 봉사 인형들의 정중한 대응에 허둥지둥하는 유이시아가 내게 말을 건다.

"치세 씨를 주인님이라고 부르던데, 귀족이세요? 설마 신분을 숨기고 모험가를 하고 계신다든가……."

"아니야. 나는 예나 지금이나 평범한 평민이야."

내가 그렇게 답했지만, 유이시아는 여전히 납득이 안 간다는 표정이다.

우리는 베레타의 안내를 받아 식당으로 향했다.

"베레타, 오늘 저녁은 뭔가요?"

「오늘 저녁 메뉴는 밭에서 딴 토마토와 다진 오크 고기로 만든

함박스테이크입니다.」

"맛있겠다. 이쪽은 문제없었어?"

「주인님들께서 어제 귀가하셨을 때 내용을 다 전달하였으므로 현재로서는 없습니다.」

유이시아가 서덜랜드 저택으로 끌려갔을 때도 나와 테토는 【허무의 황야】로 돌아와 부유도로 갈 준비를 하고 장기간 돌아오지 못할 경우를 대비해서 지시를 내려 두었다.

설마 며칠 지나지 않아서 돌아올 줄은 생각도 못 했다.

「이번에는 꽤 빨리 돌아오셨네요. 부유도에는 들어가셨습니까?」

"부유도에 갔다 왔어요! 쿠로의 친구가 아주 많았어요!"

"로바일에 구했던 임시 주택을 처분하고 당분간은 유이시아와 함께 저택으로 옮겨 와서 살 예정이야. 자세한 이야기는 이따가 하자."

「알겠습니다. 다시 주인님을 모실 수 있게 됐군요.」

기뻐하며 미소 짓는 베레타의 안내를 받으며 우리는 식당의 긴 식탁에 마련된 자리에 앉았다. 우리 말고도 베레타를 비롯해 영혼을 얻어 진화한 메카노이드와 봉사 인형들 몇 명이 식탁에 앉아 같이 밥을 먹었다.

이 자리에 없는 메카노이드와 봉사 인형들은 식사 시중을 든 뒤에 따로 식사할 것이다.

"자, 먹자. 잘 먹겠습니다."

"잘 먹겠습니다, 입니다!"

다 같이 밥을 먹기 시작하는데 베레타를 비롯한 메카노이드들이 나누는 대화가 매우 사무적이었다.

사무적으로 보인다고 해도 개개인이 미묘하게 버릇이 다르다. 나는 익숙해서 그런가 보다 한다.

테토가 식사에 열중하는 한편, 자리가 불편해 보이는 유이시아의 모습에 나는 쓴웃음을 지었다.

그리고 식후에는 차를 마시고 베레타에게 부유도에 관해 이야기했다.

"베레타. 오늘 부유도에 올라탔는데 여러 일이 있었어——."

부유도에 올라타 보니, 수많은 환수들과 천사족, 용마족이라는 두 마족과 만난 것.

그런 그들을 통솔하는 부유도의 주인인 고룡 큰할아버지와 면담을 가지면서 들은 부유도의 탄생 역사와 두 마족의 탄생 경위, 그리고 마지막으로 고룡 큰할아버지의 부탁을 얘기했다.

고룡 큰할아버지 앞에서 기절해 버린 유이시아도 내 얘기를 듣고 본인이 가진 상식이 무너졌는지 표정이 휙휙 바뀌어서 재미있었다.

「그렇군요. 주인님께서는 그 부탁을 승낙하시는 거죠.」

"응, 다행히 이 【허무의 황야】에는 인간과 환수들이 살 수 있는 토지가 남아도니까."

면적이 소국과 필적하는 【허무의 황야】에는 모험가로서 자유롭게 여행하는 나와 테토, 주로 【허무의 황야】 전역을 관리하는 베레타와 베레타가 지도하는 메이드 부대원 스무 명밖에 살지 않는다.

우리 말고도 농사일 작업용 골렘들도 있지만, 환수 수백 마리에 두 마족 350명을 받아도 여유가 있다.

「주인님. 고룡 큰할아버님의 부탁은 이해했습니다. 그런데 한 가지 문제가 있어요.」

"무슨 문제?"

「현재【허무의 황야】는 결계 마도구로 구획을 한정하면 환수들에게 적당한 마력 농도를 맞춰 줄 수 있습니다. 하지만 환수들의 생존에 적합한 환경이냐고 한다면 아직 충분하다고는 할 수 없습니다.」

베레타 말대로 지금【허무의 황야】중앙에서 남부 외곽부까지 삼림으로 연결되도록 나무 심기 작업을 하여, 그 삼림을 따라서 생물 이동으로 인한 생태계 다양성을 확보하는 ──【녹색길 작전】을 실행 중이지만, 환수들의 성장 환경으로는 충분하지 않을 듯하다.

「더욱이 환수마다 좋아하는 환경이나 주변 식생, 선호하는 입지 조건 등이 다르겠지요. 이를 인공적으로 만들어 내려면, 환수 생태 조사가 한 번은 필요하다고 생각합니다.」

"하지만 주민들과 환수들 모두가 오늘 내일로 이사 오는 게 아니라 10년 이상의 시간을 들여서 조금씩 받는 것도 생각 중이야."

애초에 고룡 큰할아버지가 해모신 루리엘에게 우리에 관해 전해 들었다면, 분명 내가【불로】인 것도 들었을 터다.

【허무의 황야】이주 계획이 내 수명 탓에 좌절될 가능성은 고려할 필요도 없다.

「주제넘은 말을 해서 죄송합니다.」

"아니야, 그렇지 않아. 베레타가 말한 대로 환수들 생태 조사와 두 마족의 생활 양식을 확인할 필요는 있지. 그러니 다음에 부유도에 갈 때는 베레타도 같이 가서 여러모로 조사해 보자. 고룡 큰할아버지와 안면도 터야 하니까."

「알겠습니다.」

그 후 베레타와 함께 다양한 사무 이야기를 의논했다.

한편 테토와 유이시아는——.

"치, 치세 씨와 베레타 씨가 매우 어려운 얘기를 나누고 있어요. ……테토 씨, 무슨 이야기인지 알겠나요?"

"테토는 어려운 건 몰라요! 하지만 마녀님께 맡기면 괜찮아요!"

"아, 아하하, 그, 그렇군요."

무릎에 앉은 쿠로를 쓰다듬는 유이시아가 테토의 말에 건조하게 웃었다.

"정말이지, 내가 왜 여기에 있는 걸까. 거기다 기간이 10년 단위라니, 저 이러다 적령기가 지났다는 말을 들을 나이가 돼 버리겠어요."

"유이시아는 마력이 크게 늘어서 【노화 지연】 스킬을 획득했으니 겉모습의 노화는 더딜 거야. 마력량에 따라 다르지만, 이주를 완료할 때쯤에는 20대 언니 느낌이 나지 않을까?"

오늘 하루 동안 여러 가지 일을 겪는 바람에 【노화 지연】 스킬을 얻었다는 걸 까맣게 잊고 있던 유이시아.

열일곱 유이시아가 【노화 지연】 스킬의 영향으로, 앞으로 성장과 노화의 속도가 느려지는 건 확실하다.

그리고 나의 제자가 되고 【노화 지연】 스킬을 얻은 유이시아에게 여러 가지를 이야기하려면 지금이 적절한 시기라고 생각한다.

"너에게 아직 얘기하지 않은 게 많아. 우리가 처음 만난 날, 왜 내가 같이 살자고 했는지 알아?"

"저를 주운 이유…… 말인가요? 그러면 상주 도우미가 필요하셨던 게 아니라……."

나는 조용히 고개를 가로저으며 유이시아가 지닌 불로 인자에 관해 얘기해 주었다.

33화 【불로 인자】

"그날, 쓰러져 있던 너를 만졌을 때 공감과 비슷한 것을 느꼈어."

"공감……요?"

"그래……. 나와 같은 【불로】 스킬을 습득할 수 있는 불로 인자 소유자와 만났을 때 느끼는 감각이야."

이미 내가 【불로】 스킬을 지녔다는 걸 아는 유이시아가 그 【불로】 스킬을 본인도 습득할 가능성이 있다는 사실에 오늘 하루 중 가장 눈이 휘둥그레졌다.

"에이, 거짓말이죠? 저는 평범한 평민이자 어부의 딸인 데다 낙오생이었다고요……. 그런 제가 【불로】 스킬을 얻을 수 있다니……."

"네 몸을 살펴보고 안 것은, 불로 인자를 지니는 건 핏줄도, 마법 실력도 관계없다는 거였어."

신들이 직접 만든 원초 인간들이 지녔던 것이 불로 인자다.

그 불로 인자를 격세 유전으로 가지고 태어난 사람이 육체에 방대한 마력을 깃들게 함으로써 【불로】 스킬을 얻는 것이다.

전승이나 전설, 신화 등에 등장하는 불로장수하는 현자와 마녀들이 그러한 인간들이다.

그렇기에 설령 불로 인자를 지녔더라도 마력이 작으면【불로】 스킬이 발현되지 않아 평범한 인생을 걷는 사람이 많으리라.

반대로 풍부한 마력으로 부단히 단련해 온 마법사라고 해도 선천적으로 불로 인자가 없으므로 불로에 도달하지 못하는 사람도 많을 것이다.

"치세 씨는, 저를【불로】동지로 만들려고 도와주신 거예요? 그러면 혹시 테토 씨도 마찬가지로【불로】스킬을 갖고 있어서 모습의 변화가 없는 건가요?"

"……그건, 아니야. 테토는 내가 만든 골렘이 진화한 골렘 마족이야."

"맞아요!"

유이시아의 의문에 내가 테토의 정체를 밝히자, 테토가 하던 대로 몸의 일부를 진흙으로 바꾸어 보여 준다.

"그랬군요……. 뭐랄까, 치세 씨라면 이제 무슨 일이 있어도 납득할 것 같아요."

오늘 하루에만 몇 번을 놀라서 '그렇구나'라며 전부 받아들이게 되나 보다.

"유이시아를【불로】동지로 만들려고 도운 게 아니야. 네가 어느 정도 자립할 만큼 성장하면 홀로서기 하라고 할 생각이었어."

그래서 원래는 나와 테토가 부유도에 올라탄 뒤에 그 집을 사들여 유이시아의 독립 선물로 주려고 했다.

뭐, 그 계획도【불로불사】를 원한 국왕과 국왕을 부추긴 오르바르트의 소행으로 전부 물 건너갔지만.

"그리고 마녀님은 유이시아를 【불로】로 만든다고 해서 행복해진다고는 할 수 없다고 했어요."

전에 테토에게 한 말을 기억하고 테토가 멋대로 말해 버렸다. 그를 들은 유이시아가 미간을 찌푸린다.

"늙지 않고 오래 살면, 좋은 거 아닌가……."

그렇게 반응하는 유이시아에게 내가 씁쓸한 미소를 지었다.

"불로가 된 지 30년쯤 됐지만, 자유롭게 생활할 수 있는 이유는 힘이 있기 때문이야."

"아……."

내 대답에 유이시아도 깨닫고는 작은 탄성이 새어 나온다.

만약 내게 힘이 없었다면 서덜랜드의 차기 가주인 오르바르트의 책략으로 인해 사로잡혀, 【불로불사의 비밀】을 알아내기 위한 연구 재료로 쓰이다 죽었을 가능성을.

혹은 가끔 얘기한 수양딸 셀레네의 이야기를 듣고 자기만 늙지 않고 아이가 성장하여 어른이 되는 쓸쓸함을 깨달았는지도.

"그러니 내 제자가 되긴 했어도 【불로】를 강요하지는 않을 거야. 그리고 지금의 【노화 지연】 스킬 상태라면 아직은 수명이 긴 사람으로 살다 죽을 수 있어."

유이시아는 이미 하루에 은화 석 닢 이상을 벌 지식과 마법 실력을 길렀다.

또 서덜랜드의 저택에서 이루어진 마력 각성으로 마력량이 한층 더 커졌다.

로바일 왕국에서 피운 소동 탓에 도주한 지금이라면 이대로

이스체어 왕국이나 가르드 수인국으로 데려다주어, 자립한 삶을 살면서 사람치고는 조금 더 오래 사는 인생을 즐길 수도 있다.

나는 오히려 그러기를 권하고 싶지만――.

"치세 씨. 저는 아직 치세 씨에게 여러 가지를 배우고 싶어요! 그리고 부유도 일이 마무리되는 것도 보지 않고 여기를 떠나기도 싫어요!"

"유이시아……."

"그러니까 【불로】 같은 건 생각하지 말고 앞으로도 잘 부탁드릴게요!"

그렇게 말하며 고개를 깊이 숙인 유이시아에게 나는 쓴웃음을 지었다.

"그리고 부유도, 환수, 고룡, 여신님까지! 평범하게 살면 평생이 걸려도 만나지 못하는 존재가 아주 많아요! 이곳을 떠나 평범한 생활로 돌아가면 분명…… 아니, 무조건 죽을 때까지 후회할 거예요!"

"후후, 그래. 그건 그럴지도 몰라."

"그러면 유이시아도 함께 노력해요!"

유이시아의 열의에 나는 조용히 동의하고, 테토는 의욕을 북돋는다.

그리하여 다음 날부터 【허무의 황야】에서 부유도 주민을 수용할 준비가 시작되었다. 유이시아도 내 제자로서 마법을 배우며 부유도 주민 이주 계획을 돕는 생활을 시작했다.

SIDE: 유이시아

치세 씨의 제자로 들어가【허무의 황야】의 저택에서 살게 된 나의 일상은 사실 그렇게 바뀌지 않았다.

“좋은 아침이에요, 쿠로 씨, 아이 씨.”

「냐~.」

「좋은 아침입니다, 유이시아 님.」

고향인 부유도로 애써 돌아갔는데도 어째선지 나와 함께 다니는 캐트시 쿠로 씨.

그리고 저택 생활에 익숙해질 수 있게 메이드장인 베레타 씨가 아이 씨라는 분을 내게 붙여 주셨다.

이 저택에는 정말 다양한 장소가 있어서 혼자서는 길을 헤매기 십상이라고 한다.

아이 씨의 안내로 식당에서 치세 씨와 테토 씨와 아침을 먹은 뒤, 오늘 해야 할 활동을 시작한다.

“아이 씨, 오늘은 마법 연습을 하고 싶은데요…….”

“그러시다면 북쪽 전이문으로 안내하겠습니다.”

또다시 아이 씨의 안내를 받아 여러 전이문이 설치된 방으로 가서 북쪽 황야로 연결되는 전이문을 통과한다.

“여긴, 황야잖아…….”

「삼림을 재생하고 있습니다만, 현재는 저택을 중심으로 중앙부와 남부 방면을 위주로 진행 중입니다. 그래서 북부 방면은 아직 손길이 닿지 않은 황야입니다.」

“그렇군요, 여기서는 얼마든지 마법을 써도 되겠네요.”

「네. 가끔 주인님이 새로운 마법을 시험하시거나 테토 님과 베레타 님이 대련하시기도 하고 저희 메이드 부대가 자체 훈련을 할 때도 이곳을 사용합니다.」

메말라 거친 지면이 군데군데 전투 흔적이 남아서 구멍이 뚫려 있었다.

「그럼, 유이시아 님. 마법 단련 힘내십시오.」

그렇게 말하고는 정중하게 인사한 메이드 아이 씨. 금세 내게서 눈을 돌려 나를 따라온 쿠로 씨의 눈앞에서 고양이용 장난감을 꺼내 휘두르기 시작한다.

아이 씨의 애묘가 면모에 못 말린다는 듯 웃으면서 수련에 집중한다.

마법을 쏘아 한계까지 마력을 쓴 뒤에는 명상으로 마력을 회복한다. 그리고 다시 마법 연습을 반복한다.

이곳에는 쓰러뜨려야 할 마물이 없어, 마물 토벌로 레벨을 올릴 수 없기에 그저 마법을 반복해서 훈련하기만 한다.

지금의 마력량보다 조금이라도 늘려서 치세 씨와 테토 씨를 따라잡기 위해서――.

「유이시아 님, 잠시 괜찮으실까요?」

“하아, 하아……. 무슨 일이에요?”

마법 스킬을 단련하기 위해서라도 커진 마력량에 의존하여 마법을 쏘고 있던 나를, 아이 씨가 부른다.

「유이시아 님은 마력이 꽤 풍부하십니다만, 짐작건대 마법을 발동하는 것만으로도 마력을 소비하는 것은 힘들지 않으실까 합니다.」

"하긴, 맞아요……."

마력량이 한꺼번에 5만 마력까지 늘어서 한 번에 소비하기는 어렵다.

또 마법을 쓸수록【마력 제어】에 집중력이 쏠리는 바람에 정신적으로 피로하기도 해서 마력을 전부 소비하기가 힘들다.

그런 내게 아이 씨가 제안했다.

「마력만 효율적으로 소비하는 방법으로 자신의 마력을 외부로 방출하는 것이 있습니다.」

"마력 방출요?"

「네. 한 번에 많은 마력을 방출함으로써 마력 방출량을 확장해, 마법을 쓸 때 한꺼번에 사용할 수 있는 마력량을 늘리는 효과가 있습니다.」

"헤에, 그런 게 있군요."

서덜랜드에서는 마법 스킬 레벨을 올리는 것만 우선해서 마력을 방출한다는 생각은 해 본 적이 거의 없었다.

「그리고 이 땅은 마력 농도가 옅은 곳이 많기에 생물이 이주해 오기 위해서라도 마법을 그냥 쏘기보다는 단련하는 김에 마력을 방출해 주시는 편이 땅에도 좋습니다.」

"그렇군요……. 한번, 해 볼게요."

다만, 마법 훈련만 계속하면 지쳐 버리기에 어느 날은 치세 씨가 수집한 책을 읽으며 마법 지식을 쌓거나 치세 씨와 동행해 부유도 사람들과 환수들과도 교류를 돈독히 다졌다.

그리고 가끔은 숲속을 걸으며 약초를 채취하다 보면 머리에 경단이 붙은 골렘들이 약초 채취를 도와주었다.

그렇게 모은 약초로 만든 포션을 들고 치세 씨의【전이 마법】으로 근처 마을을 방문하면 조금이지만 돈을 벌 수 있었다.

로바일 왕국에서 지명 수배를 내렸을 것 같아서 유이라는 가명을 대면서 속세와는 단절된 생활을 보냈다.

그리고 그런 나날을 보내면서도 상태창의【노화 지연】이【불로】로 바뀌지 않았는지 확인하는 게 일과가 되었다.

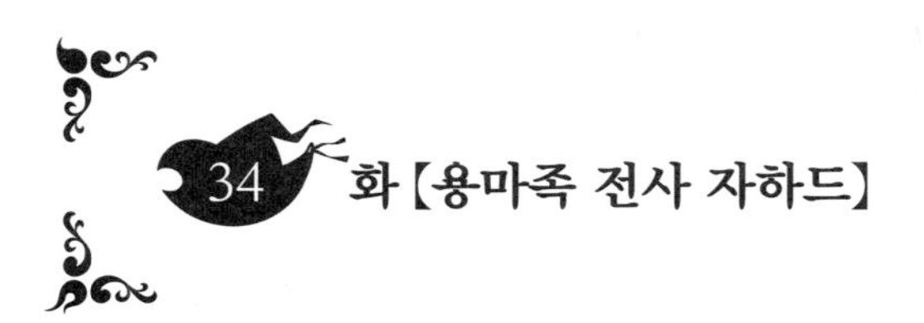

34화【용마족 전사 자하드】

【허무의 황야】로 돌아와서 베레타와 테토, 유이시아에게 부유도에 관한 정보를 공유한 다음 날, 우리는 베레타를 데리고 부유도로 전이했다.

부유도도 신들의 결계가 쳐져 있어 환수가 살아갈 수 있을 만큼의 마력 농도는 확보되어 있다.

「처음 뵙겠습니다, 녹청의 고룡 님. 저는 주인님을 모시는 베레타라고 합니다.」

「호오, 고대 마법 문명의 인형이 영혼을 얻어 마족이 되었구먼 그래.」

「네. 유적에 방치된 저를 주인님께서 구조해 주셨습니다.」

베레타가 고룡 큰할아버지와 인사를 나눈 뒤, 우리는 부유도를 조사했다.

조사에는 천사족 샤엘과 용마족 자하드도 동행해 주었다.

"어제 큰할아버지께 무엇을 부탁했는지 들었다. 그리고 네 녀석들에게 되도록 협력하라는 말도."

"소생들 중에도 이곳 생활에 답답함을 느끼는 사람이 있어서 지상으로 이주하는 건에 대해 호의적인 자도 있네."

마지못해 말하는 듯한 샤엘에 비해, 자하드는 용의 입으로 미소 지으며 호의적으로 얘기해 준다.

"당장 마녀 공의 토지로 이동해 사는 건가?"

"아니, 토지 준비도 아직 안 됐고 이 섬의 생활 양식이나 환수가 좋아하는 먹이 같은 걸 먼저 알려 줬으면 해."

"그거야 쉽지. 소생에게 묻고 싶은 게 있으면 무엇이든 물어봐 주게나."

자하드가 솔선해서 가르쳐 준 덕분에 우리는 부유도에 관해 배울 수 있었다.

일주일에 두 번, 부유도를 방문하여 불만스럽게 노려보는 샤엘의 시선을 받아 내면서 자하드에게 여러 가지를 배웠다.

환수들의 생활 환경을 재현하기 위해서 식물의 씨앗과 모종을 받거나 확인만 한 후에 【창조 마법】으로 그 식물의 종자를 만들어, 저택의 메이드 부대와 함께 【허무의 황야】에서 재배하기도 하고 나무를 심기도 하였다.

또 그들의 마을에 관해서도 배웠다.

부유도의 생활 양식은 땅의 마법으로 지은 석조 건축물이 많고 밭은 밀 농사 등을 중심으로 고룡 큰할아버지의 지식을 빌려 돌려짓기도 하고 있었다.

"밥은 뭘 먹어?"

"밀과 콩, 그리고 숲속에서 자라는 뿌리 식물이나 과일을 먹어. 그리고 천사 샤엘을 중심으로 천사족이 바다에 그물을 던져 생선을 잡기도 하지."

"헤에……. 대단하네."

부유도는 고도가 꽤 높은데, 해수면까지 내려와 고기잡이를 한 뒤에 부유도까지 돌아오는 천사족의 비행 능력에 놀란다.

"흥……. 이 부유도에는 가축에 적합한 동물은 이미 수백 년도 더 전에 멸종하고 말았어. 그래서 대신할 먹거리로 우리가 고기잡이를 나가서 생선을 잡는 거야."

"그렇구나, 고생이 많네."

"당연하지! 해수면에서 이 부유도까지 되는 높이를 왕복해야 한다고! 이 섬에서 가장 위험한 일이야."

그렇기에 그 일을 해내는 자신들 천사족에 자부심을 느끼는지도 모른다.

"하늘을 날 수 없는 소생들은, 주로 농사를 지으면서 생활해. 또, 아주 살짝 환수들의 은혜를 받아서 그거로 도구를 만들기도 하고."

예를 들어 자연스레 빠진 환수들의 엄니나 뿔을 갈아서 날붙이로 만들거나 발톱을 사용해 농기구를 만든다고 한다.

이 부유도에는 금속 광맥이 없어서 그런 생체 소재를 이용한 도구에 의존하고 있다.

주민들이 마법을 쓸 수 있어도 금속 자원이 없기에 어떻게 해도 문명 수준은 그에 걸맞게 낮아질 수밖에 없었다.

이 밖에도 환수들의 강인한 체모로 짠 그물과 망토는 천사족들이 고기잡이할 때 쓰기도 하고 부유도로 돌아올 때 생명선으로 쓰이기도 한단다.

그리고 우리가 부유도 밖에서 와서 숨어 있던 용마족 여성들

도 점차 모습을 드러내게 되었다.

그 용마족 여성들은 모두 자하드처럼 용의 머리가 아니라, 일반 용인과 매우 흡사한 모습이었다.

단지 몸을 덮는 비늘의 비율이 용인보다 좀 더 크고 체내에 마석이 있다는 것만 다르고 외견상으로는 차이점이 거의 없다.

그때 문득 로바일 왕국에서 읽은 설화 책이 떠올랐다.

"그러고 보니……."

"마녀 공, 왜 그러나?"

여성 용마족을 소개하던 자하드가 뒤돌아 묻는다.

"아니, 옛날이야기에 하늘에서 내려온 용인 미녀가 용인 청년과 결혼해서 영웅을 낳았다는 이야기가 있었다는 게 생각나서. ――【용사 도그린】이었나."

"호오, 흥미로운 이야기로군. 마녀 공, 소생에게 그 이야기를 들려줄 수 있을까? 꼭 듣고 싶네."

"그래, 좋아."

그리하여 나는 마법 가방에서 꺼낸【로바일 왕국의 설화집】을 펼쳐,【용사 도그린】을 읽어 내려 갔다.

내 목소리에 마을 주민이 여럿 모여들었다.

머지않아 이야기는 끝을 맺었고 나는 마무리하며 말했다.

"거짓인지 진실인지는 모르겠지만, 용인 용사 도그린의 자손이라는 사람과 만난 적이 있어. 그 사람이 말하기로는 도그린의 모친이 용의 비늘 펜던트를 가지고 하늘에서 내려왔다고 들었대."

로바일의 북부 항구 도시에서 길드 마스터로 있는 용인족 도글 씨를 떠올리면서, 이야기하는 김에 그 용의 비늘 같은 펜던트가 대대로 전해져 내려왔다는 것도 말했다.

이야기를 다 들은 용마족 주민들이 훌쩍훌쩍 울기 시작하길래 나는 왜 그러나 어찌할 바를 몰랐다.

"……소생들은 대대로 큰할아버지의 새로 자란 비늘을 부적으로 삼는다네."

그렇게 말한 자하드가 자기가 걸고 있던 용의 비늘 펜던트를 손바닥에 올리고는 이야기를 계속한다.

"부유도에서는 가끔 사람과 환수들이 발을 헛디뎌 섬에서 떨어지는 일이 있지. 소생들은 몸이 튼튼하고 마법도 쓸 수 있어서 추락하는 속도를 상쇄할 수 있어. 그렇대도 섬에서 떨어진 자는 다들 죽은 줄로만 생각했는데, 일족 중에서 누군가 운 좋게 밖에서 혈맥을 이어 준 자가 있었군……."

"그렇구나……."

나는 진지하게 얘기하는 자하드의 이야기를 듣고 고개를 끄덕였다.

"소생, 밖에서 일족의 피를 이은 자를 한번 만나 보고 싶네."

"그래……. 어쩌면 그 사람도 자기의 뿌리를 알고 싶어 할지도 몰라."

세계는, 뜻밖의 형태로 이어져 있다.

이 일이 용마족들이 이주를 긍정적으로 생각게 하는 계기가 되었다.

그리고 나는 숙연한 분위기를 떨쳐 버리고 다른 이들의 재촉에 부유도와 관련이 있는 다른 이야기도 들려주며 교류를 깊이 다졌다.

35 화【이주 계획의 궤적】

「주인님, 이주 계획의 진척 상황에 관한 보고서를 가져왔습니다.」

"고마워, 베레타. 바로 확인할게."

나는 저택의 일실에서 베레타가 올린 자료와【허무의 황야】의 상황을 확인했다.

"마력은 순조롭게 생산되고 있고 환수들이 살기 적합한 곳도 한창 조성 중인 거지."

「네. 가르드 수인국과 가까운 남서부의 수원지를 확장해 인공 샘을 만들었고, 그 주변 지형에 마법을 사용해 인공적으로 기복을 주고 식물의 씨앗과 모종을 심는 중입니다.」

"마을 예정지는 어떻게 되고 있어?"

「테토 님 감시 아래서 토양부터 만들고 있습니다. ……하지만 이미 테토 님의 체내에서 성분이 조정된 상태라서 당장이라도 작물을 심어도 됩니다.」

부유도에 사는 환수와 주민들을【허무의 황야】로 이주시키기 위해서 처음 1년은 서로를 이해하기 위한 사전 조사를 하는 데 썼다.

여러 가지를 배우고 부유도의 식생 중에【허무의 황야】로 들여

와도 문제가 없는지 등을 조사했다.

2년 차에는 부유도와 교류를 계속하면서 베레타가 한 제안을 받아들여, 실행하였다.

"——【허무의 황야】 전역의 지표면 조작?"

"뭔가 엄청나 보여요!"

소파에 테토와 나란히 앉아 있는데 베레타가 【허무의 황야】 전역의 지표면을 조작하자고 제안했다.

「현재, 【허무의 황야】의 환경은 초원과 인위로 조성한 삼림, 그리고 손길이 닿지 않은 황야뿐입니다. 하지만 만약 지형에 높낮이를 줄 수 있다면, 높낮이에 따른 다양한 환경이 생겨날 겁니다.」

고대 마법 문명의 폭주로 【허무의 황야】의 지표면은 기복이 적은 황무지가 되고 말았다.

그래서 지맥 제어 마도구를 통해 지진을 유발하여 지표면에 변화를 주자고 베레타가 제안한 것이다.

예를 들어 지면을 함몰시키면 팬 곳에 물이 괴어 샘과 호수 등의 물웅덩이가 된다.

고저의 차이가 생기면 그 토지를 따라서 하천이 생기고 지면이 광범위하고 얕게 가라앉은 곳에 물이 채워지면 습지와 늪지가 된다.

이 밖에도 입체적인 지형은 생물의 거처나 은신처가 되어 주기도 한다.

"테토나 곰 골렘들도 지표면을 움직일 수 있어요!"

테토 말대로 테토나 테토가 만든 머리에 경단이 달린 곰 골렘들이라면 약간씩일지라도 지표면을 조작할 수 있을 것이다.

「테토 님과 곰 골렘 다수라면 똑같이 지표면을 조작하실 수 있겠지요. 그러나 지맥 제어 마도구로 지진을 일으키는 편이 결과적으로는 마력 소비량이 적으리라 생각합니다.」

"그렇구나. 테토와 곰 골렘들에게 전부 맡기기보다는 지맥 제어 마도구로 지형을 대강 변화시킨 후에 테토와 곰 골렘들이 토지에 손을 대어 식림 계획을 실행하는 게 좋겠어."

그리하여 달에 한 번, 1년 동안 지표의 변화를 촉진하기 위해 지진을 유발한 결과, 토지에 다양한 환경이 생겨났다.

볕이 잘 드는 언덕이 생기고 지진에 의해 대지에 난 균열 몇 군데서 새롭게 물이 솟아나며 그 주변 일부가 호수와 습지대가 되었다.

"다들, 이 주변 땅을 살기 좋게 바꾸는 거예요~!"

「고──!」

「고──!」

「고──!」

그리고 변화한 대지에 테토가 지휘하는 곰 골렘들이 다양하게 손길을 더한다.

지표면의 변화에 맞춰 전년에 조사한 식물이 정착할 수 있게끔 적절한 곳으로 옮겨 심었다.

3년 차에는 앞으로 이주할 【허무의 황야】에 관해 알아주었으면 해서 샤엘과 자하드를 비롯한 섬의 대표자를 데리고 환수의 서식지가 될 토지와 그들의 새롭게 자리 잡을 마을 예정지를 보여 주고 초기 이주가 시작되었다.

"이곳이 당신들이 이주할 토지가 될 거야."

"모두의 새로운 집을 만들 장소예요!"

"——오오오오!"

"——와아아아!"

"——오오오오!"

끝이 보이지 않는 광활한 대지와 대지에서 넘쳐흐르는 물이 형성하는 샘과 물이 흐르는 개울을 보고 경악한다.

"이것이 대지! 이렇게 넓은 땅을 소생들이 쓰는 건가?!"

"응, 근데 마력 농도 문제로 마족들이 살기 편한 환경은 아직 그렇게 넓지 않아."

"그렇지만 다 같이 나무를 많이 심으면 더 살기 좋아질 거예요!"

나와 테토가 【허무의 황야】를 견학하러 온 이들에게 설명하면서 안내하니, 자하드를 포함한 견학단이 기뻐하며 여러 가지를 묻는다.

「고——!」

"으읏, 기괴한 흙덩어리군……. 지상 생물은 이런 것인가."

샤엘과 어떤 이들은 곰 골렘을 처음 보고 눈살을 찌푸리며 노려본다. 그 모습이 웃겨서 나는 작게 웃음을 뿜기도 했다.

그 후, 부유도와 마을 예정지를 【전이문】으로 연결해 사람들이 오갈 수 있도록 했다.

부유도에서는 한정된 토지로 농사를 지어야 했기에 신체 능력이 뛰어난 마족들은 농사일이 금세 끝나 시간이 남아돌았다.

지금까지는 빈 시간에 노래를 부르거나 가구를 만들거나 무예를 즐겼다고 한다.

하지만 지금은 일하면 일한 만큼 성과가 오르는 것이다.

그리고 그런 그들의 생활을 윤택하게 해 준 우리에게 은혜를 갚겠다고 메이드 부대의 봉사 인형들과 함께 【허무의 황야】의 식물 이식 작업을 도와주었다.

그러는 김에 삼림으로 들어가 과일이나 나무 열매, 약초를 채취해, 부유도에서는 귀중한 목재를 모아서 가지고 돌아갔다.

그리고 4년 차에는——.

"모두들, 이쪽이에요!"

「냐~.」

쿠로의 무리인 캐트시를 비롯한 소형 환수들의 이주가 시작되었다.

유이시아와 캐트시 쿠로가 선두에 서서 【전이문】을 통과해 소형 환수들을 【허무의 황야】로 유도한다.

【전이문】으로 나와서 처음 본 드넓은 대지에 환수들이 놀라며 주뼛주뼛 걸으면서도 끝없는 대지를 달리기 시작했다.

요정 개 쿠시는 땅과 쓰러진 나무에 큰 구멍을 파서 보금자리를 만들었다.

라타토스크는 가장 먼저 세계수 근처에 자리 잡고는 나무 열매를 부지런히 모았다.

쿠로의 무리인 캐트시와 카벙클들은 숲속에 풀어 주니, 번식한 쥐와 벌레를 노리고 날아온 작은 새를 잡아먹었다.

부유도에서는 생존하기 위해 고룡 큰할아버지의 아래서 짐승으로서의 본능을 억눌려야 했으나 여기서는 마음 편하게 살고 있다.

그리고 환수들뿐만 아니라 초기에 이주한 주민들 사이에서 잇달아 임신 소식도 들려왔다.

그것이 계기가 되어 순차적으로 부유도의 주민들이 조금씩 이주를 결심하였고 환수들도 차례로 각 종족에 맞는 환경으로 이주를 시작했다.

그중에서는 소 환수인 가우렌과 양 환수인 아리에스, 수리와 사자의 혼합 생물인 그리폰 등의 일부 환수들이 마을 옆에 살며 부유도 주민들과 공존하는 광경도 볼 수 있었다.

그렇게 5년 차가 된 현재――.

"마녀님, 마녀님, 조그매서 귀여워요~."

"그러게, 정말 사랑스럽다."

이주한 소형 환수들이 새끼를 갖는 데 성공하여 지금은 열심히 육아에 힘쓰고 있다.

그런 모습을 멀리서 바라보며 사랑스러운 환수의 모습에 나와 테토는 표정 근육이 느슨해졌다.

「그래? 환수 아이들이 새끼를 낳았다고. 이 땅에서는 더는 번식하여 개체 수를 늘릴 수 없으니 기쁘구나.」

그 이야기를 들은 고룡 큰할아버지는 기뻐하면서도 부유도에서는 마음껏 아이를 갖지 못하게 한 것에 쓸쓸해하는 모습도 보인다.

환수는 어렸을 적에는 마력을 흡수하여 자라고 마족인 천사족과 용마족도 마력 소비가 심하다.

그래서 부유도의 환수와 마족들은 모두 한정된 땅과 부유도 내의 마력 농도가 너무 옅어지지 않도록 본능적으로 개체 수를 조절했다고 한다.

그랬는데 환경적인 제한이 사라져, 환수뿐만이 아니라【허무의 황야】로 조기에 이주한 마족들 사이에서도 임신했다는 보고가 차례차례 올라온 것이다.

그러나 당연히 모든 것이 순조롭지만은 않다.

소형 환수들과 주민의 이주, 그리고 임신으로 인해 마력 소비량이 증가한 결과【허무의 황야】의 마력 농도가 일시적으로 정체되어 초조해졌다.

"부유도 주민과 환수들을 한꺼번에 받기는 힘드니까 마력 농도가 안정되는 대로 차례로 이주 예정인 주민과 환수를 받자."

「알겠습니다. 그러면 주인님께서는 대형 환수들이 통과할 수 있는【전이문】을 창조해 주시기를 바랍니다.」

"그래, 나도 알아……. 근데 그게 꽤 마력을 소모한단 말이지."

깊은 한숨을 내쉬며 머릿속에서 필요한 마력량을 계산한다.

【전이문】은 한 쌍의 마도구라서 두 짝 한 쌍으로 창조해야 한다.

최근 5년 동안【신기한 나무 열매】를 먹고 늘어난 내 마력은 약 50만 마력이 되었다.

일반【전이문】을 창조하는 데는 100만 마력이 필요하다.

그보다 더 큰 【전이문】을 창조하려면 어림잡아서 중형은 500만 마력, 대형은 1,500만 마력이 필요하다.

"하아……. 꾸준히 마력을 저장해 두자. 【전이문】 말고도 각지를 시찰하거나 여러모로 마력을 쓸 데가 있으니까. 【전이문】 창조하는 데만 쓰고 싶지 않아."

「게다가 예의 그 계획도 마력을 방대하게 준비해야 하니까요.」

이주 계획은 순조롭지만, 고민이 끊이지 않는다.

그때, 나와 베레타가 있는 방으로 테토와 유이시아가 찾아왔다.

"마녀님, 다녀왔어요, 입니다! 먹음직스러운 생선과 소금을 잔뜩 받아 왔어요."

"어서 와, 테토, 유이시아. 부유도는 어땠어?"

"저희가 가지고 간 식재료를 보고 다들 기뻐했어요."

「고――!」

「고――!」

「고――!」

부유도의 주민들도 【전이문】을 통과해 마을 예정지에서 밭을 일구거나 집을 지으며 【허무의 황야】의 메이드 부대원들과 물물교환 교류가 이루어지는 중이다.

오늘 그 물물교환 교류에 테토와 유이시아가 다녀왔고 곰 골렘들이 짐꾼 노릇을 해 주었나 보다.

우리가 제공한 건 메이드 부대가 가꾼 농작물과 농작물로 가공한 식품, 【창조 마법】으로 창조한 금속제 도구 등이다.

특히 설탕이나 과일, 설탕으로 졸인 잼 등은 부유도에서는 입수하기 힘든 단맛이라 인기가 좋다.

또 유리 제품인 잼을 담았던 빈 유리병은 부유도 사람들이 만들기 어려운 물건이라서 잼을 다 먹고 나서도 식기나 꽃병 대신으로 사용하며 귀하게 여긴다고 한다.

뭐, 물물교환이라고는 하지만 거의 이주한 뒤의 생활을 고려해서 그들 자신이 만들 물건의 견본을 건네고 있을 뿐이다.

내놓을 게 적은 부유도 주민들은 자연히 빠진 환수들의 엄니나 발톱 등으로 교환하려 했지만, 너무 고가이기에 우리 쪽에서 거래를 거부했다.

만약 우리와 물물교환하던 그대로 외부와 접촉하면, 그들은 호구가 되고 말 것이다.

그런 의미로 바깥세상과 접촉하는 연습도 할 겸 물물교환 방식을 이용해 조금씩 물건의 가치를 익히도록 하고 있다.

그렇게 간접적이지만 천천히【허무의 황야】에서 제공할 수 있는 물건에 익숙해지게 하면서 이주 계획을 진행 중이다.

이주 계획을 성급하게 추진하면 부작용이 생길지도 모른다.

그래서 신중하게, 주의 깊게, 원만하게 그들의 생활과 융합하도록 검토하고 지켜보며 실행해 나갔다.

그러나 이렇게 무던히 주의를 기울인 이주 계획도 이주파와 보수파의 두 파벌이 탄생하는 건 피할 수 없었다.

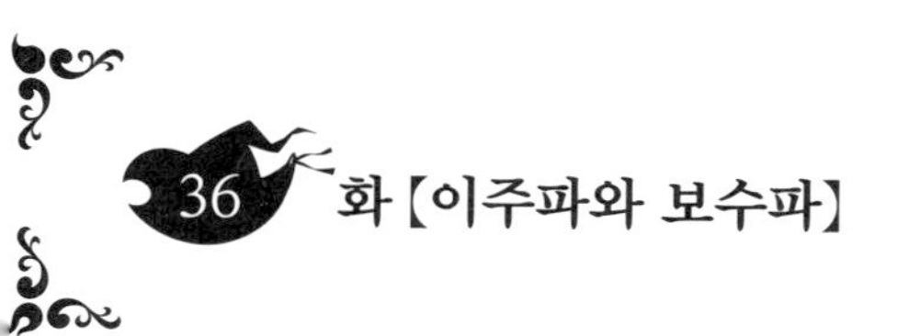

36화【이주파와 보수파】

많은 환수가【허무의 황야】로 옮겨 오기 시작하던 중에 일부 노령 환수들은 고룡 큰할아버지 곁에서 멀어지기를 꺼려 부유도에 남는 모습을 보였다.

그에 대해서 고룡 큰할아버지는――.

「젊은이가 새로운 땅에서 종을 발전시키고, 늙고 살날이 얼마 남지 않은 자들은 나를 걱정하여 남는다면, 함께 평온한 죽음을 맞이하는 수밖에.」

고룡 큰할아버지가 기쁜 듯이, 그리고 쓸쓸하기도 한 듯이 읊조린다.

이 부유도는 섬의 중심에 있는 부유석과 고룡 큰할아버지의 마력으로 공중에 떠 있다.

그리고 고룡 큰할아버지의 영혼은 1,200년 이상을 섬의 부유석과 깊이 이어져 있어, 부유도에 매인지라 떨어질 수가 없다.

만약 부유도의 모든 환수와 주민들이 떠나면 부유도에는 고룡 할아버지 혼자 남게 되는 것이다.

이를 걱정한 건 환수들뿐만이 아니라 주민들도 마찬가지였다.

"네 녀석들에게는 긍지라는 게 없나?! 고룡 큰할아버지께 보호받으며 산 나날의 은혜를 잊은 거냔 말이다! 이 배신자들!"

"배신하지 않았고 큰할아버지를 잊은 적도 없네. 그렇지만 큰할아버지가 먼저 마녀 공에게 부탁하셨어. 소생들의 종족이 발전할 수 있게 도와 달라고. 그리고 종족의 발전은 우리 아이들을 풍족하게 해 줄 것이야."

"예전처럼 살던 대로 사는 게 뭐가 불만인 거냐!"

"불만 같은 건 없어. 하지만 알아 버렸지. 섬에서는 구할 수 없는 여러 가지를. 그리고 그것을 우리가 만들어 낼 방법을. 그러니 쓰지 않을 수 없어."

"그딴 건! 그 마녀의 독이다! 긍지 높은 우리를 함락하려는 맹독이라고!"

부유도의 이주파는 용마족 자하드를 중심으로 한 청년층이 많다.

청년층은 내가 파견하는 봉사 인형들이 운영하는 야외 수업에서 가르치는 공부, 유이시아와 교류하며 듣는 왕도나 지상의 이모저모를 통해 바깥세상을 의식하기 시작했다.

또 가장 영향이 컸던 건 식사의 변화이리라.

계기는 사소한 것이었다.

유이시아가 가지고 간 설탕을 사용해 만든 쿠키를 마족 아이들과 나눠 먹은 것.

부유도에서는 채굴할 수 없는 금속제 도구를 쉽게 구할 수 있는 것.

빗물을 모으거나 마법으로 저장하던 물이 【허무의 황야】에서는 대지에서 콸콸 솟아나는 모습을 본 것.

광활한 토지에서 스스로 만족스러울 만큼 작물을 기르는 것.

새롭게 맛본 단맛 등을 비롯한 먹거리, 철, 물. ──그리고 넓은 농지까지. 이것만으로도 그들의 의식은 크게 바뀌었다.

그 외에도 여러 가지가 그들의 생활을 침식했다.

"나는, 나는 절대 인정 못 해!"

이러한 이주 계획이라는 이름의 문화 침략을 걱정하고 두려워하는 보수파의 샤엘이 언성을 높이지만, 그래도 의견을 번복하지 않는 자하드를 보고 분하다는 듯 뒤돌아 날아간다.

"……마녀 공, 나와 주지 않겠나? 소생들의 대화를 들었지?"

"알고 있었구나. 우리가 부유도에 개입한 탓에……. 미안해."

그늘에서 몰래 엿보고 있던 우리는 샤엘이 떠난 뒤에 자하드 앞에 모습을 드러냈다.

그리고 5년간의 교류로 분간할 수 있게 된 용마족들의 표정에서 씁쓸함을 읽었다.

"사과하지 마시게, 마녀 공 일행 때문이 아니야. 그리고 마녀 공이 아니라 다른 누군가가 부유도에 왔다면 지금처럼 평온하게 지냈을지는 모르는 일이지."

자하드의 말처럼 세계에 마력이 가득한 장래에는 부유도가 어딘가의 대륙에 내려앉거나 아니면 마법 기술이 발달하여 비행을 터득한 사람들이 부유도에 올라탔을지도 모른다.

그때, 환수와 주민인 천사족과 용마족을 노예나 귀중한 생물 견본으로 끌고 갔을지도 모를 일이다.

그렇게 되면 이들은 혈쟁의 길을 선택했으리라.

"마녀 공은 소생들에게 지식을 나누어 주지만, 결코 듣기 좋은 얘기만 해 주는 게 아니라 나쁜 얘기도 해 주네."

"그게 왜? 지식은 한 가지 측면만 알면 본질이 보이지 않으니까 여러 시점에서 가르쳐 줄 뿐인걸."

"하나, 그 지식이 무지했던 소생들을 지킬 힘이 되지 않은가. 감사하고 있어."

그렇게 말한 자하드는 고개를 숙여 인사한 후, 땅에 털썩 주저앉아 깊은 한숨을 내쉬었다.

"샤엘의 말도 이해해. 편하지는 않아도 즐거웠던 나날에 그리운 기분이 들기는 하지. 사람이란 건, 참 간사하구나."

——무지했기에 행복했던 걸까.

——바깥세상의 지식을 알았으니 더 행복해지지 않을까.

그런 욕심이 생겼다며 자하드가 자조하며 웃는다.

낮게 중얼거리는 자하드의 말을 가만히 들은 우리 사이에 잠시 침묵이 이어졌다.

SIDE: 천사족 샤엘

"젠장, 자하드는 왜 모르는 거야. 우리의 긍지 높은 전통과 문화가 파괴되고 있단 말이다!"

1,200년 동안 평화롭고 변함없던 부유도에서의 생활은, 요 몇 년 사이에 급변했다.

마녀라는 존재가 만들어 내는 도구와 수많은 먹거리는 우리

문화를 쉽게 파괴한다.

우리의 전통적인 식사가 얼마나 변변찮고 검소했는지 일부러 보여 주는 듯한 설탕과 향신료 등을 넣어 조리한 식사.

그리고 여전히 속행 중인 해수면까지 내려가 그물을 던지는 천사족의 전통적인 고기잡이는, 섬 주민들이 바라서 하는 게 아니라 이제는 마녀와 물물교환하기 위한 물품 제공 작업에 지나지 않는다.

【전이문】을 통과한 곳에 있는 넓고 큰 대지에서 농작물을 기르고 마녀의 숲에서 산나물과 과일을 주울 수 있어서 예전처럼 식량이 부족한 경우는 줄었다.

그 밖에도 환수의 엄니와 발톱, 몸털 등과 물물교환을 하려 했으나 마녀는 거래를 거부했다.

머지않아 부유도의 모든 환수가 마녀의 땅으로 이주할 테니, 굳이 교환하여 손에 넣을 필요가 없다는 뜻일까.

용의 전사들은 마녀와 교류하면서 부유도에서는 절멸해 버린 가축인 닭을 구했다.

이제 달걀을 정기적으로 얻을 수 있어 천사들이 잡는 생선의 가치는 상대적으로 떨어졌다.

위험하고 수확이 적은 고기잡이보다 마녀의 땅에서 민물고기를 잡기로 한 천사들도 있다.

"이대로 가다가는 섬에 사람이 남지 않게 될 거야. 그러면 큰할아버지가 혼자가 되시잖아!"

지금은 이주에 보수적이거나 큰할아버지를 걱정해서 섬에 남는 쪽으로 고려하는 자도 있다.

하지만 그들은 큰할아버지의 설득과 마녀의 감언에 넘어가 조금씩 이주에 긍정적으로 바뀌고 있다.

"어찌하면 좋단 말인가. 내가 이 섬을 지키려면 뭘 해야 하지. 가르쳐 주십시오, 루리엘 님……."

나의 선조이신 사도가 모시던 오래된 여신상에 기도를 바쳤다.

오랜 세월이 흐르며 【상태 보존】 마법도 사라져 낡아진 우상은 이미 손발과 날개가 떨어졌다.

그래도 내가 매달릴 수 있는 건, 이런 헐고 헌 우상밖에 없었다.

그리고 나의 기도에 답한 어떤 이의 목소리가 들렸다.

「나는, 여신 루리엘 님의 사자. 내가 수호하는 아이들에게 화근을 남기지 않기 위해, 도와주겠노라.」

그 목소리는 천사족의 선조인 사도에게 씌었던 천사의 것이었다.

사도께서 돌아가신 뒤, 천사족들을 지켜보는 수호천사가 된 그가 손을 빌려주어서 나는 마녀에게 대항할 힘을 얻었다.

37화【유이시아의 성장】

나와 테토가 부유도의 이주민 수용에 힘쓰는 한편, 유이시아도 매일 마력을 한계까지 사용하여 마법을 반복해 연습하고 위력을 높이는 데 매진했다.

나는【불로】가 되지 않아도 괜찮다고 생각하기에 유이시아에게는【신기한 나무 열매】를 주지 않고 있다.

그래도 당사자의 수련과 마력 소비로 인해 최근 5년간의 마력량 추이가 경이로운 성장을 보였다.

이름: 치세(전생자)

직업: 마녀

칭호:【개척촌의 여신】【A등급 모험가】【흑성녀】【하늘을 나는 양탄자】【여신 리리엘의 사도】【고룡의 맹우】

Lv.92

체력 4000/4000

마력 254310/517790

스킬【장술 Lv.5】【원초 마법 Lv.10】【신체 강화(剛化) Lv.2】【조합 Lv.6】【마력 회복 Lv.10】【마력 제어 Lv.10】【마력 차단 Lv.9】기타 등등…….

고유 스킬【창조 마법】【불로】

【유이시아(인간)】

직업: 수습 마녀

칭호:【D등급 모험가】【마녀의 제자】

Lv.34

마력 155200/155200

스킬【격투술 Lv.4】【물의 마법 Lv.8】【불의 마법 Lv.6】【바람의 마법 Lv.3】

【신체 강화(強化) Lv.6】【조합 Lv.5】【마력 회복 Lv.4】【마력 제어 Lv.7】

기타 등등…….

고유 스킬【노화 지연】

유이시아의 마력량이 5년 만에 5만 마력에서 15만 마력으로 경이로운 발전을 보이며 스킬 레벨도 종합적으로 다 올랐다.

한편 나는, 격투 스킬을 연마할 필요가 없었기에【신기한 나무 열매】를 먹어 늘린 마력량 외에는 능력치에 딱히 큰 변화는 없었다.

이 정도 레벨까지 성장하면 마물을 많이 잡아도 레벨이 좀처럼 오르지 않는다.

그리고 오늘은——.

"갈게요, 치세 씨."

"그래, 언제든."

이 5년 동안에 장비를 새롭게 맞춘 유이시아가 완드를 손에 들었다.

나는 예전부터 쓰고 있는 떡갈나무 지팡이를 들고 맞선다.
내 마력량은 50만이지만, 오전에 마력을 소비할 작업이 있어서 25만 마력이 남았으며 지팡이에는 특수한 효과가 없다.
그에 비해 유이시아의 마력량은 15만으로, 새로이 만든 지팡이에는 환수의 소재를 쓴 덕에 수속성 마법의 증폭률이 높다.
현재, 물의 마법에 한해서는 나보다 더 힘이 세다는 뜻이다.
"마녀님, 힘내요~, 유이시아도 힘내요~!"
「냐~.」
「쿠로 님, 위험하니까 제 손에 얌전히 계세요.」
조금 떨어진 곳에서는 테토와 쿠로, 그리고 유이시아의 시중을 들게 된 메카노이드 아이가 응원하고 있다.
"하아아아앗. ──《아이스 랜스》!"
응원을 받은 유이시아가 선수 필승이라는 듯 100개가 넘는 얼음 창을 만들어 내는 것을 시작으로 모의 전투를 시작한다.
이번 모의 전투에서는 우리 둘 다 대미지를 자기 마력으로 대신하는 【창조 마법】으로 창조한 마도구를 몸에 달았다. 그러나 구경꾼에게는 서로 죽일 것 같은 규모의 마법을 주고받는 것처럼 보인다.
공기가 얼고 대지가 도려지며 주위에 죽음의 기운이 감돈다.
"성장력과 물의 마법 적성은, 나보다 뛰어나네. ──《멀티 배리어》!"
지상에 내려선 채로 유이시아의 마법을 상쇄하고 결계 마법을 두껍게 전개하여 방어한다.

나도 반격하여 마법을 쏘니, 유이시아도 마법으로 상쇄하려 한다.

그러나 내 마법이 그 틈을 타 유이시아에게 맞는다.

유이시아가 결계 마법을 전개해 대미지를 줄이려 하지만, 결계가 뚫려 유이시아의 마력이 크게 깎여 나간다.

"하아, 하아……. 이게 저의 전력입니다! ──《아이스 에이지》!"

내 마력을 단번에 확 깎으려 유이시아가 얼음의 범위 마법을 발동했다.

산만 한 얼음덩어리가 쏟아져 내리고, 무수한 얼음 기둥이 땅에서 솟구치고 얼어붙은 땅과 눈보라의 잔재인 하얗게 쌓인 눈이 주변을 온통 뒤덮었다.

마법사 한 사람의 손에 의해서 벌어진 광경이라고 생각하면 무시무시하다.

"오오, 이 마법은 테토도 꽁꽁 얼겠어요."

우리의 모의 전투를 관전하던 테토의 태평한 한마디가 울려 퍼진다.

【허무의 황야】의 황무지에는 유이시아가 만들어 낸 얼음 세계가 펼쳐지고 주변에 냉기와 정적이 퍼졌다.

"하아, 하아……. 제가………… 졌네요."

전력을 쥐어짠 유이시아의 어깨에 내 지팡이가 얹혔다. 유이시아가 숨을 헐떡거리며 자리에 주저앉는다.

유이시아가 조건적으로 유리하지만, 나는 아직 여력이 남았다.

"수고했어. 공격 마법의 위력은 더할 나위 없지만, 결계 마법

숙련도가 낮아서 방어에 빈틈이 생긴 게 앞으로 해결해야 할 숙제겠어. 그리고 마지막에 너무 조바심 냈어. 방어용 마력까지 공격으로 돌리는 건 악수를 두는 거니까 주의해."

유이시아와 치른 모의 전투에서 발견한 문제점을 짚자, 유이시아가 눈썹꼬리를 내뜨리며 묻는다.

"마지막 마법은 어떻게 피하신 거예요? 범위 마법이었는데요."

방금 그건 유이시아가 서덜랜드 가문의 저택에서 썼던 거대한 얼음덩어리를 만들어 내는 마법을, 상급 마법으로 승화한 기술이다.

마법에 닿은 사람을 모조리 얼려 버리는 마법을 뚫고 어떻게 자기 뒤로 돌아왔는지 궁금한 모양이다.

"【전이 마법】의 단거리 전이로 네 뒤로 돌아왔어. 봐, 이런 식으로. ──《쇼트 점프》."

가볍게 발을 내디딤과 동시에 눈으로 볼 수 있는 곳으로 전이하는《쇼트 점프》를 써 보이니, 유이시아가 메마른 웃음을 터트린다.

대규모 공격을 막아 내기보다 요소요소로 회피하는 편이 효율이 좋다.

"역시 치세 씨는 못 당하겠네요."

"5년간 엄청나게 성장했어. 근데 범위와 위력이 큰 마법은 범용성이 뚝 떨어져."

"범용성……이요?"

예를 들어, 더운 날에 시원해지고 싶을 때는 얼음덩어리를 만들어 내거나 산들바람을 일으키는 마법을 쓰면 충분하다.

이 외에도 산불이나 화재가 발생했을 때, 불을 소화하기 위해 물로 막거나 비를 내리는 마법으로도 충분한 것이다.

"유이시아가 범위 마법을 다룰 수 있도록 노력한 건 칭찬해. 하지만 과해. 마물 집단 폭주를 진압하거나 전쟁할 때 정도밖에 쓸 일이 없어."

"만약 숲에서 쓰면 숲이 엉망진창이 돼요."

함께 생활하면서 우리가 삼림 등의 자연을 소중히 여기고 맨땅에서 삼림을 조성하려 애쓰며 엄청난 시간을 들인 것을 안다.

유이시아는 그렇게 오랜 시간을 공들여 조성한 자연을 쉽게 파괴할 수 있는 마법을 익힌 것을 깨닫고 또다시 몸을 떨고 있다.

"치세 씨, 테토 씨. 마법은, 역시 무섭네요."

"그래. 그래서 극도의 범위 마법은 용도가 제한적인 거야. 그러니까 범위 마법에 쓴 마력을 좀 더 좁은 범위의 고밀도 마법으로 구성하는 것도 수단 중 하나지. 내가 유이시아의 결계를 뚫은 것처럼 상대의 방어를 꿰뚫는 마법도 필요해."

범위 마법은 광범위하고 화려하여 약한 상대를 무수하게 상대할 때는 유효하다.

하지만 단독으로 강력한 상대한테는 공격을 성공시키려면 그에 적합한 마법을 쓰는 편이 효율적이다.

"이를테면, 이렇게. ――《아이스 쏜》."

나는 유이시아가 쓴 범위 마법의 반 정도 마력으로 얼음 돌멩이를 만들었다.

그 돌멩이를 땅으로 던지자, 가시처럼 퍼져서 압도적인 냉기를 살포한다.
“예쁘다…….”
“만지면 손가락이 잘릴 거야.”
“히익?!”
황급히 손을 뺀 유이시아가 보고 있는 얼음 가시에는 저주와 똑같은 성질을 부여하였다.
상대의 방어를 깎는 게 아니라, 관통하여 신체에 파고들어 몸속에서부터 얼음 가시로 육체를 상하게 해, 냉기로 주요 혈액과 장기 등을 얼린다.
겉으로 보기에는 아름다운 얼음 가시지만, 살상력이 매우 높은 마법이다.
이런 마법을 계속 남겨 두면 위험하므로 나는 손을 가볍게 흔들어 마력 공급을 끊어 마법을 없앴다.
“역시 치세 씨의 마법은 굉장해요. 그에 비해서 저는 아직 멀었어요. 게다가 아직【불로】스킬도 못 얻었고…….”
자신 없이 말하는 유이시아는 여전히【불로】스킬을 얻기를 고집한다.
내가【불로】스킬을 얻은 건 5만 마력을 넘었을 때였는데【불로】스킬을 습득하는 마력 크기의 조건에 개인차가 있는지, 아니면 또 다른 조건이 있는 건지.
초조해하는 듯한 유이시아에게 내가 물었다.
“유이시아, 전에 궁정 마술사가 되고 싶다고 했는데 이유가 뭐랬지?"

"이유는…… 돈을 많이 벌고 돌아가신 아버지와 어머니를 안심하게 해 드리는 훌륭한 마법사가 되는 거라고 했었죠."

"그럼, 훌륭한 마법사의 정의는 뭐야? 강한 공격 마법을 쓸 수 있으면 돼?"

내 질문에 머리를 좌우로 가볍게 젓는다.

"아니라고, 생각해요. 치세 씨, 제가 잘못하고 있었던 건가요?"

되묻는 유이시아를 보고 살짝 짓궂은 질문이었나 하고 생각한다.

"틀리지 않았어. 근데 내가 생각하기에는 훌륭한 마법사란, 사람을 위하는 마법사야."

"마녀님이, 늘 실천하는 일이에요! 곤란한 사람을 도와줘요!"

"사람을 위해……. 해 오시던 일과 다른 게 없잖아요."

못 말린다는 듯 웃는 유이시아.

부유도의 주민들과 교류하다 보면 부탁을 받는 일이 있다.

아이가 열이 났으니 약을 만들어 줬으면 한다.

자신들의 힘이 바깥세상에서 얼마나 통하는지 시험해 보고 싶다.

바깥세상에 있는 편리한 도구를 알려 달라.

새로운 마을을 만드는 걸 도와줬으면 좋겠다.

숲속에서 다친 환수들의 요구에 회복 마법으로 치료를 해 주기도 했다.

이것들은 마법과 마력을 조금만 써도 할 수 있는 훌륭한 일이다.

"그러면 앞으로 유이시아의 숙제는 사람에게 도움이 되는 마법을 궁리하는 거네."

"도움이 되는 마법을 궁리하라고요?"

내가 힘차게 고개를 끄덕인다.

현시점의 유이시아는 실전 경험은 C등급 마물과 싸운 경험 정도지만, 실력으로 치면 초일류일 것이다.

다만 그저 파괴하고 살상하는 공격 마법만 다루면 주위 사람들이 두려워해서 고독해진다.

그렇기에 편리한 마법과 생활을 윤택하게 하는 마법, 그런 도구를 만들어 내는 마법 기술을 익혀야 사람들의 두려움을 줄이고 인생의 질을 높이는 길로 이어진다고 생각한다.

"마녀님도 곤란할 때는 항상 마법으로 도구를 만들어 내고 있어요."

"뭐, 편리하지. 【창조 마법】은……."

유이시아에게는 궁리하라고 했지만, 나는 그것을【창조 마법】으로 창조하기에 궁리하는 과정이 존재하지 않는다. 그게 좀 치사한가 싶다.

성실한 유이시아는 그 자리에서 중얼중얼하기 시작했다.

그 후, 마법 수련은 계속해도 마법을 궁리하는 방향성이 적성에 맞았나 보다.

유이시아는 본바탕이 성실해서 꾸준히 마법 기초 연구를 반복할 수 있고,【노화 지연】스킬로 인해 장기간 연구와 방대한 마력으로 실험을 반복할 수도 있다.

더욱이 개인적으로도 마법사로서 솜씨나 기량이 뛰어나서 연구 자금을 버는 데 어려움이 없다.

이것은 모험가이면서도 마법 연구가인 유이시아의 진로가 결정된 순간이기도 했다.

38화【수확제와 결투】

환수들이 서서히 이주하고 부유도 주민들도 집을 새로 지어서 생활 기반을【허무의 황야】로 옮겼다.

이주에 보수적인 주민과 고룡 큰할아버지를 걱정하는 환수들이 남으려는 상황에, 나는 한 사람씩 만나서 이유를 묻고 불안을 조금씩 해소했다.

고룡 큰할아버지가 걱정이라는 주민――.

오래 살아서 정든 집과 이별해야 하는 게 아쉬운 주민――.

아내의 묘 대신 심은 나무를 남겨 두고 갈 수 없다는 주민――.

늙고 병든 자기가 다른 사람에게 폐를 끼치기 전에 일찍 죽는 게 낫다는 주민――.

이렇게 한 사람, 한 사람 진득하게 얘기를 듣고 불안의 원인을 찾아 타협점을 조율하는 중이다.

그리고 이주 계획 5년 차의 늦가을――.

「이야, 경사로다. 올해도 축제를 열 수 있다니――.」

매년 가을 수확제 시기에는 부유도에서도 조촐한 축제를 열어왔다.

이미 일부 주민들이【허무의 황야】에서 살기 시작하면서 새 생명이 줄지어 태어나는 와중에 부유도의 마을 한가운데서 수확

제가 열렸다.

고룡 큰할아버지도 얼굴을 비추고, 이주한 주민과 환수들은 전이문을 통해 건너와 갓난아기와 새끼 환수를 보여 주러 왔다.

「경사스럽구나. 이제 나도 마음을 놓을 수 있겠어.」

"큰할아버지, 오래 사시면서 소생들을 지켜봐 주셔야지요."

「그래야지, 마녀 공도 대책을 마련 중이라 하니 기대가 되는구나.」

큰할아버지가 한쪽 손으로 술통을 들어 올려 한 번에 털어 마신다.

주민들이 3년 전부터 자기들끼리 빚은 술이다.

아직 좀 잡맛이 섞였지만, 그래도 다들 맛있게, 즐겁게 마시고 있다.

"올해도 무사히 축제를 열어 다행이야."

"게다가 올해 요리는 작년보다 맛있어요!"

나는 조금 떨어진 곳에서 축제를 즐기는 모습을 바라보며 테토가 가져다준 요리를 맛있게 먹었다. 주위에서 아이들의 새된 목소리가 울려 퍼진다.

또 1년을 보냈구나 싶다.

유이시아는 어김없이 아이들이 잘 따르는지, 축제용 과자를 나눠 주며 걷고 있다.

그런 화목한 축제 분위기 속에서 험상스러운 표정을 한 사람들이 나타나, 주민들 사이에 긴장감이 감돈다.

"——샤엘."

5년간 샤엘을 필두로 여전히 보수파를 일관하는 주민들이 찾아왔다.

이주파 주민과 환수들 사이에는 잇달아 좋은 소식이 생기는 한편, 보수파 사람들은 계속 강경한 태도로 나오는 탓에 다른 주민들이 조금 거리를 두고 있었다.

그러한 보수파 주민이 축제 자리에 나타나 무슨 짓을 하려나 싶어 긴장한다.

"……마녀여! 나는, 너에게 결투를 신청하는 바다!"

창끝을 내게 겨눈 샤엘이 소리 높여 선언하자, 이번에는 이주파 주민 중에서 자하드가 대표로 목소리를 높인다.

"샤엘! 은인인 마녀 공에게, 대체 무슨 짓──."

"좋아. 그 결투 신청, 받아 주지."

"──뭐?!"

나는 항의하는 자하드의 말을 자르고 샤엘과 보수파들의 결투 신청을 받아들였다.

"그럼, 요구를 들어 볼까?"

나는 마법 가방에서 【마법 지팡이 비취】를 꺼내고 고개를 갸웃하며 샤엘에게 물었다.

"이미 이주하겠다고 결심한 녀석은 상관없어. ──하나! 이 이상 지상으로 이주토록 권유하거나 부유도의 일에 간섭하지 마라!"

샤엘의 요구는 요컨대, 보수파 주민들을 가만히 내버려 두라는 내용이었다.

그래서 나는——.

"그러면 내가 이겼을 때는, 당신들 보수파 사람들이 한 번은 내 얘기를 들어주길 원해."

"흥, 우리에게 무작정 이주를 명하지 않는다니, 꽤나 미온적인 요구로군!"

그렇게 말하며 도발적으로 웃는 샤엘이지만, 나는 그저 딱 한 번만이라도 제대로 이야기를 하고 싶은 것이다.

5년 동안 어떤 이주 계획을 위해 움직이며 보수파 사람들에게 말을 붙여 보려 했으나 샤엘을 포함한 보수파들은 모두 완고한 태도로 들으려 하지 않았다.

나와 샤엘의 결투를 주민들이 걱정스러워하며 바라보는데 고룡 큰할아버지가 한 발 앞으로 나온다.

「——그렇다면, 내가 결투의 시작을 선언하지. 양측, 준비!」

고룡 큰할아버지가 공평한 심판으로서 나와 샤엘을 한 번씩 봤다.

「——시작!」

"축제 한복판에서 격한 결투를 벌일 마음은 없다! 따라와라!"

"그래, 갈게. ——《플라이》!"

하얀 날개로 날갯짓하여 상공으로 날아가는 샤엘. 나도 쫓아서 지팡이에 올라타 날아오른다.

"여기까지 오면 주위에 피해가 갈 일이 없지! 자, 가겠다!"

「좋아, 덤벼! ——《멀티 배리어》!」

상공까지 올라온 샤엘이 날개를 뒤집어, 나를 향해 창을 내밀며 날아온다.

나는 비행 상태 그대로 샤엘을 향해 손을 치켜올리고 정면으로 다중 결계를 쳐서 막는다.

급강하로 인한 가속으로 힘이 묵직하게 실린 창끝이 결계 몇 장을 깨는 데는 성공했지만, 나한테까지는 닿지 않고 둥근 결계 모양을 따라 넘어간다.

"아직 안 끝났다! 하아아앗! ──《윈드 커터》!"

"전부, 뿌리쳐 주지!"

지팡이로 비행을 유지하는 내 아래쪽으로 돌아 들어온 샤엘이 사각지대가 되기 쉬운 밑에서 바람 날을 발사하면서 따라붙는다.

나는【마법 지팡이 비취】를 가속하면서 날아오는 바람 날을 피하지만, 비행에 특화한 천사족 샤엘이 더욱 뒤쫓는다.

"놓칠까 보냐! ──《에어 컴프레션》!"

샤엘이 내가 날아갈 곳을 예측해, 진행 방향의 공간의 공기를 압축하기 시작한다.

"터져라!"

"큿, 꺅?!"

그리고 압축된 공기가 한 번에 터져, 해방된 공기가 나를 덮치는 바람에 공중에서 균형을 잃고 지팡이를 놓쳐 버렸다.

둘러 두었던 다중 결계도 몇 장 깨지고 지상에서 지켜보던 주민들이 비명을 지르지만──.

"──《어포트》!"

손에서 떨어진 지팡이를 불러들여 쥐는 동시에 공중에서 가속한다.

그 직후, 낙하하는 나를 향해서 샤엘이 날린 추격하는 바람 날을 피해 다시 지팡이에 올라탄다.

"후, 방금은 좀 간담이 서늘했어. 공기 압축 폭발이라. 잘 안 보였어."

혼자 중얼거리는데 샤엘이 추격하며 외친다.

"나를, 우리를 모욕하는 건가?! 이건 서로의 신념을 건 결투다! 나를 공격해라! 그러지 않으면, 죽이겠다!"

다시 가속하여 창으로 나를 꿰뚫으려 하는 샤엘에게 내가 마법을 사용한다.

"——《사이코키네시스》."

돌격해 오던 샤엘의 바로 옆 방향에서 염동력의 보이지 않는 손을 휘두른다.

"꺅?! 뭐, 뭐야?!"

이번에는 샤엘이 공중에서 균형을 잃고 무슨 일이 일어났는지 확인하기 위해 주변을 둘러본다.

나는 샤엘의 움직임이 멈춘 그 순간을 노렸다.

"——《사이코키네시스》."

"큭, 몸이 안 움직여! 마녀! 이것도 네 짓이냐!"

염동력으로 움직이는 보이지 않는 손이 샤엘을 붙잡아 구속한다.

그리고 내가 치켜든 손의 움직임에 맞춰 구속한 샤엘을 움직이니, 샤엘이 나를 쏴 죽일 듯이 노려본다.

"나는 마녀를 죽일 생각으로 공격을 퍼부었는데 마녀는 나를 날벌레처럼 쉽게 제압해 잡는군. 네 녀석은 우리가 그 따위 가치밖에 없다고 하고 싶은 건가!"

"아니, 무슨 그런 피해망상을……."

그저 예전부터 최대한 사람을 다치게 하지 않게 해 왔기에, 염동력 손으로 붙잡았을 뿐이다.

게다가 샤엘이 돌격하는 기세가 무시무시해서 정면으로 막아내기에는 위험할 것 같아 염동력으로 옆에서 힘을 가해 저지한 것이다.

"우리는, 납득할 수 없다! 고룡 큰할아버지를 남겨 두고 다른 곳으로 이주하다니! 큰할아버지의 영혼은 부유도를 띄우기 위해 부유석과 연결되어 있어! 큰할아버지만 이주할 수 없다고!"

"그래, 알아."

통곡하는 샤엘에게 내가 담담히 긍정한다.

이주 계획을 세우려고 처음 1년 차에 여러 가지를 조사하다가 안 사실이다.

어마어마한 질량의 부유도를 띄울 수 있는 마력을 어디서 조달하는지 조사하는 과정에서 알았다.

그런 나의 대답이 샤엘의 분노에 기름을 붓고 말았나 보다.

"알고 있다고?! 만약 우리가 이주하면 부유도를 결계로 감쌀 필요가 없어져! 그렇게 되면 부유도의 마력이 흩어져서 나와 환수들은 고룡 큰할아버지 곁에 있을 수 없게 된다고!"

큰 마력이 필요한 환수와 마족인 천사족과 용마족은 성질상 마력이 옅은 환경에서 활동하기에는 마땅치 않다.

부유도는 원래 주변을 감싸는 결계에 의해서 습도와 마력 농도가 조절되었다.

그 결계가 사라진다면 샤엘과 보수파들은 부유도로 쉬이 올 수 없게 되는 거다.

"나는, 우리는, 큰할아버지를 혼자 두지 않기 위해! 질 수 없단 말이다! 오라, 우리 일족의 수호천사여! 이 내 몸에 깃들어 적을 공격할 힘을 다오! ——《사자 강림》!"

"무, 무슨 짓——!"

염동력 손에 붙잡혀 있던 샤엘이 손을 힘으로 풀고는 상공으로 날아오른다.

그리고 태양을 등진 샤엘의 날개가 하얗고 눈부시게 빛나며 몸에서 아까보다 월등히 큰 마력을 내뿜는다.

"선조의 사도님 때부터 지켜봐 주신 사자 천사님께서 내게 힘을 빌려주시었도다!"

「나쁘게 생각하지 마라, 리리엘의 사도여. 이것 또한 화근을 남기지 않기 위함이니.」

샤엘의 말소리와는 다른, 남성의 염화가 머리에 울린다. 그리고 나는 천사에 의해 마력이 한층 더 강력해진 샤엘을 경계한다.

"내 최강의 일격이다! 이거로 결판을 내 주마!"

창을 쥐고 다시 급강하하며 돌격 자세를 취한다.

그런데 조금 전보다 무시무시할 정도의 마력이 창끝에 집중되어 있어 어설프게 다중 결계로 막아 봤자 쉽게 뚫릴 것이라고 예상이 갔다.

"——마녀님!"

"——치세 씨!"

섬의 광장에서 소리 질러 나를 부르는 테토와 유이시아를 향해 괜찮다는 듯 웃고 보이고는 고개를 끄덕여 주었다.

"추락해라, 마녀! 하아아아앗!"

"——《사이코키네시스》, 《멀티 배리어》."

나는 염동력의 보이지 않는 손으로 샤엘을 저지하며 다중 결계로 창이 찔러 들어오는 걸 막았다.

그러나 날개에서 마력을 방출하여 가속해 오는 샤엘을 말릴 수 없었다. 창끝이 다중 결계를 한 장씩 깨트리면서 내게 다가온다.

꽂은 창을 밀어 넣는 힘에 맞추어 결계째 아래로 펼쳐진 바다를 향해 밀려 떨어지며, 나는 생각했다.

유이시아와 모의 전투를 치렀을 때처럼 샤엘의 등 뒤로 전이하여 회피하면, 내가 이겨. 하지만——.

"——정면에서 공격을 막아서 내 이야기를 듣게 하겠어! ——하아아아아아앗!"

나는 결계 마법을 유지하면서 【마법 지팡이 비취】 밑동에 끼운 미스릴 마개 안전장치를 빼, 지팡이 끝에 박은 부유석이 녹색 인광을 발할 만큼 마력을 주입했다.

"하아아아아아아아앗——!"

마법도 뭣도 아닌 부유석에 방대한 마력을 넣어 만들어 낸 척력장으로 샤엘의 돌격을 튕겨 냈다.

튕겨 나간 샤엘은 돌격해 오던 기세 그대로 고속으로 엉뚱한 방향으로 날아가고, 창끝에 수렴되어 있던 고밀도 마력이 섬 아래로 펼쳐진 바다로 내리꽂혀 충격파가 거센 물기둥을 일으킨다.

"——윽?! 안 돼!"

척력장의 반발로 필살의 일격에 실패한 샤엘은 힘을 다 써 버리는 바람에【사자 강림】이 해제되어 추락하기 시작했다.

나도 지팡이를 타고 추락하는 샤엘을 뒤쫓지만, 해수면으로 떨어지기 직전에 기력을 쥐어짠 샤엘이 날개를 펼쳐 가까스로 균형을 잡는다.

"……커헉?! 하아, 하아, 하아……."

"샤엘……. 이미 승패는 기울었어. 모두가 있는 곳으로 돌아가자."

지팡이에 탄 채로 샤엘이 있는 곳까지 내려간 나를, 샤엘이 노려본다.

"아직이야, 아직 결판은 나지 않았어! 나는 지지——."

"샤엘!"

"——읏?!"

내가 목소리에 마력을 실어 샤엘의 이름을 강하게 부르자, 순간 흠칫하며 몸이 경직된 샤엘이 못마땅한 표정을 짓는다.

이미 마력이 거의 바닥나서 부유 상태를 유지하는 게 고작일 테지.

"자, 돌아가자."

나는 조금씩 고도를 낮춰 결계를 푼 샤엘에게 손을 내밀었다.

샤엘이 내 손을 잡으면 부유도까지 태워서 날아갈 수 있다.

샤엘은――.

"――마녀!"

지팡이 밑동으로 내 몸을 밀쳤다.

발 디딜 곳이 없는 공중에서 나가떨어진 나는, 샤엘과 거리가 크게 벌어지고 말았다.

그 직후, 해수면에서 발사된 가는 물줄기가 샤엘의 날개를 관통하여 하얀 날개깃들이 사방으로 흩날렸다.

39화【시 서펜트의 배 속】

나를 밀친 샤엘이 해수면으로 추락하는 모습을 보고 나는 순간 놀라 말을 잃고 말았다.

그리고 곧바로 제정신으로 돌아온 나는 샤엘에게 손을 뻗었다.

"——샤엘?! 지금 구해 줄게!"

"오지 마! 이것이 내 속죄야!"

다쳤으면서도 형형한 눈으로 고함치는 샤엘.

그리고 추락해 가는 해수면에서는 거대한 바다뱀 마물——시 서펜트가 떨어지는 샤엘을 집어삼키려 입을 쩍 벌리고 기다렸다.

샤엘을 척력장으로 튕겨 냈을 때 바다로 발사된 충격파가 시 서펜트를 자극해 불러들이고 만 모양이다.

나와【사자 강림】한 샤엘도 마력을 방대하게 뿌려 대며 싸워서 시 서펜트에게는 아주 매력적인 먹이로 보였을 것이다.

결투가 끝나고 긴장이 풀린 탓에 바닷속에서 접근하는 시 서펜트를 늦게 알아차렸다.

"하하, 시 서펜트에게 통째로 먹히는 게 나의 최후인가. 큰할아버지, 함께 있어 드리지 못해 죄송해요……."

눈을 감고 시 서펜트에게 먹히는 운명을 받아들인 샤엘을 내가 따라잡아, 이번에야말로 손을 뻗었다.

“결투까지 해서 이제 말 좀 터 보나 했더니! 죽어서 도망친다니 용납 못 해!”

“뭐야, 마녀!”

샤엘의 몸을 붙든 직후, 해수면에서 몸을 펴서 올라오는 시 서펜트의 머리가 바싹 가까워졌고 그렇게 우리는 잡아먹혔다.

하지만 나와 샤엘을 에워싸도록 둥근 다중 결계를 펼치고 있어서 시 서펜트에게 먹혔어도 우리는 살아 있다.

“후, 간발의 차이로 안 늦었네. ──《라이트》.”

시 서펜트의 통째로 먹힌 탓에 주변이 캄캄해서 불을 밝혀서 보니, 결계 주변이 시 서펜트의 식도에 엄청난 압박을 받고 있다.

“우와……. 마물을 해체해 봐서 익숙하긴 해도 좀 징그럽네.”

“어, 어, 어…….”

시 서펜트의 식도에서 소화액이 뿜어져 나오고 식도의 움직임으로 집어삼킨 우리를 더 깊고 깊은 곳으로 보내려 한다.

그렇게 시 서펜트의 몸속을 관찰하는데 꽉 껴안고 있던 샤엘의 목소리가 떨리고 있다.

“어째서 나를 구했지! 내가 죽으면 설득할 수고도 덜 수 있잖나!”

샤엘이 하고 싶은 말이 뭔지 안다.

보수파의 대표 격인 샤엘이 죽으면 다른 보수파 주민들도 마지못해하면서도 이주를 받아들이고 【허무의 황야】로 모두 이주해 올 것이다.

그렇게 말하는 샤엘의 이마에 내가 딱밤을 때렸다.

딱 하는 청명한 소리와 함께 마력을 실은 딱밤으로 만신창이가 된 샤엘의 이마를 때리니, 아프긴 아픈지 글썽거리는 눈으로 혼란스러워하며 눈을 동그랗게 뜬다.

“고룡 할아버지는 내게 부유도 주민이 모두 이주하면 영혼과 연결된 부유석과 함께 소멸해서 알로 돌아갈 예정이라고 말씀하셨어.”

부유도를 유지할 이유가 없어지면 고룡 큰할아버지는 부유도와 사라질 생각을 하고 계셨던 것 같다.

고룡의 【불멸】은 알로 다시 새로 태어나, 지식만 계승된다고 한다.

다시 말해서 새롭게 태어나는 고룡은 다른 자아를 가진 존재이다. 이른바, 2대 녹청의 고룡인 것이다.

“그럼, 왜! 왜 우리를 가만히 두지 않는 거냐! 큰할아버지가 종의 발전을 부탁했다면, 환수와 주민 태반이 이주했을 때, 이미 이뤄진 거나 마찬가지 아닌가!”

목소리를 쥐어짜 큰할아버지를 고독하게 하지 말아 달라면서 내 몸에 매달려 오는 샤엘을 꼭 안았다.

“여기서는 얘기도 느긋하게 못 하니까 일단 나가자. ──《선더볼트》!”

나는 지팡이를 쥐고 시 서펜트의 몸속에 고압 전류를 흘려 감전시켰다.

10초쯤 전류를 흘리니, 우리를 집어삼켜 압박하던 시 서펜트의 식도가 이완되어 입이 열렸다. 열린 입 쪽으로 빛이 새어 들어와서 결계로 부유하여 빠져나갔다.

"우선 큰할아버지와 주민들이 걱정할 테니 돌아가자고. ──《텔레포트》!"

해수면에 둥둥 뜬 시 서펜트의 사체에 손을 대고 부유도 상공으로 나가도록 전이한다.

그리고 샤엘을 데리고 부유도 상공으로 전이한 나는 염동력 마법으로 천천히 시 서펜트 사체를 내렸다.

"샤엘의 공격 여파에 휘말렸나 봐. 오늘의 영웅에게 감사해. 그리고 해체 좀 부탁할게."

"아니, 나는, 그런 적……."

"──우어어어어어! 굉장한데!"

"──우와아아아아! 대단해!"

"──우어어어어어! 엄청난걸!"

부유도 주민들이 함성을 질렀다. 나는 시 서펜트를 토벌한 사람이 샤엘이라고 전했다.

"결투는 비겼어. 그러면 샤엘을 치료해야 하니까 먼저 일어날게. 테토는 시 서펜트 해체를 도와줘."

"알겠어요!"

"이, 이봐, 마녀! 내려 줘, 내려놓으라고!"

마법으로 공중에 띄워져 운반되는 샤엘이 내 마음대로 시 서펜트를 토벌한 사람이 저라고 말해 버린 것과 내 마음대로 데리고 가는 것에 저항하지만, 날개를 다친 몸으로 온 힘을 다해 봤자, 몸은 말을 듣지 않는다.

그리하여 【전이문】으로 저택으로 이동해서 침대에 눕혀 치료를 시작한다.

"──《힐》. 이거로 다친 건 나았지만, 무리는 하지 마."

"……침상이 푹신하네. 마녀가 만든 타락을 위한 도구로군."

눕혀 둔 침대의 푹신함을 느끼고 과장되게 말하는 샤엘을 보고 나는 못 말린다는 듯 웃었다.

"이따가 축제 요리를 가져다 달라고 할 테니까 지금은 편히 쉬자. 나도 힘이 하나도 없어."

그렇게 나와 샤엘은 단둘이 한방에 있었다.

잠시 서로 할 말을 찾지 못해 침묵이 이어지는데 샤엘이 먼저 입을 연다.

"왜, 우리를 가만히 두지 않았지."

시 서펜트의 몸속에서도 물은 질문을 또 물었다.

"그야 뭐, 나도 원하는 게 있으니까."

"큭, 역시 부유도 주민과 환수들을 전부 욕심내는 건가! 아니면 고룡 큰할아버지의 유해를 노리는 거냐! 부유도의 소멸과 함께 죽음을 택하신다면 육체는 남으니까 말이지! 이 탐욕스러운 마녀 같으니!"

이 자리에 테토와 베레타가 있었다면 따질 필요도 없이 곧장 벌을 받았을 소리다. 나는 편견이 심한 샤엘의 말을 한 귀로 흘리며 답했다.

"내가 원하는 건, ──고룡 큰할아버지가 뿜는 마력이야."

"마력……."

"부유도를 유지하고 환수들이 사는 데 필요한 만큼의 마력을 방출할 수 있다는 건 상당히 매력적이거든."

어림잡아 계산한 결과, 고룡 큰할아버지의 마력량은 약 300만 마력일 것이다.

말하자면, 살아 있는 거목 세계수와 동등한 마력 생산량이다.

이제까지처럼 한계까지 마력을 방출하여 세계로 환원하지 않아도 존재해 주는 것만으로도 세계 재생에 도움이 되는 존재다.

부유석과 함께 소멸한다니, 그냥은 두고 볼 수 없다.

"잠깐, 기다려! 네 녀석은! 마녀 너는, 무슨 생각을 하는 거야!"

"……부유도를 전이할 거야, 여기로."

그렇게 답한 후, 【허무의 황야】 관리용 마도구를 꺼내서 전역 지도를 띄운다.

손대지 않은 북쪽을 제외하고 남동 방향 지도를 확대하니, 천사족과 용마족이 자리 잡은 마을이 생겼다.

그리고 그 마을의 북쪽으로 움푹 팬 거대한 땅이 있다.

"부유도를 지금 그대로 지면으로 내리면 기울어 버리잖아. 섬의 하부 형태에 맞춰서 큰 구멍을 파 뒀어. 여기에 부유도를 통째로 전이해서 지상으로 내리는, 그래서 고룡 큰할아버지도 이 땅으로 이주하는 계획을 세우고 있었어."

내 말에 샤엘이 못 믿겠다는 표정을 짓는다.

큰할아버지의 자의로는 힘들지만, 제삼자에 의한 부유도 통전이가 이론상 가능하다는 것을 베레타의 계산과 큰할아버지의 경험으로 보증되었다.

"부유도를 전이하기 위해서는 주민과 환수들이 한 번은 부유도에서 나가 줘야 해. 그러지 않으면 위험하니까."

부유도를 전이하는 데는 막대한 마력이 들어가므로 부유도 곳곳에 마력을 보충한【마정석】을 배치하는 작업도 거의 마쳤다.

"부유도를 전이한 후에는, 고룡 큰할아버지의 영혼과 부유석의 연결을 끊어 나갈 거야. 몇 년이 걸릴지 모르지만, 큰할아버지를 자유롭게 해 드리려고 해."

"마녀……. 네 녀석은, 그렇게까지 우리를 위해 애써 주고 있었나. 그런데, 나는……."

자신이 벌인 행동을 떠올리고는 고개를 숙인 샤엘의 머리를 감싸안아 꼭 껴안는다.

"미안해. 내가 일찍 말할 수 있었다면 좋았을 텐데, 불확실한 얘기를 해서 기쁨을 헛되게 하고 싶지 않았어."

전이에 필요한 좌표 계산이나 마력량 계산, 준비 등 여러모로 해야 할 게 많아서 바로 말하지 못했다.

"……알겠어. 그 부유도 전이라는 걸 성공한다면, 나도 납득하고 이주하지. 다른 보수파 주민들도 설득하겠어. 그래서, 부유도는 언제 전이할 수 있는데?"

"언제든. 근데 축제의 마지막을 장식하면 딱 좋겠지?"

내가 그렇게 장난 어리게 말하니, 지금까지 험악한 표정을 짓고 있던 샤엘도 나처럼 장난꾸러기 같은 미소를 지으며 웃었다.

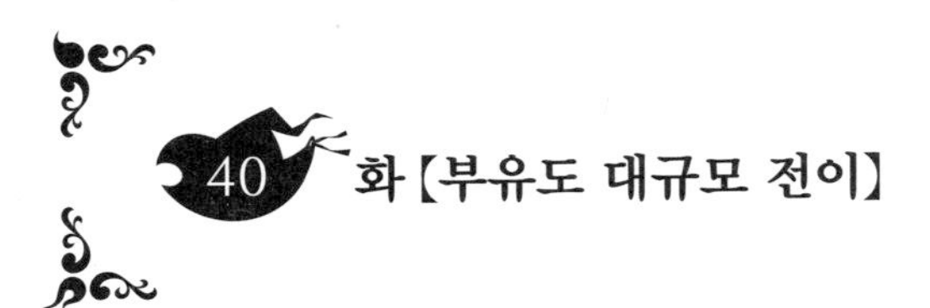

40화【부유도 대규모 전이】

A등급 마물 시 서펜트의 출현으로 결투가 흐지부지된 뒤, 샤엘은 이야기를 나누고 싶다는 명목으로 보수파 사람들을【허무의 황야】로 불러들였다.

우리도 수확제 뒤풀이를 핑계로 부유도에 있던 주민들을【허무의 황야】쪽으로 유도했다.

그렇게 일시적으로 부유도에서 사람이 없는 상황을 연출하여 부유도를 전이할 준비를 시작한다.

「메이드 부대, 모두 각자 자리에 섰습니까?」

「——네, 메이드장님!」

「——네, 메이드장님!」

「——네, 메이드장님!」

베레타를 필두로 하는 봉사 인형 스무 명은 이 5년 사이에 모두 메카노이드로 진화했다.

진화가 한꺼번에 이루어진 이유로 생각나는 건, 부유도에서 들어온 이주민과의 교류 덕분일까 싶다.

인간의 마음은 다른 사람과 관계를 구축하며 형성되는지도 모른다.

그것이 봉사 인형들의 감정을 키우고, 영혼을 얻게 하여 마족 메카노이드로 진화를 촉진했으리라고 생각한다.

그런 메카노이드 메이드 부대가 부유도 전이 예정지 주변에 배치되었다.

만에 하나 부유도의 전이 지점이 어긋나거나 전이 충격으로 낙하물이 발생할 경우, 메이드 부대의 도움을 받아서 《사이코키네시스》 마법으로 대처할 예정이다.

그리고 유이시아와 샤엘, 자하드는——.

"여러분! 올해 축제의 마지막을 장식하겠습니다! 안전을 위해서 마을 광장으로 모여 주시기를 바랍니다."

"보수파! 마녀의 대답의 답을 볼 수 있다! 놓치면 무조건 후회할 것이야! 아, 거기 너, 마음대로 부유도로 돌아가려 하지 마!"

"환수들도 다 모였겠지! 마녀 공은 대체 무엇을 할 셈이지?"

주민들을 유도해 달라고 협조를 구한 세 사람이 있는 【허무의 황야】에서는 무슨 일이 시작되는지 몰라, 주민들 사이에 기대와 흥분, 불안 등이 뒤섞인 분위기가 감돈다.

한편, 부유도 쪽에는 나와 테토, 고룡 큰할아버지가 있다. 그리고 마지막까지 큰할아버지 곁에 찰싹 붙어 있는 환수들밖에 없어서 고요했다.

"일단 최종 확인차 【마력 감지】를 해 봤는데 사람은 없었어. 【전이문】도 닫았으니, 아무도 건너올 수 없어."

"이제 용 할아버지만 이사 가면 돼요!"

「늙은이 따위 내버려 두지, 마녀 공 일행은 정말 사람이 좋구려.」

샤엘에게 전달한 대로 고룡 큰할아버지를 부유도와 함께 전이

하는 계획을 진행하는 데 도움을 받았지만, 정작 큰할아버지는 아직도 반신반의하는 모양이다.

「굳이 이렇게 일을 크게 벌이지 않아도 되는데 말일세.」

"하는 수 없잖아, 바라는 사람이 있는 걸 어떡해. 그 소원을 들어주고 싶어. 성격이 그래."

그렇게 말하고 고룡 큰할아버지의 정면에 서서 두 손으로 지팡이를 움켜쥔다.

"마녀님은, 테토가 뒤에서 받쳐 줄게요!"

"그래, 부탁할게. 시작한다——."

나는 지팡이로 마력을 흘려 넣어 있는 힘껏 부유도 지면에 박아 세웠다.

고룡 큰할아버지를 중심으로 섬 여러 곳에 배치한【마정석】이 마력으로 연결되며 거대한 전이 마법진을 형성하기 시작한다.

전이 마법진은 섬의 지표면뿐만이 아니라, 하부 암반 표면으로도 이동하고 공중도 지나가며 구형의 입체 적층형 마법진을 그렸다.

청백색으로 빛나는 입체 적층형 마법진들이 기계의 톱니바퀴처럼 맞물려 회전하기 시작하고 세찬 마력 줄기가 섬 전체를 뒤덮는다.

"이날을 위해서 마력 제어를 제법 단련했는데도, 힘드네!"

"마녀님, 힘내요!"

이주 계획을 준비한 5년 동안 마법 기술을 수련한 건 유이시아뿐만이 아니다.

나도 베레타와 함께 이 부유도를 전이시키기 위해, 안 보이는 곳에서 【마력 제어】를 연마해 왔다.

눈부실 정도의 빛과 세찬 마력의 줄기에 지팡이를 놓칠 뻔했다. 테토가 등을 받쳐 주는데도 전이 마법진이 흩어져 사라질 것 같다.

만일의 경우는 생기지 않게끔 안전을 고려하여 마법진을 설계했지만, 이번 기회를 놓치면 또 마력을 비축하는 데 3년 넘게 걸릴 거다.

그 정도로 방대한 마력이 몰리는 내 지팡이로――.

「내 일이니, 나도 힘을 보태야 도리겠지.」

그러면서 고룡 큰할아버지가 발톱을 지팡이에 가져다 대고는 입체 적층형 마법진에서 어려웠던 부분의 제어를 맡아 준다.

"큰할아버지……. 고마워!"

"굉장해요! 어떻게 한 거예요?"

「하하하, 괜히 오래 산 게 아니라네. 인간이 쓰는 의식 마법의 요령을 조금 부린 게지.」

아무것도 아닌 양 말하지만, 의식.마법은 여러 사람이 동시에 하나의 마법을 쓰는 기법이다.

그 성질상, 도중에 다른 사람이 가세하는 건 어려운 일일 텐데…….

"뭐, 좋아. 이대로 단숨에 간다!"

가속하기 시작한 전이 마법진이 한층 더 빛난다.

그리하여 마침내 드넓은 바다 상공에 떠 있던 부유도가 사라지고, 그 자리에는 마력광의 잔해가 퍼지다가 사라졌다.

SIDE: 유이시아

부유도 주민들을 한곳에 모아 두고 만에 하나 문제가 발생했을 때, 내 마법과 치세 씨가 준비한 결계 마도구를 발동할 준비를 한다.

「냐~.」

"아, 쿠로 씨. 쿠로 씨도 보러 왔군요."

내 발 언저리로 다가온 캐트시 쿠로 씨가 등을 기어올라 어깨에 올라탄다.

그렇게 쿠로 씨와 함께 하늘을 올려다보는데 북쪽 상공에 희푸른 빛이 나타났다.

희푸른 빛은 점점 부풀어 오르더니, 빛 속으로 부유도의 그림자가 보였다.

그와 함께 빛이 튀어 날아가고 눈에 익은 부유도가 전이에 성공했다.

그리고 잠시 뒤에 마법의 여파로 발생한 풍압이 우리 쪽에 이르러 망토를 휘날린다.

"아름다워라……. 빛의 꽃이 피었어."

"이봐……! 저거, 우리 섬 아니야?!"

"그럼, 큰할아버지도 같이 오신 건가!"

희푸른 마력의 빛이 천천히 퍼졌다가 사라지면서 부유도가 서서히 땅으로 내려온다.

전이의 충격으로 부유도 하부 암반 일부가 드문드문 떨어져 나갔지만, 지상에서 대기하던 베레타 씨와 메이드분들이 대처했을 것이다.

"——읏! 큰할아버지!"

"아, 샤엘 씨, 아직은 위험해요! ——《플라이》!"

밤하늘로 날아오른 샤엘 씨를 뒤따르기 위해서 나도 뛰어서 치세 씨가 마련해 준 빗자루에 올라탄다.

나는 바람의 마법의 적성이 낮지만, 연습하여 요령을 파악해 치세 씨를 흉내 내어 빗자루 비행을 할 수 있게 되었다.

할 수 있게 됐다고 해 봤자, 치세 씨가 샤엘 씨와의 결투 때 보여 준 빠르면서 입체적인 궤도를 그리며 나는 건 아직 어렵다.

그래도 빗자루를 타고 샤엘 씨를 뒤따라가 부유도에 올라타니, 치세 씨 일행이 있었다.

"테토, 나 지쳤어. 이제 이런 일은 넌더리가 나."

"당분간은 푹 쉬면서 지내요."

「마녀 공, 수호자 공. 나를 이 땅으로 데려와 주어서, 고맙네.」

땅에 주저앉아 테토 씨에게 기댄 치세 씨가 고룡 큰할아버지의 인사에 짓궂게 웃는다.

"아직 고룡 큰할아버지의 영혼과 부유석의 분리 작업이 남았어. 그 작업이 끝나면, 이번에는 【허무의 황야】를 재생하는 걸 도와줘야겠어."

「크하하하하, 좋다! 마녀 공에게 협력하여, 이 땅을 지키겠다고 맹세하지.」

이리하여 바다에 떠 있던 부유도는 소멸하고, 부유도에 살던 이들은 완벽하게【허무의 황야】의 주민이 되었다.

그 후, 고룡 큰할아버지를 보러 가는 주민과 환수들이 열을 이루며 축제를 이어 가는 가운데, 나와 쿠로 씨가 치세 씨를 보러 가니까 테토 씨에게 기댄 채 잠들어 있다.

"쉿, 이에요. 마녀님이 지쳐 잠들었거든요."

"알겠어요. 주무시는 것만 보고 나갈게요."

「냐~.」

나중에 대규모 전이 마법은, 위기에 직면한 신자들을 안전한 곳에 데려다주기 위한 신화 속에서나 쓰이던 마법이라는 걸 깨닫고 얼마나 굉장한 일인지를 다시금 실감했다.

잠든 치세 씨는 평소의 어른스러운 분위기는 온데간데없이, 겉모습에 걸맞게 잠자는 얼굴이 귀여웠다.

41화【신들의 공간에서 대화하다】

대규모 전이 마법을 발동한 지 한 달이 지나고【허무의 황야】는 조금씩 안정을 되찾았다.

주민이 또 늘어서, 신앙을 의탁할 곳으로 교회 한 채를【창조 마법】으로 지었다.

교회 안에는 내가【꿈속 신탁】으로 본 여신들을 상상하여 만들어 낸 신상을 설치하였다. 교회 관리는 샤엘이 자처하고 나섰다.

"마녀여! 이 교회는 내게 맡겨라! 여신 루리엘의 사도의 후예로서 아주 훌륭하게 관리해 보이겠다!"

부유도에는 성서 같은 건 없지만, 교회는 신상을 숭상하거나 농작물을 올리는 곳, 주민들의 휴식처로 쓰였다.

교회를 짓는 김에 고룡 큰할아버지를 모실 사당도 옆에 마련하여 양쪽 다 활용 중이다.

다만 아직 보지 못한 천공신 레리엘과 명부신 로리엘의 신상은 일반 교회에 놓여 있는 것으로 설치해서 다른 세 여신상보다 재현도가 떨어진다. 그 점은 귀엽게 봐줬으면 한다.

…………

……

…

밤——, 한동안 없었던 【꿈속 신탁】의 검은 공간에 나와 테토가 서 있다는 걸 깨닫는다.

"여긴, 신들의 공간이구나."

"또 만나는 건가요! 기뻐요!"

「오랜만이에요, 치세, 테토. 부유도 일, 고마워요.」

고개를 드니, 리리엘이 내려오고 좌우로 라리엘과 루리엘도 있었다.

「치세, 정말 고마워~. 부유도를 염려했는데 여신의 지원을 부유도에만 집중할 수 없어서 현상 유지만 해 왔거든.」

리리엘이 우리에게 감사 인사를 전하자, 그 옆에서 끼어든 루리엘이 나를 꼭 안으려 팔을 뻗는다.

순간 내가 한 발짝 물러났고, 그런 루리엘을 라리엘이 옷을 잡고 말린다.

「하여간, 루리엘은 여전히 스킨십이 과하구나. 네가 이러니까 레리엘과 로리엘이 거리를 두는 거잖아.」

「에이~, 하지만 귀여운 아이는 나도 모르게 집적거리고 싶어지는걸?」

「두 사람, 중요하게 해야 할 얘기가 있잖아.」

고지식한 리리엘이 언니 신과 동생 신을 꾸짖는다. 나는 앞으로 무슨 일이 있으려나 하고 귀 기울인다.

그리고 생글생글 웃는 대범한 언니 같은 분위기가 있는 루리엘에게 내가 어떤 것을 묻는다.

"그러고 보니 천사족의 샤엘이 【사자 강림】을 했는데 말이야. 그거 혹시, 루리엘이 일러 준 꾀야?"

「왜 그렇게 생각했어?」

샤엘의 기도를 듣고 선조 사도에게 씌었던 수호천사가 힘을 빌려줬다지만, 천사 본인에게 들은 '화근을 남기지 않기 위함'이라는 말이 걸려서 그날 이후로 내내 고민했다.

"루리엘의 천사가 '화근을 남기지 않기 위함'이라고 했는데, 그건 나를 쓰러뜨리고 모든 것을 원래대로 돌리겠다는 의미가 아니라, 샤엘에게 전력으로 싸우게 해서 불만을 해소하고 보수파 전원을 설득시키려는 의도 아니었어?"

그리고 그 지시를 내린 게, 눈앞의 루리엘이 아닐까 예상한 것이다.

「어머, 알아 버렸어?」

내게 지적당한 루리엘이 주눅 들지도 않고 그렇게 말하기에, 나는 역시 그랬다며 한숨을 내쉬었다.

샤엘이 도중에 【사자 강림】을 하여 힘이 세졌을 때, 얼마나 놀랐는지. 그런 생각을 하는데 미소 짓고 있던 루리엘이 쓱 표정을 바꾸고 진지하게 말한다.

「그대로 치세 일행이 보수파 아이들을 한 사람씩 설득해서 부유도를 전이하는 데 성공해도 마음속 깊이 남은 불만은 해소되지 않잖아? 그러면 언젠가 또 불만이 터져 나올 거야.」

그 불만이 우리에 대한 반발과 【허무의 황야】 외부로의 이탈로 이어질 가능성이 있었다.

그럴 바에야 차라리 서로 온 힘을 다해 싸우고 불만을 승화하여 뒤탈을 없애는 쪽으로 유도한 것이다.

그리고――.

「다시 한번 인사할게, 환수와 주민들의 보호와 이주, 그리고 그 아이들의 불만을 포용해 줘서 고마워. 덕분에 부유도를 지키는 결계를 펼 필요가 없어져서 부담을 덜었어. 게다가 자신의 역할을 마치고 죽으려 했던 녹청의 고룡도 살려 주었고.」

"됐어……. 쿠로의 고향이니까 잠시 들렀다가 도움을 준 게 다야. 그리고 고룡 큰할아버지 일은 아직 끝나지 않았어. 영혼과 부유석의 박리 작업이 남았으니까."

"이번에는 어려운 얘기뿐이어서 테토는 힘이 못 됐어요."

이렇게 솔직하게 고맙다고 인사하면 약간 멋쩍어지기에 평소처럼 마녀의 삼각모로 얼굴을 가렸다.

테토는 테토대로 베레타처럼 나를 도와주지 못해 기운이 없다.

그런 우리를 흐뭇하게 응시하는 리리엘이 부드럽게 타이른다.

「치세와 테토, 그리고 친구들 덕분에 【허무의 황야】 재생도 순조로워요. 부유도 주민들을 수용하면서 마력 소비는 커졌지만, 언젠가 마력 생산량이 웃돌아, 부유도의 결계처럼 【허무의 황야】의 결계도 완전히 사라질 테죠.」

부유도 일에서는 테토가 눈에 띄는 활약을 할 수 없었지만, 꾸준하고 성실하게 자연 재생에 힘쓰고 있다는 걸 리리엘이 지켜본 모양이다.

「치세와 테토 일행이 고생한 보람으로 숲과 들, 습지 같은 다양한 자연환경이 생겨났어요. 땅은 되살아났으니, 이제 자유롭게 살아도 돼요.」

"자유롭게 살라니, 이미 그러고 있는걸."

"마녀님은 늘 즐거워해요!"

딴에는 비교적 자유로이 살고 있는데 리리엘과 다른 여신들에게는 안 그래 보였던 걸까 하고 내심 기운이 빠진다.

이따금 쉬는 날에는 환영 마법으로 변장해서 지명 수배령이 내려졌을 로바일 왕국으로 향해, 청년 화가, 아니, 어른이 된 남성 화가에게 그림을 구매하기도 하고 유명한 식기 공방의 신작 식기 등을 보러 가기도 한다.

그런데 설마 우리가 로바일 왕국을 떠난 1년 사이에 국왕이 폐위되고 정변이 일어나 의회 정치로 바뀐 데다 우리의 지명 수배도 해제되었을 줄은 생각도 못 했다.

의회 정치를 도입하기는 했지만, 귀족의 권한이 세서 의원 상당수가 귀족으로 구성된 한편 소수지만 외부 기관으로서 모험가 길드와 상업 길드의 마스터들도 의회에 참가한다고 한다.

뭐, 일단 이 이야기는 접어두고――.

「그럼, 이야기도 일단락됐으니, 요새 【허무의 황야】가 어떤지 여러모로 알려 줘!」

리리엘, 루리엘과 중요한 대화를 마치자, 라리엘이 끼어들었다.

거기다 리리엘도 아무것도 없는 공간에서 탁자와 의자, 차 세트를 꺼내 이야기를 들을 준비를 마쳤다.

「자, 지금부터는 치세와 테토의 노고를 치하하는 다과회를 열 거예요. 최근에 있었던 일을 들려줘요.」

"알겠어. 그러면 다양한 소식을 들려줘 볼까……."

"【허무의 황야】에서는 여러 가지 일이 일어났어요!"

——새로 태어난 새끼 환수들이 사랑스러운 것.

——베레타와 메이드들이 우리에게 가지각색의 옷을 입히려 하는 것.

——최근, 【전이 마법】으로 사러 간 책이 재미있었던 것.

——유이시아와 함께 수인과 용인 종족이 가지는 고유 스킬인 【동물화】와 【용화】 스킬을 참고해, 어른으로 변신하는 마법을 연구 중인 것.

——또 고룡 큰할아버지께 옛날이야기를 들으러 간 것을 풀어놓는다.

하나씩 보면 일상 속의 별것 아닌 일이지만, 세 여신은 즐거워하며 들어 주었다.

이제는 수백 명의 주민을 보호하는 입장이라, 나도 모르는 사이에 무리한 걸까.

리리엘의 말대로 조금 쉬고 나면, 테토와 함께 어깨 힘을 빼고 마음 편히 자유로운 생활을 보내 볼까 한다.

42화【고룡의 포효와 여행을 떠날 때】

지상으로 내려온 부유도에는 고룡 큰할아버지가 사는 동굴이 있다.

그 동굴 안쪽에는 부유도의 중심으로 갈 수 있는 사선으로 내려가는 오솔길이 존재했다.

"마녀님, 이러면 되나요?"

"응, 제대로 만들었으니까 조명 마도구도 달자."

"이, 이 앞에 부유도를 띄우던 부유석이 있는데요……."

나와 테토, 유이시아는 고룡 큰할아버지의 영혼과 부유석을 떼어놓기 위해 고룡 큰할아버지의 거처에서 부유석까지 이어지는 동굴 길을 정비하고 있었다.

"왜 제가 이 일을 돕게 된 건가요……."

"뭐, 그거야 고룡 큰할아버지가 지명했으니까?"

테토가 정비한 동굴 벽에 조명 마도구를 설치하면서 나아가다 보니, 둥근 공간에 도착했다. 그 중앙에 거대한 녹색 결정체가 공중에 떠 있다.

"하아……. 뭔가 환상적이네요. 이게 부유석이군요."

유이시아가 공중에 떠 있는 부유석을 보고 감탄한다.

이제는 섬을 띄울 필요가 없기에 고룡 큰할아버지는 부유석으로 가는 마력 공급을 억제하고 있다.

그래도 큰할아버지와 연결되어 있는지라 부유석에 항상 일정량의 마력이 공급되어 옅은 녹색으로 빛을 밝히고 있다.

원래는 이 거대한 부유석을 중심으로 부유도 밑부분에 보이던 작은 부유석끼리 공명하여 섬 하나를 띄울 수 있는 부력을 만들어 냈겠지.

부유석에 감동한 유이시아가, 갑자기 내게 묻는다.

"근데요, 치세 씨? 저 부유석 말이에요. 왠지 치세 씨의 지팡이 끝에 있는 것과 비슷한 것 같은데요……."

"응? 내가 말 안 했나? 이것도 부유석이야."

"안 했어요! 잠깐, 어? 그럼, 그만 한 크기가 달린 지팡이도 노리는데 이렇게나 크면 더 위험한 거 아니에요?!"

우리가 이런저런 얘기를 하는 사이에도 테토는 묵묵히 거대 부유석까지 가는 길을 만들고자 다가가는데…….

"마녀님~, 가까이 갈 수가 없어요~."

"뭐? 정말?"

나와 유이시아도 테토와 마찬가지로 부유석이 있는 공간으로 들어가려 해 보지만, 공간 바로 앞에서 밀려나고 만다.

테토는 도중부터 그 밀리는 반발력에 재미를 들였는지, 통, 통 하는 부드러운 반발을 즐기고 있다.

"마녀님, 꽤 재미있어요!"

"이건…… 부유석의 척력이구나."

"척력요?"

"응. 쉽게 말하면, 부유석을 중심으로 결계가 쳐져 있는 거지."

엄밀히 따지면 다르지만, 사람이 접근하지 못하게 하는 점은 비슷하다.

"어, 그러면 안에 들어가서 작업할 수가 없잖아요!"

"아아, 알았다. 그래서 고룡 큰할아버지가 유이시아를 지명한 거였어."

"무슨 말씀이에요?"

고룡 큰할아버지와 연결된 부유석의 척력에 간섭하여 중화할 수 있는 건, 같은 부유석 지팡이를 가진 나뿐이다.

하지만 내가 척력을 중화하면서 고룡 큰할아버지와 부유석을 분리하는 작업까지 하기는 어렵다.

그렇게 되면 다음 대타로 쓸 만한 사람은 마력량이 큰 테토와 베레타다.

둘 다 본래 골렘과 봉사 인형이기에 정밀 작업은 특기다.

하지만 고룡 큰할아버지는 굳이 유이시아를 지목했다.

"유이시아에게만 부탁할 수 있는 일이네. 부탁해, 유이시아."

"무리예요! 저더러 하라니 못 해요, 못 한다고요!"

"괜찮아, 시간은 충분하니까. 그리고 분명 고룡 큰할아버지의 소원을 이뤄 드리면 너에게 시킨 의미를 알 수 있을 거야."

나는 【마법 지팡이 비취】에 마력을 주입해 척력을 발생시켜, 척력 결계를 중화하였다.

"아, 알겠어요. ──《플라이》!"

"할 수 있어, 유이시아."

"할 수 있어요!"

잠깐이나마 하늘을 날 수 있는 유이시아가 천천히 둥근 공간에 떠 있는 부유석으로 향하고 나와 테토는 응원했다.

그리고 나는 유이시아의 작업을 확인하기 위해서 눈에 마력을 집중했다.

부유석에는 녹색 관 같은 마력이 무수하게 뻗어 있다.

그 관들이 고룡 큰할아버지의 영혼과 연결되어 마력을 얻고 있는 듯하다.

"어쩌지……. 끊으면 되는 거죠?"

마력의 연결은 어디까지나 실체가 없다.

유이시아가 제가 방출한 마력을 가늘고 예리한 날붙이로 다듬는다.

"이거로, 끊으면……. 큭, 단단해……."

고밀도 순마력 날은 그 자체로도 공격력이 있는 마법이다.

그런데 고룡 큰할아버지의 영혼과 연결된 마력의 관은 일반적인 강도가 아니라서 관 한 개를 절단하는 데 유이시아의 마력을 10만 마력 이상 소비해야 했다.

"치세 씨, 더는 못 해요……."

"수고했어, 돌아가서 이야기를 듣자."

그리하여 고룡 큰할아버지에게 가니, 그저 생글거리면서 앞으로도 그렇게 힘써 달라고만 하셨다.

아직 수백 개나 남은 마력 관을 한 개 자르기만 해도 유이시아는 진이 다 빠져 버렸다.

내가 내부로 들어가 주고 싶지만, 척력 결계가 방해해서 그럴 수가 없다.

억지로 들어가서 부유석을 상하게 하면 그와 연동하여 고룡 큰할아버지의 영혼도 다치고 만다.

그날 이후로 유이시아는 일주일에 한 개를 끊는 속도로 부유석에서 뻗어 나온 마력 관 완전 제거에 도전했다.

처음 1년째에는 매번 기진맥진 상태가 되어 그만두고 싶다고 했으나 부유도 원주민들의 기대에 다시 마주했다.

3년째에는 효율적으로 절단하는 요령을 익혔는지 큰 부담 없이 한 개를 끊을 수 있게 되었다.

5년째에는 마력량이 커져서 한 번에 두 개까지 제거할 수 있도록 발전해서 속도가 두 배로 빨라졌다.

그리고 10년째 봄.

내가 예순두 살. 유이시아가 서른두 살이 되던 해에, 드디어 마지막 마력 관을 끊었다.

"야호, 해냈다. 앗──!"

고룡 큰할아버지에게서 완전히 분리된 부유석은 그대로 부력을 잃고 지면으로 떨어져 깨지고 말았다.

"아아, 엄청나게 귀한 건데 아깝다."

"거대 부유석 덩어리는 매우 위험해. 오히려 작은 파편으로 쪼개지는 게 나을지도 몰라."

「GYAOOOOOOOOOOOOO──.」

그리고 동굴 입구에서 울려 퍼지는 포효에 우리는 고개를 들었다.

"마녀님, 용 할아버지가 기뻐하고 있어요!"

"유이시아, 가자!"

"네!"

10년째 다녀서 익숙한 동굴 계단을 올라서 지상으로 나가니, 고룡 큰할아버지가 하늘을 이리저리 날고 있었다.

부유석에 묶여 한 번도 나는 모습을 본 적이 없던 우리는, 자유로운 할아버지의 모습을 그저 가만히 올려다보았다.

그대로 한동안 하늘을 빙글빙글 돌던 큰할아버지가 우리 앞으로 내려선다.

「마녀 공, 수호자 공, 제자 공, 나와 부유석의 연결을 끊어 준 것에 감사하네.」

"나는 아무것도 안 했어. 유이시아가 애썼지."

나는 그렇게 말하며 유이시아의 등을 밀어 한 발짝 내디디게 했다.

「마녀의 제자, 아니, 마녀 유이시아여. 정말 고맙네.」

"아, 아니에요. 마력 관을 끊을 때, 엄청난 마력을 예민하게 다뤄야 해서 피곤하긴 했지만, 동시에 단련도 많이 됐는걸요."

유이시아가 그렇게 답하자, 큰할아버지가 기뻐하며 입가가 느슨해진다.

「유이시아는, 언젠가 마녀 공과 같은 경지에 오를 테지. 그에 도움이 되면 좋겠다는 마음에 수련할 겸 관 제거 작업을 시킨 거였네.」

고룡 큰할아버지가 말하는 나와 같은 경지란, 【불로】 스킬에 도달하는 것이리라.

10년 동안, 유이시아는 고룡 큰할아버지와 부유석의 분리 작업을 하면서 마력량과 마력 제어 능력이 동시에 단련되었다.

큰할아버지의 말처럼 언젠가 불로의 마녀가 되겠지.

"자, 그러면 나는 오랜만에 조금만 더 너른 하늘을 만끽하겠네!"

고룡 큰할아버지는 그렇게 말하고 다시 바람을 감아올려 드넓은 하늘을 날아, 환수와 부유도의 주민들에게 부유석에서 해방되었다는 소식을 알리러 갔다.

큰할아버지가 자리를 뜨고 난 뒤, 유이시아가 뒤돌아본다.

처음에 만났을 때는 열두 살 소녀였는데 같이 살면서 5년. 내 제자가 되고 15년, ──지금은 스무 살 전후 정도의 아름다운 여성으로 성장했다.

"치세 씨, 테토 씨. 저요, 사람들에게 도움이 되는 훌륭한 마법사가 되기 위해서 여행을 떠나려고 해요!"

유이시아의 진지한 눈빛에 내가 고개를 끄덕였다.

"뭐, 오래전부터 그러지 않을까 생각했어."

"내내, 입이 근질근질했어요!"

유이시아의 결심은, 사실 곁에서 보면 다 티가 났다.

그리고 눈치채고 있던 건 나뿐만이 아니라…….

「냐~.」

"으앗?! 쿠로 씨?! 그리고 신부 토라 씨까지! 어쩐 일이에요?!"

「주제넘을 수 있지만, 저희가 데려왔습니다.」

"베레타 씨가 데려오신 거예요?! 아야, 아파요, 아파, 쿠로 씨, 토라 씨. 아프다니까요."

보다시피 고룡 큰할아버지가 하늘로 날아오르고 나면 유이시아가 여행을 떠나겠다는 말을 꺼낼 걸 미리 알고 있던 베레타와 메이드 부대도 모였다.

「쿠로 님과 토라 님께서도 유이시아 님을 따라가고 싶으시답니다.」

"그렇군요. 혼자 떠나려고 했는데, 따라오려고요?"

「냐아~.」

「냐아~.」

그만큼 캐트시 쿠로와 토라 부부는 유이시아가 마음에 들었나 보다.

"그리고 또 한 사람 있어."

내가 운을 띄우자, 등에 산처럼 큰 가방을 짊어진 인물이 한 걸음 앞으로 나온다.

"어…… 아이 씨, 그 짐은 뭐예요?"

베레타 뒤를 이어 마족 메카노이드가 된 아이가 짐을 한계까지 빵빵하게 담은 배낭을 메고 정중하게 인사한다.

「네, 저도 유이시아 님과 동행해, 다른 자매들을 위해서 선행하여 세계의 정보를 갱신하려 합니다. 이미 주인님과 베레타 님의 허락은 받았습니다.」

"에, 에에에에엑! 그런 얘기 못 들었는데요~!"

혼자서 여행을 떠나려고 결심한 유이시아지만, 그 여행에 캐

트시 쿠로와 쿠로의 신부 토라, 그리고 메카노이드 아이가 따라 가겠다고 자청했다.

특히 메카노이드 아이는 유이시아가 【허무의 황야】의 저택에서 생활하기 시작한 초기부터 시중을 들었기에 이미 전속 사용인이라는 생각을 하고 있어, 어디까지든 따를 셈일 것이다.

「유이시아 님. 제가 있으면 청소, 빨래, 식사 등은 완벽하게 가능합니다.」

"청소, 빨래, 식사……."

「그리고 세상을 위하는, 사람을 위하는 마법 연구 조수로서도 써 주십시오.」

"으…… 으으윽!"

혼자서 가혹한 여행을 떠나려 결심했던 유이시아, 그러나 그 결심이 벌써 흔들리고 있다.

「저를 동행시켜 주신다면, 메카노이드가 만든 의류를 항상 공급할 것을 약속드립니다.」

"……잘 부탁드릴게요."

베레타와 메이드들이 짓는 옷이 얼마나 편한지 아는 유이시아는, 더는 옛날에 입던 옷을 입을 수 없기에 요청을 수락하였다.

「그러면 고용 계약으로 유이시아 님께서는, 하루 5만 마력을 보충해 주시기 바랍니다. 그렇게 해 주신다면 제가 당신의 사용인이 되겠습니다.」

"네, 네……. 바깥의 마력 환경에서는 오래 활동할 수 없으니, 제가 마력을 보충할 필요가 있죠. 그리고——."

「나아~.」

「나아~.」

"쿠로 씨와 토라 씨도 마력을 달라고요……. 그렇게 되면 제가 하루에 쓸 수 있는 마력은 반 정도밖에 안 되는데……. 허 참."

생각한 여행길과 달라 어깨가 처진 유이시아는 바로 아이에게 마력을 보충해 주고 계약을 맺는다.

"필요한 물건은 아이에게 챙기게 했고, 내 작별 선물은 이거야."

내가 유이시아에게 맞춰【창조 마법】으로 창조한 마법 가방을 건넨다.

부여 마법으로 사용자 제한을 걸었고, 가방 속엔 시간 지연 효과가 걸려 있다.

아이에게도 귀중품 보관용으로 같은 가방을 주었다.

"그리고 이건 세계수 씨앗이야. 어딘가에서 장기간 머무를 때 심어 두면 좋아."

"아이와 쿠로, 토라의 마력 회복에 도움이 돼요!"

"한 가지 더, 베레타와 메이드들이 만든 망토와 삼각 모자야. 내가 부여 마법을 걸어 뒀으니, 편리할 거야."

"마녀님 모자와 색깔만 달라요!"

"이건 마력 용기로 쓸 수 있는【마정석】목걸이. 10만 마력 정도 비축할 수 있으니까, 조금씩 저장해."

"마력을 아주 많이 보충할 수 있으면 기분이 행복해져요!"

"그리고 또……."

「주인님, 테토 님, 유이시아 님께서 난처해하십니다.」

제자의 여행길에 이것저것 들려 주는 나와 설명을 덧붙이는 테토를 베레타가 말린다.

유이시아와 알고 지낸 지, 벌써 20년쯤 됐다.

매번 느끼지만, 헤어진다는 건 쓸쓸하다.

그리고 마지막으로——.

「마녀 공의 전이 마법도 좋지만, 내 등에 타면 내려 달라는 곳에 내려 주지.」

"고룡 큰할아버지! 알겠어요, 잘 부탁드려요!"

감사 인사를 하고 고룡 큰할아버지 등에 올라탄 유이시아와 아이, 그리고 그들 품으로 캐트시 쿠로와 토라 부부가 파고든다.

「그럼, 출발하겠네!」

"치세 스승님, 테토 씨! 저, 꼭 훌륭한 마법사가 될 거예요!"

"그래, 무리하지는 말고. 언제든 돌아와도 돼! 곤란한 일이 생기면 나한테 기대!"

"또 만날 날을 기대할게요!"

배웅하며 손을 흔드는데 고룡 큰할아버지가 단숨에 남쪽으로 날아가 버려, 금세 모습이 보이지 않는다.

"……가 버렸네."

"허전하겠어요."

이러니저러니 해도 유이시아와 같이 사는 생활은 즐거웠다. 제자로 받아 달라며 부탁하고 난 뒤에도 변함없이 '치세 씨'라고 부르더니, 마지막의 마지막 순간에 스승님이라니.

"【불로】가 되는 걸 권하지도 않고 적당히만 가르쳤는데, 스승님이라네."

"마녀님은 충분히 여러 가지를 가르쳤어요!"

하늘을 올려다보며 옷소매로 눈가를 세게 훔치고 뒤도니, 베레타가 제안을 한다.

「주인님, 제안할 게 있습니다.」

"뭔데?"

「메이드 아이가 빠지면서 저희 메이드 부대의 전력이 저하하였습니다. 그리고 【허무의 황야】의 주민이 증가함에 따라 업무도 많아졌으므로 전력 확대를 위해 봉사 인형 증원 계획을 제안합니다. 우선 스무 대. 장래에는 100대를 증원 부탁드립니다.」

"알겠어. 살짝 적적했는데 또 북적거리겠구나."

"역시, 마녀님은 웃는 게 가장 잘 어울려요!"

한 번의 만남과 이별이 끝이 났다.

그렇지만 성실하고 향상심이 있는 유이시아라면, 분명 【불로】 스킬을 획득하고 다시 만나러 올 듯한 기분이 들었다.

Extra

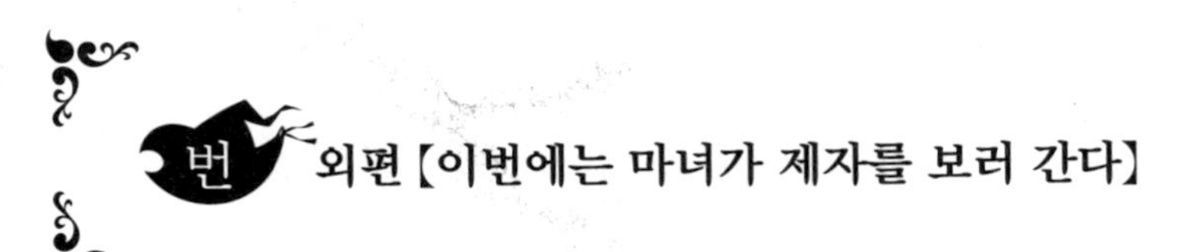

번외편【이번에는 마녀가 제자를 보러 간다】

제자 유이시아가 데려온 캐트시들이【창조의 마녀의 숲】으로 온 지 두 달이 흘렀다.

이 땅에 온 캐트시들 중, 자기 짝을 찾은 반 정도가【창조의 마녀의 숲】에 머물기로 했다.

그리고 짝을 데리고 돌아가는 캐트시와 바깥세상에 관심이 있는 아이들이 모여, 우리가 유이시아가 있는 곳으로 데리고 간다.

"다들, 준비됐어?"

「――냐아아아아아!」

「――냐아아아아아!」

「――냐아아아아아!」

힘차게 대답하는 캐트시들.

지금 모인 캐트시들은 바깥세상에서 살기 위해 요정 날개를 감추는 은폐 마법을 사용해 평범한 고양이 흉내를 내고 있다.

"마녀님, 유이시아와 만나는 게 기대돼요!"

「오늘은 저도 같이 가겠습니다.」

베레타도 바깥세상으로 나간 메카노이드 동포인 아이를 만나기 위해 우리와 동행한다.

"그럼, 가자. ――《텔레포트》!"

내 마력 범위 내에 있는 이들을 한꺼번에 전이시켜, 유이시아가 이사장으로 있는 마법 학교가 있는 도시 근교의 평지에 내려선다.

"후우, 마법 학교로 바로 들어가면 편하겠지만, 방위 마법이 짜여 있단 말이지."

마법 학교가 자리한 학교 도시 전체에 걸린 방위 마법은 외부로부터의 공격 마법과 내부로의 직접 전이 등을 막고 있다.

내 마력으로야 억지로 도시 내부로 전이할 수 있지만, 그런 짓을 하면 도시에 건 방위 마법이 파괴되어 큰 소란이 벌어질 것이다.

그렇기에 이렇게 도시 근교에 내려서 안으로 들어가는 것이다.

"유이시아가 경영하는 마법 학교……. 오랜만에 오네."

멀리서 보이는 마법 학교에는 높은 탑이 몇 개나 세워져 있고 그 안쪽에는 가지를 펼치고 잎이 무성한 거대한 세계수가 있다.

높은 산을 등진 세계수를 중심으로 부채꼴 모양으로 퍼지는 마법 학교와 그에 붙어 있는 도시.

저 도시는 처음에 유이시아가 산기슭에 지은 집과 세계수 터였다. 그 주변으로 마법사들이 모여 차츰 배움터가 되었고 지금은 학교 도시라는 중립 지역이 된 것이다.

그런 학교 도시 밖에 내려선 캐트시들이 우리를 앞질러 쏜살같이 도시로 향한다.

"헉, 빠르기도 해라! 우리와 같이 안 가는구나."

"가 버렸어요. 괜찮을까요?"

「원래 저 도시에서 방목하듯 산 캐트시들이니까요. 내버려 두어도 문제는 없을 테지요.」

뛰어간 캐트시들을 우리는 놀란 채 배웅했다.

마력을 섭취하는 캐트시들은 세계수나 이 도시에서 사는 마법사들이 발하는 마력만으로 살 수 있어서 방목해도 문제가 없는 듯하다.

그래도 만약 배가 고프면, 도시에서 약간 떨어진 숲에서 들새와 쥐 등을 사냥하거나 길고양이인 척하며 마을 사람들에게 먹이를 얻어먹을 수도 있다.

우리는 못 말린다는 듯 웃으며 뛰어간 캐트시들을 배웅하고 그들을 뒤따르듯 느긋하게 도시로 걷는다.

학교 도시는 도로 폭이 넓고 고층 건물이 늘어서 있었다. 우리 머리 위로 빗자루와 지팡이에 탄 마법사들이 날아서 이동하고 있다.

그런 모습을 바라보면서 유이시아가 이사장으로 있는 마법 학교에 도착했는데 정문에 있던 수위가 우리를 가로막는다.

"어, 아가씨? 약속은 잡고 왔어? 유이시아 님은 느닷없이 만나고 싶다고 해서 뵐 수 있는 분이 아니셔."

수위가 친절하고 정중하게 대응해 주지만, 외부인인 우리를 섣불리 들여보낼 수는 없나 보다.

"일단 미리 연락은 넣었는데 못 들어가? 치세가 왔다고 전해 줄 수 없을까?"

"난처하네. 아가씨가 어느 귀족 가문인지는 모르지만, 학교 도시의 대표인 유이시아 님도 바쁘신 분이라 만나기가 힘들어."

완전 중립인 학교 도시에서는 어느 나라의 왕후 귀족일지라도 신분으로는 통과시킬 수 없다고 수위가 상냥하게 타이른다.

이토록 철저하다는 건 그런 사람이 많아서 수위도 대응이 익숙한가 보다.

"그리고 오늘은 유이시아 님의 귀한 손님께서 방문하실 예정이라서 다른 면회자는 전부 거절하고 계신단다."

나보다도 우선해야 할 귀한 손님이라면 일 관계자겠지.

제자 유이시아가 훌륭하게 일을 하고 있다고 생각하면, 오히려 자랑스럽다.

"그렇구나……. 아쉽네. 별수 없으니 이만 돌아갈까."

"유이시아와 쿠로 부부를 못 만나서 아쉬워요!"

캐트시들은 뿔뿔이 흩어져 버렸지만, 그래도 데려다주겠다는 목적은 달성했으니, 나중에 연락하면 되겠지 싶어 정문에서 벗어나려 발길을 돌렸는데 목소리가 울려 퍼진다.

"——스승님! 기다리세요! 스승님!"

빗자루를 타고 황급히 온 유이시아가 부르는 목소리에 뒤를 돌아보았다.

"유이시아, 어쩐 일이야? 귀한 손님이 오는 거 아니었어?"

"스승님보다 귀한 손님은 없어요! 근데 왜 돌아가려 하신 거예요!"

마법 학교에 입학할 나이로 보이는 나를 스승님이라고 부르는 유이시아를 본 수위가 내내 응대한 내가, 바로 그 귀한 손님이라는 사실을 깨닫고 낯빛이 어두워진다.

"죄, 죄송합니다! 이분께서 유이시아 님의 손님이신 줄은 몰랐습니다."

자기가 저지른 실수에 진땀을 흘리며 허리가 직각이 될 정도로 숙여서 사과하는 수위에게 유이시아가 한숨을 쉰다.

"아뇨, 제 설명이 부족했어요. 제 스승님이라고만 전달하고, 구체적인 생김새를 말하지 않고 안내 초대장을 마련하지 않았어요."

유이시아가 그렇게 말하며 몸을 웅크리고 죄송스러워하는 수위에게 마법 학교 출입 절차를 밟아 달라고 한다.

"고마워. 그리고 미안. 모습이 이래서 헷갈렸지."

그렇게 말하고 나는 변화 마법을 발동하였다.

몸은 열두 살에서 성장이 멈추었지만, 변화 마법을 쓰면 나의 겉모습과 복장을 자유롭게 바꿀 수 있다.

나는 내가 원래대로 성장해서 유이시아보다 좀 더 나이를 먹은 마녀처럼 보이는 미녀로 변신했다.

"이 모습으로 만나러 올걸."

"네, 네……."

그리고 내 모습에 놀란 듯한 수위 앞에서 원래 모습으로 되돌아왔다.

성인 여성 모습을 한 내가 순식간에 소녀로 돌아와서 어쩐지 실망하는 수위를 지나쳐 테토와 베레타를 데리고 유이시아의 뒤를 따른다.

"그나저나 용케 우리가 온 걸 알았네."

"타이밍이 절묘했어요!"

나와 테토가 걸으면서 어떻게 그때 딱 왔느냐고 묻자, 유이시아의 발치에 캐트시 몇 마리가 모여든다.

"스승님보다 먼저 돌아온 캐트시들이 알려 줘서 마중 나갔죠. 마중 안 나갔으면 하마터면 그냥 가시게 할 뻔했어요."

지식을 쌓은 캐트시는 인간의 언어도 알아들을 수 있으니, 캐트시에게 전해 들은 것이리라.

유이시아의 안내를 받아 교내를 걸으니, 교내 곳곳에 있는 마법 학교의 교사와 학생들이 손을 흔들며 인사해 준다.

그렇게 우리가 학교 안쪽에 있는 유이시아의 저택까지 도착하자, 유이시아의 시중을 드는 메이드 아이가 맞아 준다.

「다녀오셨습니까, 주인님. 그리고 어서 오십시오, 치세 님, 테토 님, 베레타 님.」

「오랜만이네요, 아이…….」

그리고 메카노이드인 베레타와 아이가 서로를 물끄러미 바라보자, 유이시아가 난감해한다.

"저기…… 아이 씨와 베레타 씨가 서로 노려보는데, 괜찮은 건가요?"

"괜찮아. 분명 메카노이드끼리 염화로 정보 교환을 하는 걸 테니까."

서로 바라보는 1초 동안에 수백, 수천 가지 정보를 고속으로 주고받고 있으리라.

베레타와 아이는 문제가 없으니 넘어가기로 하고——.

"유이시아. 우리, 쿠로 부부를 보고 싶은데 괜찮을까?"

"오랜만에 보고 싶어요!"

"네. 집 뒤에 있는 세계수 뿌리에 있어요. 갈까요?"

그러면서 살짝 쓸쓸해 보이는 유이시아가 우리를 안내해 준다.

세계수 뿌리의 나무 그늘은 수많은 캐트시들이 누워서 쉬는 휴식처가 되어 있었다.

가까이 다가가니, 검은 털 캐트시와 고등어 무늬 캐트시가 나타나서는 나와 테토의 발에 볼을 비빈다.

「냐~.」

나와 테토가 웅크리고 앉아서 그 캐트시 두 마리를 쓰다듬으니, 손길을 받는 김에 우리의 마력도 약삭빠르게 흡수한다.

그리고 만족한 검은 고양이 캐트시가 안내하듯 걸어간 곳에는 작은 묘비가 있었다.

"오랜만이야, 쿠로, 토라……."

"오랜만이에요! 쓸쓸하지는 않았어요?!"

나와 테토가 묘비 앞에 무릎을 대고 앉아 손을 합장하고 인사한다.

그러나 묘비 아래 묻힌 캐트시 쿠로와 토라…… 그리고 그 둘 말고도 수많은 캐트시들은 이미 죽고 없기에 대답이 없다. 산들바람에 흔들리는 세계수 나뭇잎 소리만이 주변에 울려 퍼진다.

"스승님, 테토 씨. 쿠로 씨와 토라 씨의 아이들이 늘었으니, 쓸쓸하지는 않을 거예요."

그렇게 말하는 유이시아의 어깨로 뛰어 올라온 묘비까지 안내해 준 검은 고양이 캐트시가 턱을 쓰다듬는 손길에 만족스러운 듯 골골 운다.

그리고 띄엄띄엄 말을 잇는 유이시아.

"쿠로 씨 부부가 죽고 벌써 수백 년이 됐네요. 평생 함께하리라 생각해서 실감이 안 났어요."

캐트시가 아무리 장수하는 환수라지만, 나나 유이시아처럼 불로의 마녀에 비하면 수명이라는 게 존재한다.

유이시아가 캐트시 쿠로 부부를 그리워하면 위로하듯 주위에서 캐트시들이 모여서 애교를 부린다.

"얘, 얘들아…… 숨 막혀."

다만 모여드는 캐트시의 수가 수인 만큼 유이시아의 몸이 캐트시들에게 덮여 쭈글쭈글해진다.

"후후, 사랑받는구나."

"근데 좀 무거울 것 같아요."

"스승님, 테토 씨…… 웃지만 마시고 도와주세요."

냥냥 우는 캐트시들에게 시달리는 유이시아의 모습이 재미있어 웃음을 터트리고 만 나와 테토가 유이시아를 구하기 위해서 캐트시들을 떼어 낸다.

"자, 얘들아. 너무 많이 몰려들어서 유이시아가 괴롭대."

"조금씩 몰려들어요."

캐트시들을 안아서 휙휙 대충 던진다.

고양이의 유연한 몸과 요정 날개를 가진 캐트시가 차례차례

깔끔하게 착지하고는 항의하듯 운다.

쿠로와 토라의 묘에 성묘하러 온 건데 숙연한 분위기도 조용한 공기도 엉망이 되어 웃음이 터지고 말았다.

염화를 쓸 수 있는 일부 캐트시들의 '이게 무슨 짓이냥~, 기껏 위로해 주는데 말이냥'이라는 사념을 듣고 못 산다며 또 웃었다.

"두 분 덕분에 살았어요."

"하여간, 성묘도 조용히 못 하네."

"그래도 이건 이거대로 즐거워요!"

그리고 이번에는 나와 테토를 노리고 몰려든 캐트시들에게 셋이 사이좋게 고양이 범벅이 되었다.

"아하하하, 성묘하러 올 때마다 매번 쿠로 씨의 아이들이 방해해서 숙연할 겨를이 없어요!"

"후후, 하지만 그게 쿠로가 가장 바랐던 걸지도 모르지."

"쓸쓸한 표정을 지으면 냥 펀치가 날아와요!"

불로인 우리와 수명이 있는 캐트시 사이에는 캐트시가 아무리 오래 살아도 언젠가 이별이 찾아온다.

유이시아가 캐트시 쿠로와의 이별을 비롯한 수많은 과거를 돌이켜 본다.

그때마다 쿠로 부부가 남긴 캐트시 자손들이 유이시아의 쓸쓸한 마음을 달래고 지탱해 주었다.

그리하여 지금, 유이시아는 훌륭한 마녀가 될 수 있었다.

후기

처음 뵙는 분들께, 오랜만에 뵙는 분들께, 안녕하세요. 아로하자초입니다.

이 책을 손에 들어 주신 분들, 담당 편집자 I 씨, 작품의 근사한 일러스트를 그려 주신 테츠부타 님, 또 출판 전부터 인터넷에서 제 작품을 봐 주신 분들께 큰 감사의 말씀을 올립니다.

현재 간간 ONLINE에서 하루하라 신 선생님의 코미컬라이즈 버전이 연재 중입니다.

귀여운 치세와 테토의 쿵짝이 잘 맞는 모습을 볼 수 있는 만화책도 꼭 읽어 주시길 바랍니다.

5권은 전체적으로 통일감을 주기 위해서 웹 버전 4장 26화부터 5장의 내용을 재구성하여 살을 덧붙이기도 하고 고치기도 했습니다.

그 결과, 꽤 두께감이 있던 4권보다도 글자 수가 늘어나 버리고 말았습니다.

원인으로는 마력 치트 마녀의 작품 구조 자체가 매우 이야기를 불릴 수 있기 때문입니다.

마력 치트 마녀는 한 화당 약 3,000자~5,000자를 기준으로 삼고 씁니다.

그래서 소설 한 권 전체의 흐름을 보고 부족한 내용이나 돌발적으로 보충하고 싶은 이야기가 있으면 가필하거나 수정하는 것이 상당히 편합니다.

가필하기 좋은 상황에서 집필 중에 번뜩이는 아이디어, 그리고 웹 버전 감상을 피드백하는 내용을 쓰다 보니까 글자 수가 점점 늘어났습니다.

앞으로도 글자 수에는 신경을 쓰고 싶습니다만, 글을 쓰다 보면 역시 타협하지 않고 제가 납득이 가는 내용을 쓰게 돼서 짐작건대, 앞으로도 같은 짓을 몇 번 되풀이할 것 같습니다.

마지막으로 【허무의 황야】에 새로운 주민들을 맞아들인 불로의 마녀 치세 일행은 다양한 주민과 환수들, 그리고 앞으로 바깥에서 찾아오는 사람들과 연을 맺게 되겠지요.

그런 치세 일행의 이어지는 이야기도 기대하며 기다려 주시면 좋겠습니다.

앞으로도 저, 아로하자초를 잘 부탁드립니다.

마지막으로 이 책을 손에 들어 주신 독자 여러분께 다시 한번 감사 인사를 올립니다.

마력 치트인 마녀가 되었습니다 5

2024년 11월 15일 1판 1쇄 발행

저　　자 아로하자초
일러스트 테츠부타
옮 긴 이 변성은
발 행 인 유재옥
담당편집 박치우
이　　사 조병권
출판본부장 박광운
편집 1 팀 박광운
편집 2 팀 정영길 조찬희 박치우
편집 3 팀 오준영 이소의 권진영 정지원
디자인랩팀 김보라
콘텐츠기획팀 박상섭 강선화
디지털사업팀 김경태 김지연 윤희진
라이츠사업팀 김정미 이윤서 임지윤
영업마케팅팀 최원석 윤아림 이다은
물 류 팀 허석용 백철기
경영지원팀 최정연
발 행 처 (주)소미미디어
인쇄제작처 코리아피앤피
등　　록 제2015-000008호
주　　소 서울시 마포구 토정로 222, 502호(신수동, 한국출판콘텐츠센터)
판　　매 (주)소미미디어
전　　화 편집부 (070)4164-3962, 3963 기획실 (02)567-3388
판매 및 마케팅 (070)8822-2301, Fax (02)322-7665

ISBN 979-11-384-8486-2 [04830]
ISBN 979-11-384-8083-3 (세트)